novum ⚑ pocket

AF184761

Keira Sanders

Auf in die Zukunft

Ein Leben voller Höhen und Tiefen

novum 🠢 pocket

Bibliografische Information
der Deutschen Nationalbibliothek:

Die Deutsche Nationalbibliothek
verzeichnet diese Publikation in der
Deutschen Nationalbibliografie.
Detaillierte bibliografische Daten
sind im Internet über
http://www.d-nb.de abrufbar.

Alle Rechte der Verbreitung, auch
durch Film, Funk und Fernsehen, fotomechanische Wiedergabe, Tonträger, elektronische
Datenträger und auszugsweisen
Nachdruck, sind vorbehalten.

Gedruckt in der Europäischen Union
auf umweltfreundlichem, chlor- und
säurefrei gebleichtem Papier.

© 2025 novum publishing gmbh
Rathausgasse 73, A-7311 Neckenmarkt
office@novumverlag.com

ISBN 978-3-903468-78-8
Lektorat: Laura Oberdorfer
Umschlagfoto:
Nastia1983 | Dreamstime.com
Umschlaggestaltung, Layout & Satz:
novum Verlag

www.novumverlag.com

Nun habe ich es tatsächlich getan.
Ich liege im warmen Wasser meiner Badewanne und habe mir tatsächlich die Pulsadern aufgeschnitten.

Es pocht in meinem Kopf. Es fühlt sich gut an. So still und so endgültig und so wahnsinnig friedlich. Ich merke, wie mir das Blut über meine Hand läuft. Dann tropft es auf den Boden im Badezimmer. Ein rotes Handtuch hatte ich dort hingelegt, damit nicht das ganze Badezimmer versaut wird.

Und nun grüble ich wieder, ob ich doch lieber einen Abschiedsbrief hätte schreiben sollen.

Da kommen doch schon wieder die Gedanken für andere in mein Hirn.

Nein, ich will sie nicht in meinem Kopf. Ich will meine Ruhe und endlich schlafen.

Das Wasser in der Badewanne ist noch heiß und ich fühle mich entspannt.

Ich fühle mich sehr zufrieden und innerlich ruhig.

Und ich habe keinen Abschiedsbrief hinterlassen.

Nun werden sich alle aus meiner Familie fragen, warum ich das getan habe.

„Tja", kann ich nur sagen, „wenn ihr euch alle einmal ein wenig um mich bemüht hättet und mir mal zugehört oder auf Anzeichen meiner Depression geachtet hättet ... Ich war irgendwie immer für alle da und keiner für mich."

Vielleicht, weil ich immer alles mit mir allein ausgemacht habe?

Mein Hang nach Anerkennung, Liebe und Gefühlen.

Nach außen immer hart und unverletzbar gelten.

Tja, das war ich nicht. Das habe ich jetzt eingesehen.

Ich, die Kämpfernatur habe keine Kraft mehr und vor allem auch keinen Willen mehr.

Warum auch?

Natürlich wird es Familienmitglieder geben, die mich auch vermissen werden, aber sollte das tatsächlich Liebe sein?

Leider habe ich das nicht gespürt. Eigentlich noch nie, aber es war mir früher vielleicht nicht so aufgefallen. Durch die viele Arbeit und die Schufterei damit alle Wünsche der Kinder erfüllt werden könnten. Die meiste Zeit meines Lebens als alleinerziehende Mutter.

Meinen Kindern wollte ich immer alles ermöglichen. Der Urlaub zweimal im Jahr war mir wichtig. Im Sommer und im Herbst.

Sogar jetzt, wo die Kinder schon lange aus dem Haus sind, fühle ich mich wie eine melkende Kuh, oder unverstanden. Einfach nur als jemand, dem man Dinge an den Kopf werfen kann, ohne zu merken, wie man ihn verletzt hat?

Ja, so kann man das ausdrücken.

Der eine sagt mir schon am Monatsanfang, dass er pleite ist. Die andere sagte mir, was für Reisepläne sie hat und der Ehemann sagt unter dem Weihnachtsbaum, dass er lieber eine Drohne hätte als eine Uhr.

Hat mich eigentlich jemand gefragt, was ich mir wirklich wünsche?

Hat mir eigentlich eines dieser Familienmitglieder mal etwas geschenkt, was ich mir wirklich gewünscht habe?

Ne, es hat ja niemand zugehört.

Und die Worte: „Deine Mutter kann sich das alles selbst kaufen."

Danke!

Es ist alles sehr fatal. Aber das geht mich ja jetzt zum Glück nichts mehr an. Ich bin dann mal weg …

Noch bin ich voll bei Bewusstsein und mir geht es gut. Ich kann noch gut denken und ich fühle mich sehr wohlig und warm.

Meine Gedanken streifen ab und ich muss an verschiedene Vorkommnisse denken.

Meine Tochter und ich hatten einmal ein Gespräch über Selbstmord.

Meine Tochter sagte mir, dass das feige wäre. Jemand, der Selbstmord begeht, ist feige.

Dem muss ich widersprechen.

Darum möchte ich hiermit erklären, dass es durchaus nicht feige ist, sich umzubringen. Es hat mit viel Mut zu tun.

Das Messer in der Hand zu halten, es dann an die Pulsader zu legen und dann ratsch … ist es passiert. Da es nicht wehtut, merkt man es erst gar nicht.

Die einzige Sorge, die ich immer hatte, ist die, dass doch jemand gerade dann bei mir klingelt, oder ein Familienmitglied einfach reinkommt und mich dann findet.

Das wäre mir sehr unangenehm und peinlich. Dann hätte ich selbst meinen Tod versaut.

Ob es eine Erlösung ist, weiß ich nicht, aber das Gefühl ist wirklich Entspannung.

Und ich sehe meine Tat als meine Lösung für mich. Aber das Wichtigste ist, dass eine gehörige Portion Mut dazu gehört und dass es auf keinen Fall feige ist.

Man kann sich nicht einfach umbringen und gut ist es, ne, es muss ja auch sicher sein.

Man überlegt: „Pulsadern aufschneiden?"

Ne, zu unsicher. Meistens werden diese Kandidaten in letzter Sekunde gerettet und das will ich ganz sicher nicht. Und außerdem empfinde ich es als unnötige Schweinerei im eigenen Haus.

Tja, was bleibt?

Aufhängen?

Ich denke, dass ich selbst die Schlaufe vermassele, die auch wirklich hält.

Vom Hochhaus oder von der Brücke springen?

Ja, das ist es eigentlich, aber dann sehe ich mich auf dem Geländer sitzen oder stehen und zum Absprung bereit. Ich kann die Angst nicht überwinden und höre es klatschen und krachen. Das kriege ich nicht hin. Also bleibt nur, sich vor den Zug schmeißen.

Der richtige Moment und den Mut haben zu springen. Das finde ich krass. Das halte ich für absolut mutig, vor einen fahrenden Zug zu springen und auf der anderen Seite halte ich das für gedankenlos und rücksichtslos, da es ja auch noch andere Menschen gibt, die das Betreffen würde.

Den Zugführer zum Beispiel.

Meistens bekommen diese Menschen einen Schock fürs Leben. Und dann könnte es auch noch Verletzte geben durch die Notbremsung.

Ne, das ist nichts für mich. Lieber allein und für sich aus dem Leben schreiten.

Die Entscheidung ist nun auch gefallen.

Seit über zwei Jahren habe ich den Gedanken gefasst, mich umzubringen.
Warum?
Weil ich nicht mehr will!
Ich kann nicht mehr, ich will nicht, ich habe alles so satt.
Es kotzt mich alles nur noch an und ich bin des Kämpfens müde. Ich bin leer, ausgelaugt und mein Kopf ist schwer. Wie eine Kugel. Durchsichtig und schwer.

Und das sage ich, die Kämpfernatur.
Aber vielleicht ist es ja auch nur so, weil ich genug gekämpft habe und irgendwann weiß man einfach, dass man nicht mehr kämpfen möchte. Loslassen können ist viel, viel schwieriger ...

Ich habe Tage geweint und mir den Kopf zerbrochen.

Vor allem war die Frage da, warum willst du dich umbringen?

Bin ich depressiv?
Oder heute nennt man das ja Burn-out.
Habe ich das? Bin ich diejenige, die diese Zeilen schreibt? Ein lebenslustiger, fröhlicher Mensch von Natur aus? Wer hat mich krank gemacht? Wer hat mich kaputt gespielt? Oder war ich das selbst? Konnte ich nicht Nein sagen? Warum habe ich das alles zugelassen?

Vor zwei Jahren war ich schon sehr dicht dran, mich umzubringen. Doch zu diesem Zeitpunkt dachte ich dann an meine Tochter. Sie stand vor ihrem 18. Geburtstag. Und diesen 18. Geburtstag wollte ich doch noch gerne erleben. Nachdem sie 18 Jahre alt geworden war, stand das Abitur vor der Tür. Das möchte doch eine Mutter noch erleben, ... das Abitur der Tochter. Und sie war so eine gute Schülerin! Ich kann besonders stolz auf sie sein.

Dann sagte ich mir, erst muss sie einen Studienplatz haben und dann der Umzug, ... jetzt ist alles erledigt. Jetzt kann ich gehen. Endlich kann ich meine Ruhe haben und muss nicht für jeden da sein! Endlich kann ich frei sein und endlich kann ich mich frei bewegen, ohne irgendeinen Gedanken im Kopf, was wo zu tun und zu erledigen ist. Endlich angekommen.

Endlich in Gottes Armen!

Es fing alles in einem kleinen Ort am Mittellandkanal an. Dort wuchs ich auf, dort ging ich zur Schule, dort hatte ich meine Freundinnen und Freunde und dort lernte ich meine große Liebe kennen ...

Meine Freundin und ich waren in unserem Dorf schon etwas Besonderes. Wir kleideten uns auffälliger als andere. So gingen wir zum Fußballtraining unserer A-Jugend, um etwas aufzufallen und anzugeben.

Wir hatten Cowboyhüte auf und lange Mäntel an. Sie mit langen, dunklen Haaren und ich mit lockiger Blondschopfmähne. Wir waren beide schlank und groß und selbstverständlich drehte sich jeder nach uns um. Das war es ja, was wir bezweckt haben.

So auch an dem Tag, als ich mit ihr wieder auf dem Sportplatz war und endlich die Schwester meines großen Schwarms kennenlernte.

Es war schwierig, Kontakt zu meinem Schwarm zu bekommen, da er nichts mit dem Dorfleben am Hut hatte. Er gehörte zu den besseren Kreisen, wie man sagte, und eigentlich sagte man auch, dass ich keine Chance bei ihm hätte.

Ich komme aus der Arbeiterklasse.

Ja, so etwas gab es damals noch. Aber darum machte ich mir keine Gedanken. Ich fand, dass meine Eltern viel geschafft hatten in ihrem Leben. Sie waren beide fleißig und es ging uns finanziell gut. Wir konnten uns viele Dinge leisten, die sich andere nicht leisten konnten. Ich hatte die neuesten Klamotten, das beste Spielzeug und vor allem immer die neueste Mode an.

Ne, dass ich nicht aus der gleichen Schicht kam wie er, war mir egal.

Mein Selbstbewusstsein hatte ich schon immer.

Ich hatte mir diesen jungen Mann, der mit der Nummer elf links außen lief und lief und lief, ausgeguckt.

Er war ein blasser, sportlicher, durchtrainierter, gutaussehender, langhaariger, junger Mann. Sehr blass mit einem kantigen Gesicht und ausgeprägter Nase. Ein sehr interessantes Gesicht.

Er hatte echte Fußballbeine mit diesem berüchtigten „O". Also kurz gesagt: O-Beine!

Sein Gesichtsausdruck war immer ernst. Ein Lachen hatte ich bis dato nicht gesehen.

An diesem Tag hatten wir Glück. Es war ein Frühlingstag. Es war ein Donnerstag und so gegen 18.00 Uhr. Meine Freundin und ich standen am Spielfeldrand und unterhielten uns mit einigen aus unserem Dorf. Da sah ich die Schwester von meinem Jugendschwarm. Ich dachte mir: „Jetzt oder nie." Ich ging also so rein zufällig an ihr vorbei und sprach sie an. Ich fragte sie, ob sie die Schwester von diesem wahnsinnigen Fußballspieler sei und verwickelte sie in ein belangloses Gespräch. Da sie bejahte, dass sie die Schwester sei, freute mich das sichtlich und ich wurde noch eine Spur netter.

Natürlich, wie ich später erfuhr, freute sie sich vor allem, dass ich ihr den Weg in unsere Clique ebnen würde. Ich fragte sie, ob wir uns mal außerhalb des Spielfeldes mal treffen wollen.

Und da sie bejahte, verabredeten wir uns für einen Nachmittag in der kommenden Woche. Das war innerlich für mich das höchste Glücksgefühl. Endlich hatte ich eine Verabredung mit der Schwester meines Jugendschwarms. Hoffentlich ist ihr geliebter Bruder auch da, wenn ich sie besuchen komme? Ich tanzte vor Freude innerlich.

Da ich mit ihr am Fußballfeld sprach, grüßte mich ihr Bruder von Weitem und mein Herz schlug schneller. Ich war so begeistert von ihm, so angetan, und endlich hatte ich ja auch die Gelegenheit, ihn zu Hause anzutreffen und vielleicht ihn auch einmal allein zu sprechen

Endlich konnte ich ihm in die Augen schauen.

Es war einfach fantastisch!

Ich musste nur die Zeit bis dahin überstehen.

Meine Freundin und ich gingen auf eine Konfirmandenparty. Die fand immer freitags in unserem Dorfgemeinschaftshaus statt.

Meine Freundin hatte inzwischen ihren Peter bekommen. Sie „gingen" nun zusammen. Er wiederum hatte einen Freund, den ich superinteressant fand. Doch dieser wollte nur das Eine.

Er wollte mit mir schlafen und mich entjungfern. Wie er es nannte. Er war der Meinung, ich müsste ihm beweisen, dass ich für ihn bereit war und bevor ich nicht mit ihm geschlafen habe, würde nichts aus uns.

Damals war ich hin- und hergerissen. Ich sagte mir, dass es eigentlich ja egal wäre, denn irgendwann ist es immer das erste Mal.

Warum nicht er?

Wir verabredeten uns für den nächsten Samstag. Zelten war am Baggersee angesagt. Ich durfte zwar dort nicht zelten, das hätten meine Eltern niemals erlaubt, aber ich durfte tagsüber dort sein.

Er holte mich ab, ich sollte nur eine Decke mitnehmen und dann würde im Zelt am Baggersee gevögelt, was das Zeug hergab.

Ich war tatsächlich an dem Treffpunkt, allerdings ohne Decke.

Ich stieg zu ihm aufs Motorrad und es ging zum Baggersee.

Was mir alles durch den Kopf ging, weiß ich nicht mehr. Auf der einen Seite wollte ich ihn unbedingt für mich gewinnen. Auf der anderen Seite ist es idiotisch, seine Beine breit zu machen, nur um ihn als Freund zu haben. Auf der anderen Seite reizte mich auch der Sex.

Seine Freunde, die auch meine Freunde waren, wussten natürlich Bescheid. Jetzt war ich dran. Ich musste jetzt alles geben, sonst wollte er mich nicht als Freundin.

Als ich dann im Zelt lag in meinem Bikini, er mir die Träger löste, wir heiß knutschten und ich seinen steifen

Schwanz an meinem Oberschenkel spürte, wurde mir ganz anders.

Ich war erregt, wie er auch. Es war ein schönes Gefühl. Mal ging es heiß unter meiner Haut entlang und mal erregte mich der Kuss sehr. Doch mein Kopf war nicht ganz dabei.

Die Situation war mehr als komisch und plötzlich fand ich mich mehr als lächerlich.

Wie konnte ich mich in diese Situation bringen. Was bildete sich dieser Typ ein?

Zwei Freunde von uns saßen vor dem Zelt und passten auf, dass uns niemand störte, und sie hörten natürlich auch unser Geknutsche und das leichte Stöhnen. Wie absurd.

Ich zitterte am ganzen Körper und ich wollte auf der einen Seite auch, aber auf der anderen Seite wollte ich nicht.

Die Situation war nicht richtig. Und ehe ich mich versah, hörte ich die Worte aus meinem Mund plappern. Ich sagte meinem Lover, dass ich nicht mit ihm schlafen würde.

Er könne mich jetzt nach Hause fahren.

Er legte sich auf den Rücken, starrte mich an. Dann flüsterte er leise, dass er mich nach Hause fahren würde und es kein Wiedersehen mehr gäbe. Das sollte ich mir doch unbedingt überlegen.

Wie er so da lag, kam er mir mehr als dumm vor. Ich fühlte mich genauso dumm und unreif und bescheuert.

Natürlich hatte ich damit gerechnet, dass er das sagen würde, aber wenn es denn dann wirklich ausgesprochen wird, tut das schon weh. Und es ist enttäuschend.

Ich war hin- und hergerissen. Am liebsten hätte ich losgeheult und ihn angeschrien. Mein Herz zog sich zusammen. Es tat so weh. Ich war der Meinung, dass ich sehr verliebt bin in ihn und er auch in mich und fragte mich, warum er dann diese Forderung stellt?

Doch auf seine Frage hin, nickte ich nur den Kopf. Zog mein Bikinioberteil wieder an und richtete mich auf. Ich zog den Reißverschluss vom Zelt auf und kroch hinaus.
Draußen glotzten mich alle an und warteten darauf, dass mein Lover auch herauskrabbelt käme und sagte, dass er mich geknackt hätte. Was für eine dumme Situation und Lage.

Ich schaute die anderen an und schüttelte verneinend den Kopf. Nun wussten alle, dass da nichts gelaufen ist.
„Ich habe es nicht zugelassen," sagte ich zu meinem Freund gewandt.
Alle gucken erstaunt und fassungslos.
Als mein Loverboy aus dem Zelt kam, zog er sich an, holte seinen Helm und winkte mir kurz zu, dass wir jetzt fahren würden, und dann fuhr er mich nach Hause.
Ohne ein Wort stieg ich von seinem Motorrad und ohne ein Wort ging ich fort. Kein einziges Wort kam von ihm.
Sollte das mein Schicksal sein?

Natürlich wusste ich, dass sie jetzt über mich lachen würden.
Die eingebildete Tussi, die sich nicht knacken ließ.
Ich hörte es förmlich in meinem Kopf.
Zuerst dachte ich, was ich doch für ein Feigling war. Ich zweifelte an mir, ob ich das richtig entschieden hatte und ob ich wirklich auf ihn verzichten wollte.

Und dann kam es ganz plötzlich, dieses Sicherheitsgefühl aus meinem Bauch. Mein Bauchgefühl hat mich noch nie im Stich gelassen. Es sagte mir: „Er ist es nicht wert. Gib dich nicht für so einen Kerl hin. Er ist es nicht wert."

Ich fühlte mich beschissen. Enttäuscht von mir. Wollte ich doch Liebe, aber diese Liebe war es gar nicht wert. Es war ja auch überhaupt keine Liebe. Doch ich wollte geliebt werden und dachte, wenn ich mich hingebe, liebt mich wenigstens einer.

Doch zum Glück hatte ich noch ein wenig Verstand, der mir sagte, dass es kein Mann wert ist, das zu tun, nur weil man geliebt werden möchte.

Trotzdem habe ich an mir gezweifelt. Wie immer.

Aber die Entscheidung war die richtige.

Eine Freundin von mir kam noch vorbei und ich erzählte es ihr. Ich fragte sie, ob ich denn nun ein Versager sei, oder ein Feigling, oder wie auch immer man das nennen kann.

Und sie meinte, sie hätte es wahrscheinlich auch nicht gemacht, doch sie war auch der Meinung, dass man es aus Liebe ruhig tun könnte. Irgendwann sei es sowieso das erste Mal. Jeder sei doch einmal dran.

Als wir so darüber redeten, wurde mir leichter ums Herz. Jetzt war mir klar, der Typ hatte mich nicht verdient! Diesem Blödmann hätte ich meine Jungfräulichkeit geschenkt. Ich hätte sie auch gleich aus dem Fenster werfen können. Gott sei Dank habe ich es nicht gemacht.

Die nächste Woche kam und die Verabredung mit der Schwester meines Schwarms rückte näher. Ich ging an dem besagten Nachmittag zu ihr und hoffte natürlich, dass ihr Bruder da sein würde.

Es war schon komisch, als ich erst einmal vor der Tür des Hauses mit dem Pool und großen Garten stand. Das hat mich schon etwas beeindruckt.

Ich war etwas unsicher, aber dann klingelte ich und sie machte die Tür auf.

Sie war etwas kleiner als ich, zwei Jahre jünger und hatte schöne, kräftige, lange, glatte, dunkelblonde Haare. Die gingen bestimmt bis zu den Armbeugen. Das fand ich bei ihr so schön. Sie waren so fest und gesund. Das Haar sah so wunderschön aus. Gern hätte ich auch so lange, glatte Haare gehabt. Aber ich habe Naturlocken. Meine Haare werden immer lockiger, aber nicht länger.

Es wurde die Tür geöffnet und sie freute sich sichtlich, begrüßte mich überschwänglich und bat mich hinein.

Wir gingen in ihr Zimmer und quatschten ein wenig.

Ich war beeindruckt von diesem Haus, von ihrem Zimmer und dem Architektenhaus mit großem Wohnzimmer, schönen Essbereich und sogar Kaminbereich. So schöne verwinkelte Ecken und eine herrlich große Glasfront im Wohnzimmer zum Garten mit Pool.

Ich fand das Größenverhältnis der einzelnen Zimmer ungerecht. Ca. 50 m^2 maßen der Wohn- und Essbereich, während die Kinderzimmer gerade mal 10 m^2 groß waren.

Daran konnte man sehen, was man von Kindern früher hielt. Das war aber damals vollkommen normal.

Wir wohnten nur in einer Werkswohnung mit drei Zimmern. Aber mein Zimmer war mindestens 16 m^2 groß.

Ich empfand das immer als Luxus. Als Arbeiterkind. Mein Vater verdiente sein Geld als Schweißer bei einem großen Automobilhersteller. Hier arbeitete er in der Früh- und Spätschicht. Meine Mutter war Fleischereifachverkäuferin und sie arbeitete wohl zu der Zeit 30 Stunden in der Woche. Wir waren zu Hause ein eingespieltes Team.

Mein Vater war zur Frühschicht schon um 5.00 Uhr morgens aus dem Haus. Meine Mutter verließ das Haus um 7.00 Uhr. Dann stand ich auf und es ging zur Schule. Wenn ich nach Hause kam und meine Mutter noch nicht da war, wurde erst von mir Staub gewischt, gesaugt und aufgeräumt. Dann kam meine Mutter. Sie kochte für uns und meinen Vater das Essen. Ich aß mit meiner Mutter und dann ging sie wieder ins Geschäft und ich wartete meistens auf meinen Vater. Wenn er gegessen hatte, verschwand ich. Ich traf mich mit meinen Freundinnen.

Ich war nicht gern mit meinem Vater allein. Er war wortkarg und stellte immer irgendwelche Forderungen, oder gab als Äußerung nichts Gutes von sich. Egal ob er fragte, wie es in der Schule läuft und was wir da so machen. Es war alles Scheiße, dummes Zeug und ich sollte mich mehr anstrengen.

Die Leute, mit denen ich mich traf, waren nicht in Ordnung, sie hingen alle nur auf der Straße herum. Die Jungs würden schon rauchen und sollten sich lieber einen Job suchen neben der Schule, als draußen herumzuhängen.

Es gab nie ein nettes Wort, oder Verständnis, oder Mitgefühl. Wir waren alle zu blöd für die Welt und kriegen sowieso nichts auf die Reihe.

Darum sah ich lieber zu, dass ich nach dem Essen aus dem Haus ging. Keine Diskussionen und Erklärungen.

Wir saßen also in ihrem Zimmerchen und erzählten von der Clique. Sie fand jemanden aus unserer Gang sehr interessant. Da er mein bester Freund war, sagte ich ihr nur, dass sie keine Chance bei ihm hätte. Er war ein einfacher, junger Mann, der nicht in ihre Welt passte. Und ich kannte meinen Freund nur zu gut. Er wäre dieser, ihrer, Welt nicht gewachsen.

Sie war enttäuscht und traurig. Aber sie gab nicht auf. Sie wollte ihn unbedingt kennenlernen und ich sollte das Treffen organisieren.
Rein zufällig natürlich.
Sie würde gern in unsere Clique aufgenommen werden. Sie würde sich ändern, auch ihren Charakter anpassen, sogar Ihren Lebensstil würde sie für unsere Gemeinschaft anpassen. Sie könnte sich anpassen, ganz bestimmt.
Ich wollte ihr sagen, was sie ändern müsste, damit man sie in unserem Kreis aufnähme. Das sagte ich aber nicht.
Ich gab ihr zu verstehen, dass sie unbedingt so bleiben sollte, wie sie war. Jemandem, der sie nicht haben wollte, dem müsste sie sich nicht an den Hals werfen.
Das, was ich gerade hinter mir hatte, wollte ich auf keinen Fall für sie. Ich wusste innerlich, dass es falsch war, sich zu ändern, nur weil man jemanden gefallen möchte.

Bis zu diesem Zeitpunkt wusste ich nicht, dass ihre Mutter auch zu Hause war.

Plötzlich jedoch rief ihre Mutter die Treppe hoch, dass sich ihre Tochter nicht anpassen müsste für das herkömmliche Volk.
Sie könnte stolz darauf sein, dass sie ein so hübsches Mädchen war und dass die Jungs und Mädchen aus dem Dorf sowieso keine Ahnung hätten, aus was für einem

guten Haus sie käme. Diese Leute seien es nicht wert, ihre Tochter kennenzulernen, geschweige denn, dass sich ihre Tochter irgendwie anpassen müsste. Und das nur, um in dieser Dorfgemeinschaft aufgenommen zu werden.

Erst einmal war ich etwas sprachlos, als ich diese Worte hörte.

War das jetzt ein Angriff auf meine Clique? Auf meine Freunde? Auf meine Herkunft?

Das lasse ich mir nicht gefallen, kam es mir in den Kopf.

Was bildete sich diese Dame eigentlich ein? Mit welchem Recht verurteilte sie Menschen, die ihr tägliches Brot mit fleißiger Arbeit verdienten?

Auch sie geht wie alle anderen zum Scheißen auf die Toilette.

Wahrscheinlich glotzte ich mein Gegenüber ungläubig an, bevor diese die Tür aufriss und ihrer Mutter entgegen schrie, dass sie sich gefälligst aus ihren Angelegenheiten heraushalten und sich um ihre Dinge kümmern sollte.

Dann knallte sie die Tür wieder zu, setzte sich mir gegenüber wieder hin und sagte mir nur, dass ich mir daraus nichts machen sollte, und vor allem sollte ich das den anderen aus der Clique nicht weitererzählen.

Ich fand die Situation etwas merkwürdig, eher machte es mich nachdenklich. Wenn sie schon mit der Clique ein Problem hatte, was würde sie dann sagen, wenn ich ihren Sohn näher kennenlernen würde?

Leider war mein Traummann nicht da. Er war auf Klassenfahrt in England. So eine Scheiße! Den ganzen Nachmittag verbrachte ich mit einem Mädchen, die ich nicht unbedingt als Freundin bezeichnen würde. Und das nur, weil ich ihren Bruder kennenlernen wollte. So ein Mist.

Ich war natürlich enttäuscht, doch nicht ohne Hoffnung. Es war mir ein wichtiges Anliegen, ihren Bruder kennenzulernen und das wollte ich auf jeden Fall durchziehen.

So verabredeten wir uns für das Wochenende.

Ihr Bruder sei dann wieder da und im Partykeller in ihrem Haus würde eine kleine Feier stattfinden.

Ich fragte, ob ich noch jemanden mitbringen durfte und sie sagte, dass ich dies gerne tun könnte.

Ich freute mich auf das Wochenende.

Eigentlich war ich vollkommen aufgeregt bis dahin. Auf der einen Seite war mir etwas mulmig im Magen, da ich nicht wusste, wie er so drauf ist und wie er auf mich reagiert. Ob er mich überhaupt mag?

Oh, das war alles sehr aufregend.

Zwei von meinen Freundinnen nahm ich mit und zwei Freunde aus dem Dorf, die ihr Bruder auch vom Fußball her kannte.

Wir gingen also hin und da stand er nun, mein Traumtyp.

Er war freundlich, zuvorkommend und ich war begeistert von ihm. Sein blasses Gesicht und seine ausgeprägte Nase, die leichten, dunklen Augenringe und seine helle Haut mit den stechenden Augen... ich war einfach hingerissen.

Mein Herz sagte mir, dass dies der richtige Mann für mich ist.

Als er dann etwas später Bongos zu Nazareth spielte und sein Freund dazu Gitarre, war es um mich geschehen.

Eine Musikrichtung, die ich bis dato nicht kannte, aber supi fand.

Ich fand ihn faszinierend. Seine langen Haare in seinem hellen Gesicht. Seine markanten Gesichtszüge und die hohen Wangenknochen. Er war einfach traumhaft schön für mich.

Später am Abend hörte ich, wie eine Klassenkameradin von ihm sagte, dass einige aus unserer Clique doch ziemlich dumm wären, proletenhaft; oder so ähnlich drückte sie sich aus.

Ausgerechnet ich musste das hören und da kam dann mein Bauchgefühl wieder durch.

Wie konnte sie es wagen, einen von uns als Proleten zu bezeichnen? Sie kannte uns doch gar nicht. Wie dreist war das von ihr?

Sofort drehte ich mich um und fragte sie, worauf sie sich etwas einbilden würde?

Schön wäre sie nicht und intelligent anscheinend auch nicht, denn dann würde sie so etwas nicht von sich geben.

Darauf plusterte sie sich auf und die anderen aus ihrer Clique stimmten ihr zu, wir wären einfache Dorfkinder und mussten froh sein, dass wir überhaupt hier sein durften.

Wir sollten dankbar sein, dass eine intelligente Clique den Dorfkindern eine Chance geben würde, einen anderen Stand der Gesellschaft kennenzulernen.

Oh, das war nicht gut. Das durfte und konnte man mit mir nicht machen.

Wir sind alle gleich! Das war immer beim Credo.

Da wieder alle nur durcheinander murmelten und sich aufregten, drehte ich mich einfach nur um, zeigte den anderen aus meiner Clique mit dem Finger die Tür und so gingen wir geschlossen heraus und verließen die Party.

Die Schwester meines Traummannes wollte mich zurückhalten, denn sie sah ihre Felle wegschwimmen.

Da sich die anderen mir angeschlossen hatten, war auch für sie der Abend gelaufen. Das wollte sie nicht und versuchte es immer und immer wieder, auf mich einzureden und mich zum Bleiben zu überreden. Es tat mir auch leid für sie, aber niemand beleidigte mich oder meine Freunde. Niemand. Ich hätte gern noch mit meinem Traummann gesprochen, aber stolz wie ich nun einmal bin, verzichtete ich lieber auf ihn, bevor ich mich von anderen Leuten als minderbemittelt betiteln ließ.

Wenn ich mich einmal zu etwas entschlossen hatte, dann war das für mich so und das zog ich auch durch.

Ich versuchte immer gerecht zu sein und hasste Unaufrichtigkeiten. Dann konnte ich auch meinen Mund nicht halten bzw. musste meinem Bauchgefühl folgen.

Der Abend also war gelaufen.

Mitte der nächsten Woche rief mich seine Schwester an und fragte mich im Auftrage ihres Bruders, ob ich zu seiner Schulparty mitkommen würde.

Ich war erst einmal überrascht und fragte, wie ich denn zu dieser Ehre kommen würde?

Sie sagte mir, dass ich seinen Bruder sehr beeindruckt hätte mit meiner Haltung an diesem Abend im Partykeller.

Ich sollte also mit ihr gemeinsam zu der Schulparty kommen.

Er würde in der Schule auf mich warten, da er schon dort sei, um alle Vorbereitungen zu treffen, da er für die Musik zuständig sei.

Erst überlegte ich, ob es wirklich gut wäre, wenn ich wieder auf diese Leute träfe und wenn die wieder so etwas von sich geben würden. Ob ich diesen Leuten gewachsen sei. Ich wäre dann auch völlig auf mich gestellt. Irgendwie hatte ich ein komisches Gefühl in meinem Bauch.

Auf der anderen Seite wollte ich ihren Bruder kennenlernen.

Und jetzt hieß es erst einmal, meinen Eltern beizubiegen, dass ich zu einer Party möchte, die nicht in unserem Dorf ist.

Dass ich mit der Straßenbahn fahren würde und vielleicht nicht pünktlich um 22.00 Uhr zurück sei.

Ein schwieriges Unterfangen. Ich redete also mit Engelszungen und durfte nur fahren, weil ich zugesichert habe, dass ich pünktlich um 22.00 Uhr wieder zu Hause sei.

Ich wusste von vornherein, dass ich das nicht schaffen würde, aber es war mir egal.

Das ich Ärger bekommen würde, war mir klar. Also ob ich nun 1 Minute zu spät käme, oder 15 Minuten. Von daher ging ich das Risiko ein und die Strafe, die mich erwarten könnte, nahm ich in Kauf.

Auf der Fahrt zur Party in der Straßenbahn kam das komische Gefühl hoch, dass die Person, die die letzte Party gesprengt hatte, auch dort sein könnte. Ob ich dem gewachsen war? Ob ich mich gerecht verhalten würde? Ich war allein und musste ggfs. mich und die Dorfkinder verteidigen. Wollte ich das?

Musste das sein?
Mein Bauch sagte mir, es muss sein!
Mein Bauch sagte mir, ich schaffe das schon!

Nun saß ich bereits in der Straßenbahn.
Ich wollte auch kein Feigling sein.
Okay, ich sagte mir innerlich, dass ich das schon schaffen würde.
Als wir die Halle betraten, kam auch gleich ihr Bruder auf mich zu. Er umarmte und küsste mich, als wenn wir uns schon ewig kennen würden. Als wenn wir ein Paar sind. So als wenn er nur auf mich gewartet hätte.
Und tatsächlich waren wir ab diesem Tag an ein Paar.

Natürlich kam ich an diesem Abend zu spät nach Hause und natürlich bekam ich richtigen Ärger mit meinen Eltern. Vor allem meinem Vater. Ich war 20 Minuten zu spät. Es war gar nicht meine Schuld. Der Bus von der Straßenbahnhaltestelle fuhr nicht mehr und mein Supertyp hatte seine Mutter angerufen und die holte uns von der Straßenbahn ab und fuhr mich nach Hause. Besser ging es nicht. Doch davon wollten meine Eltern nichts hören. Ich war zu spät und von daher würde es keine Party mehr außerhalb des Dorfes geben.

Ehrlich gesagt, es war mir egal. Es war ein toller Abend und dass ich Ärger bekommen würde, war mir vorher schon klar. Ich war dankbar, dass mein Vater mich nicht geschlagen hat. Das konnte er in solchen Fällen immer besonders gut.
Als ob das etwas ändern würde. Aber so war es halt bei uns zu Hause.

Mein Supertyp und ich hatten Höhen und Tiefen in all den Jahren. So wie jedes normale Paar.

Er hatte es mit mir sehr schwer, denn ich war es nicht gewohnt, über irgendetwas zu reden bzw. zu diskutieren. Ich war eher still und zog mich zurück. Ich machte alles mit mir aus. Ich war es nicht gewohnt, darüber zu reden.

Wenn ich unter Menschen war oder auf Partys, dann war ich so lustig, völlig unkompliziert und fröhlich. Ich tanzte gern, ob allein oder mit einem Partner. Das war mir egal. Ich liebte Musik. Da ich mich zur Musik einfach sehr leicht und schmiegsam bewegen konnte, war ich auch oft der Hingucker auf der Tanzfläche. Da spürte ich Energie in meinem Körper und Musik machte mich so frei, so glücklich. Dann fühle ich mich selbstbewusst und cool.

Mit der Zeit krempelte mich mein Traummann um. Ich lernte zu diskutieren, meine Wünsche zu äußern, mein Missfallen auszusprechen und Ungerechtigkeiten anzusprechen.

Er steckte im Abitur und ich begann meine Ausbildung.

Gern wäre ich Modezeichnerin geworden. Das Talent dazu besaß ich, was ein Preisausschreiben in der Brigitte, dieser Frauenzeitschrift, bewies. Dort belegte ich mit meinen eingereichten Modellen 3 Plätze von insgesamt 20. Ich hatte den 12., den 8., und ich glaube den 22. Platz gewonnen mit meinen Modellen. Darauf war ich stolz.

Aber meine Mutter machte mir einen Strich durch die Rechnung.

Für die Ausbildung hätte ich nach Hamburg gemusst, zur Modefachschule. Da sie mich dann nicht unter Kontrolle halten konnte, verbat sie es einfach.

Ich musste in einem Büro meine Ausbildung beginnen. Es hat mich niemand gefragt. Dafür musste ich dankbar sein, dass ich durch die Schwester meiner Mutter diesen Ausbildungsplatz bekommen hatte.

Es wurde für mich entschieden.

Innerlich war ich todunglücklich. Gern hätte ich etwas Kreatives gearbeitet. Mode war meine Welt. Zeichnen war meine Welt.

Wie oft habe ich als Kind mit meiner Mutter am Sonntag Fernsehen geguckt und die Kleider dabei skizziert, die ich im Fernsehen sah. Von diesen Skizzen gab es hunderte in meinem Zimmer.

Ich schneiderte diese Kleider auch nach für meine Barbie-Puppen. Oft konnte ich genau sagen, aus welchem Film das Kleid ist und welche Schauspielerin es wann getragen hat.

Das war meine eigene kleine, heile Welt.

Meine Mutter war sehr jung, als sie meinen Vater kennenlernte. Und mit 18 Jahren hatte sie mich schon bekommen.

Mir konnte es theoretisch genauso ergehen und dann hätte ich keine Ausbildung. Das waren die Sorgen meiner Mutter. Dass ich so dumm sei, geschwängert werde und dann gar nichts habe.

So ein Blödsinn. Doch damals hätte ich mich nicht durchsetzen können.

Was meine Eltern sagten, war Gesetz.

Da hätte ich weder mit meinem Vater noch mit meiner Mutter reden können. Ich hätte es gar nicht gewagt, dagegen zu halten, das hätte nur Ärger eingebracht und zuletzt dann die üblichen Ohrfeigen. Weil ich halt anderer Meinung war als meine Eltern. Das kannte ich schon zur Genüge.

Also fuhren mein Vater und ich mit einer Freundin zur Beratungsstelle im Arbeitsamt.
Ich konnte es nicht fassen, was als Ergebnis herauskam.
Geeignet sei ich, um den Beruf der Friseurin zu erlernen.
Das konnte ich gar nicht glauben. Ich, die absolut nichts mit Haaren anfangen konnte. Kein bisschen kreativ war, was Haare anging und ich hätte mich geekelt, anderen Leuten die Haare zu waschen.

Doch wie ich schon sagte, meine Mutter brachte mich im Büro unter. Ich erlernte also Bürokauffrau in der Firma, in der die älteste Schwester meiner Mutter Chefsekretärin war.
Also unter Aufsicht!

Erinnern kann ich mich noch an einem Vorfall im Winter. Ich hatte hohes Fieber und Schüttelfrost und bin damit zur Arbeit gefahren. Mir ging es sehr schlecht.
In der Mittagspause traf ich meinen Traummann, der – wenn es zeitlich passte – ab und zu vorbeikam, um mich in der Mittagspause zu sehen.
Er stellte dann fest, dass ich nicht auf die Arbeit gehöre, sondern ins Bett. Er redete so lange auf mich ein, bis ich nach Hause fuhr. Und danach noch zum Arzt.

Als ich in meinem Bett lag und meine Mutter von der Arbeit kam und ich ihr sagte, dass ich krankgeschrieben wäre, drehte diese beinahe durch.

Sie machte mir Vorwürfe. Krank sein gab es bei ihr nicht. Schon gar nicht, wenn man in der Ausbildung sei. Nur wegen eines grippalen Infektes bleibt niemand zu Hause. Schließlich könnte man seinen Arbeitsplatz verlieren und wie ich nur so dumm sei, das zu riskieren.

Das waren schon heftige Vorwürfe. Ich kannte diese zwar aber durch meinen Traumtypen hatte ich mich einfach überreden lassen, doch lieber krank im Bett zu liegen als im Büro zu bleiben.

Doch mein Traummann, der am Nachmittag zu mir kam, hat meiner Mutter gesagt, dass man keinen Arbeitsplatz verliert, nur weil man krank ist. Für eine Erkrankung konnte man nichts und man durfte seine Gesundheit auch nicht einfach so aufs Spiel setzen.

Sie hat das wohl nicht verstanden, da sie gleich beim Eintreffen meines Vaters die Tirade losratterte.

Doch er fand auch, dass ich ins Bett gehörte.

Glück gehabt.

So empfand ich das. Dies hätte viel, viel schlimmer ausgehen können. Normalerweise habe ich damit gerechnet, dass meine Mutter wieder heulend meinem Vater erzählt, dass ich höchstwahrscheinlich jetzt meinen Job verlieren werde. Ich würde bestimmt nur krank machen und sei gar nicht krank. Mit einer Erkältung kann man doch zur Arbeit gehen. Ja, das hatte ich mir vorgestellt.

Doch dieses Mal blieb ich verschont.

Da ich das schon so oft während meiner Schulzeit gehört hatte, war ich gespannt und nun positiv überrascht.

Normalerweise hat sich meine Mutter immer durchgesetzt. Sie konnte meinen Vater immer um den Finger wickeln und ihm einreden, was ich für ein „Früchtchen" wäre. Viel, viel Ärger mit meinem Vater hatte ich dank meiner Mutter. Sie hat sich oft bei ihm ausgeheult, weil sie fand, ich sei ein undankbares Geschöpf und ich wäre auch frech ihr gegenüber. Und würde ich den ganzen Tag nur herumlungern.

Ach, was weiß ich, was sie ihm immer gesagt hat.

Dabei hasste ich eigentlich nur ihre Unselbstständigkeit und ihre Neugier. Und die Fehler, die sie wegen ihrer Dummheit machte, hängte sie mir an.

Ein Beispiel, damit man das verstehen kann:

Ich war ca. zwölf Jahre alt und sollte für meine Mutter zur Drogerie gehen, um ihr kleine Binden zu kaufen. Bis zu diesem Tag hatte ich mich damit noch nicht auseinandergesetzt und ging in die Drogerie und kaufte die falschen Binden. Mir war nicht klar, dass es so viele verschiedene gab. Jedenfalls kam ich mit den falschen nach Hause und was sagte sie zu mir?

„Schickst du Scheiße, bekommst du Scheiße!"

Aber nun weiter in dem Alltag von damals.

Mein Traummann jobbte bei der Tankstelle bei uns im Ort. Er verdiente richtig Geld und wollte ab diesem Zeitpunkt sein Abitur nicht mehr beenden.

Ich redete mit Engelszungen auf ihn ein, aber er wollte seinen Kopf durchsetzen und Geld verdienen. Das Abitur fand er überflüssig und überbewertet. Dabei stand er kurz davor.

Ich hätte selbst gern das Abitur gemacht und wäre selbst gern auf die höhere Schule gegangen. Leider wurde mir das nicht erlaubt. Meine Eltern hielten das für unnötig. Da Sie kein Abitur hatten, benötige ich auch keins.

Woher sollte ich denn die Intelligenz besitzen?

Damit musste ich nun einmal leben.

Doch mein Traummann durfte seine Möglichkeiten nicht wegwerfen, sein Abitur zu machen, nur um an der Tankstelle zu arbeiten. Das konnte ich nicht zulassen.

Mir hat man in der Familie immer gesagt, dass ich viel zu blöd wäre, um ein Abitur zu machen. Wie sollte ich ein Abitur schaffen, wenn das kein anderer aus der Familie geschafft hatte?

Das machte sprachlos und man resignierte.

Wie oft habe ich mir gewünscht, dass man mein Talent erkennt und auch meine Auffassungsgabe. Es müsste nur gefördert werden. Doch damit konnte ich in unserer Familie nicht rechnen.

Doch mein Traumtyp sollte es wenigstens machen.

Selbst seine Mutter, zu der ich nicht unbedingt ein gutes Verhältnis hatte, sprach mich an und fragte mich, ob ich nicht Einfluss auf ihren Sohn nehmen könnte. Ich versicherte ihr, dass ich das sowieso täte. Ich wollte auch, dass er das Abitur machte … Was er dann auch getan hat. Es hätte besser sein können, aber er hat es geschafft.

Eines Tages lagen mein Traummann und ich in der Sonne in seinem Garten, nachdem wir im Pool waren. Seine Mutter kam von der Terrasse, setzte sich neben uns und sagte, dass sie gern nach Lanzarote in den Urlaub fliegen wollte, aber ihr Mann dagegen wäre.

Es wäre ihm zu teuer. Dabei konnte sich jeder verschissene Arbeiter einen Urlaub leisten und diese Familie, ein Hotelier mit seiner Frau als Zahnärztin, nicht?

Da blieb mir fast die Spucke weg.

Ich drehte mich um und sagte zu ihr: „Lieber ein Arbeiter und Urlaub als Hotelier und keinen Urlaub."

Dann sprang ich auf, zog mich an und ging.

Da konnte mein Traumtyp auch auf mich ein reden wie er wollte. Ich war wie von Sinnen. Was sich diese Frau anmaßt und einbildet? Das höre ich mir nicht länger an. Diese Arroganz!

Da ich auch nicht diskutieren wollte, lief ich einfach weg.

Ein anderes Mal war unsere Cliquen im Partykeller und wir grillten.

Ein Freund von meinem Traummann und ich waren der Meinung, wir müssten der Mutter meines Freundes eine Bratwurst hochbringen. Also gingen wir mit guten Absichten durch den Garten zur Terrassentür hinein. Wir riefen, aber niemand antwortete. So sagten wir uns, stellen wir die Bratwurst einfach auf den Esstisch.

Wir gingen also diese drei Schritte in das Esszimmer und stellten dort den Teller auf dem Tisch ab.

Gerade als wir wieder gehen wollten, kam die Mutter meines Freundes in BH und Strumpfhose die Treppe herunter.

Sie sah uns und war völlig hysterisch. Sie rief, was uns wohl einfallen würde, einfach durch die Terrassentür in ihr Haus zu kommen und nicht durch die Tür. Wir wären schließlich Fremde in ihrem Haus. Das ging so gar nicht und das würde sie sogleich klären. Sie käme gleich nach unten.

Mein Freund und ich gingen zu der Clique zurück und erzählten natürlich meinem Freund, was gerade passiert war. Er sagte nur, dass das doch nicht schlimm wäre. Was musste denn seine Mutter, wenn sie wusste, dass im Partykeller Leute waren, halb angezogen durch das Haus rennen. Schließlich hätte jederzeit einer aus der Clique zur Toilette gehen können. Dann wäre es auch passiert. Er sah da also überhaupt kein Problem.

Doch es kam anders.

Seine Mutter kam herunter und sagte total sauer, bestimmend und böse, dass die Musik ausgemacht werden sollte und sie wollte, dass wir alle ihr Haus verließen, denn zwei Leute aus dieser Clique hätten nicht gewusst, wie man sich in einem fremden Haus benehmen sollte. Und dies würde sie auf keinen Fall dulden. Die Party wäre hiermit beendet.

Nun rauschte mein Freund zu seiner Mutter und fragte, ob sie nicht überzogen und ungerecht handeln würde. Schließlich hätte jederzeit auch ein anderer hochkommen können, um auf die Toilette zu gehen. Dann wäre es auch passiert.

Warum sie halb nackt durch das Haus laufen würde, wo sie wusste, dass Gäste im Haus waren?

Sie sagte dann, es sei ja schließlich ihr Haus und mein Benehmen wäre schon das Allerletzte. Darauf schrie mein Freund seine Mutter an, dass sie ihre Fresse halten sollte.

Das wollte er sicherlich nicht so sagen, aber er war wütend und empfand ihren Rauswurf als ungerecht, dazu hatte sie mich angegriffen, das konnte er nicht zulassen.

Somit schmiss sie uns alle raus und sagte dann, dass das noch ein Nachspiel gäbe, weil sie das später ihrem Mann erzählen würde.

Oha!

Wir gingen dann alle und ich redete auf meinen Freund ein, dass er sich entschuldigen sollte, es wäre ja schließlich seine Mutter. Aber er wollte davon nichts hören. Er war sogar der Meinung, dass sich seine Mutter bei mir entschuldigen sollte.

Das war alles nicht gut und völlig unnötig. Natürlich machte ich mir Vorwürfe wegen der Bratwurst. Hätte ich bloß nichts gesagt. Und hätte ich bloß diese verdammte Bratwurst nicht hochgebracht.

Oh, was für ein Theater.

Ich hätte im Leben nicht damit gerechnet, dass sie halb nackt in ihrem Haus herumflitzt. Das wäre sicher bei uns zu Hause nicht passiert. Nun gut, wir hatten ja auch kein Haus.

Hätte ich zu meiner Mutter gesagt, dass sie ihre Fressen halten sollte, dann hätte sie mir nicht nur mit der Hand ins Gesicht geschlagen. Das wäre sicherlich entweder der Kochlöffel oder der Bügel gewesen.

Das hätte ich mich nicht getraut.

Sie hätte es meinem Vater gesagt und der hätte mich verprügelt. Bei uns wurde nicht geredet über Gefühle oder so, es wurde nichts ausdiskutiert, oder gefragt, warum und wieso. Es wurde einfach zugehauen, wenn es nicht in das Bild meiner Eltern passte.

Meine Mutter war um die 1,58 m groß und hatte große Brüste und einen ausgeprägten Hintern. Sie hatte kurze blond gefärbte Haare und sah gut aus. Sie kam immer locker-flockig rüber und konnte lachte gern. Sie war auch eine richtige Labertasche. Über Oberflächlichkeiten konnte man sich mit ihr immer unterhalten und über die Nachbarn zog sie sowieso gerne her. Jedenfalls war sie als Schlachtereiverkäuferin gut aufgehoben. Für jeden ein gutes Wort.

Wir sprachen in unserer kleinen Familie nicht viel miteinander.

Weder mit meiner Mutter noch mit meinem Vater. Eigentlich sprach ich nur mit ihm, wenn ich wieder einmal ein Heft mit einer schlechten Note in meinem Atlas versteckte, den er gerade dann benötigte.

Es gab nichts zu reden in dieser Familie. Ich hatte das Gefühl, dass ich mich unsichtbar machen muss. Nicht auffallen und vor allem nicht im Weg stehen. Sich nicht einmischen, da ich nichts zu sagen hatte. Ich durfte dort leben und musste mich freuen und glücklich sein, dass ich neue Klamotten bekam und Spielzeug und Schallplatten. Diese Dinge wurden jedoch nicht von mir gewünscht, oder ausgesucht. Es wurde mir einfach mitgebracht und ich musste mich darüber freuen.

Sollte ich mich nicht freuen, gab es die üblichen Reden über meine Undankbarkeit.

Vielleicht hatte ich damals schon gelernt zu zeigen, wenn irgendetwas einem nicht gefiel. Mir sah man es einfach an. Das konnte ich auch nicht abstellen. Mein ganzes Leben lang.

Als Kleinkind nahm mein Vater mich mit zum Fußball. Zum Training unserer Stadt-Mannschaft Eintracht. Ich war ein Kleinkind. Weder hatte ich Ahnung von Fußball noch Lust auf Fußball. Mein Vater war ein Fußballfan und ich war nicht sein Sohn. Ich war nur die Tochter. Und da ich kein Interesse für Fußball zeigte, war ich schon nicht erwünscht.

Doch manchmal musste er sich in seiner Freizeit mit mir beschäftigen. Ob es der Wunsch meiner Mutter war, oder ob er mich einfach unter Kontrolle haben wollte, das weiß ich heute nicht mehr.

Jedenfalls verbrachte ich oft Zeit mit meinem Vater auf dem Trainingsplatz von Eintracht.

Und wenn es nicht das Fußballspielen war, dann waren es die Schleusen. Ich kannte sie alle. Mein Vater ist früher zur See gefahren und hatte einen Hang zur Binnenschifffahrt und somit zu den Schleusen. Also fuhren wir oft den Kanal lang und hielten bei den Schleusen. Oft sprach mein Vater mit den Schiffsbesitzern und ich langweilte mich.

Es hat für mich auch Spaß gemacht, mal beim Schleusen zuzusehen, aber mehr als zweimal kann man es nicht ertragen.

Mein Vater erzog mich mit Strenge und Härte. Es gab keine Zärtlichkeiten, oder ein liebes Wort. Wie oft hätte ich gern meinen Vater in den Arm genommen. Ich hatte ihn so lieb und ich hatte mir sehr gewünscht, mit ihm mal einfach zu reden. Doch das habe ich mich gar nicht getraut.

Meine Angst war immer, bloß nichts Falsches sagen und machen, damit er nicht böse auf mich wird.

Zum Glück musste mein Vater sich nicht oft mit mir beschäftigen. Ich glaube, das hätte ich auch auf Dauer nicht ausgehalten.

Mein Vater war auch im hohen Alter noch ein sehr gut aussehender Mann. Groß, schlank, mit schwarzen Haaren und einem einladenden Gesicht. Ja, ja, die Frauen und er. Wie gesagt, er hat Matrose gelernt und ist auf dem Kanal gefahren. Ich denke, in jedem Hafen hatte er eine andere Frau.

Bis er beim Tanzen meine Mutter kennenlernte. Sie auf ihren hohen Stöckelschuhen, mit einem spitzen Busen und einer Wespentaille, da war es um ihn geschehen.

Man sollte meinen, er wäre schlauer und intelligenter, aber er hat meine Mutter geschwängert, was er nicht wollte.

Die Frage musste er sich stellen: „Heiraten oder nicht?"

Meine Mutter hatte inzwischen versucht, durch heiße Senfbäder und vom Stuhl zu springen, das Kind zu verlieren, aber ich blieb irgendwie in der Gebärmutter fest. Zum Leid meiner Mutter.

Mein Vater hatte sich erst einmal nach dem Bekanntwerden der Schwangerschaft zurückgezogen. Er musste sich mit seiner Mutter beraten. Die wollte nicht, dass er sich mit einer Asozialen abgibt. Meine Mutter kam aus einer Familie mit vier direkten Geschwistern und einem Halbbruder. Meine Oma, ihre Mutter, war mehr im Kino als bei den Kindern. Kochen konnte meine Oma auch nicht, was oft damit endete, dass mein Opa das Fenster aufriss und alles, was ihm nicht schmeckte und was herumlag, einfach herausschmiss.

Dass das die Leute auf der Straße und im Dorf mit bekamen ist doch klar.

Also das asoziale Pack.

Die kinderreiche Familie.

Ich denke, dass meine Mutter darum immer auf Klamottenjagd war und noch heute ist. Auch das dauernd neue Möbel gekauft werden. Sie muss sich selbst beweisen, dass sie nicht asozial ist. Sie muss sich beweisen, dass sie es aus diesem Elend geschafft hat.

Wir sind alles andere als asozial. Meine Eltern haben damals mehr Geld verdient als viele andere Leute. Wir konnten uns viel leisten und immer in den Urlaub fahren. Wir mussten nicht sparen. Ich hatte bestimmt jede Barbiepuppe und einen ganzen Haufen von Klamotten.

An materiellen Dingen sollte es nicht fehlen. Es fehlt jedoch an Liebe und Geborgenheit. Das konnte man nicht kaufen. Doch ich denke, das war für meine Eltern nicht wichtig.

Für Sie selbst war das okay, sie fühlten sich wohl. Ich war störend und musste unauffällig bleiben.

Wie oft habe ich mir gewünscht, dass meine Mutter mich mal in den Arm nähme und mir zeigen würde, wie lieb sie mich hatte. Das passierte sehr, sehr selten.

Im Alter wurde mir klar, dass sie das nicht zeigen konnte, da es nicht so war. Sie wollte mich nicht und nun war ich da. Und das hieß für mich, ich musste funktionieren. Wenn ich mal nicht funktionierte, wie sie sich das vorstellte, wurde geprügelt.

Wie gesagt, bei uns wurde nichts ausdiskutiert. Bei uns gab es nur Schwarz oder Weiß, nur Ja oder Nein.

Ich hatte einige Begebenheiten, die in meinem Gedächtnis geblieben sind, die mich vielleicht auch abgehärtet haben. Selbstverständlich zog ich mich auch zurück.

Ich zeigte auch keine Gefühle. Jedenfalls nicht meinen Eltern gegenüber. Eher bei meinen Großeltern. Dort wuchs ich auf bis zum sechsten Lebensjahr, dann zogen wir dort weg und das veränderte meine heile Welt radikal.

Eine Begebenheit von vielen Begebenheiten ist noch in meinem Kopf.

Als ich so um die zwölf Jahre alt war, bin ich mit meinen Barbiepuppen und den Klamotten zu einer Freundin mit dem Fahrrad gefahren.

Während wir in ihrem Zimmer mit unseren Barbies spielten, wurde es ihrer Mutter wohl schlecht und sie brach zusammen. Der Vater wollte sofort mit der Mutter zum Arzt fahren und hatte mich quasi kurzfristig vor die Tür gesetzt und gesagt, dass ich nachher wieder kommen sollte, um die Sachen abzuholen.

Er packte seine Frau und sein Kind ein und brauste davon.

Also machte ich mich auf den Heimweg. Meine Mutter kam mir auf dem Fahrrad schon entgegen.

Sie rief schon aus der Ferne, wo ich denn die Barbiesachen hätte. Also hat sie mit ihren Luchsaugen schon gesehen, dass ich diese Sachen nicht hatte.

Als sie auf meiner Höhe war, erzählte ich kurz die Geschichte und auch, dass ich die Sachen später abholen könnte.

Sie stieg vom Fahrrad und legte das wütend auf die Straße. Ehe ich mich versah, schlug sie auf mich ein.
Ich fiel hin und sie schlug immer noch auf mich ein. Und dabei beschimpfte sie mich.
Plötzlich guckte ein Nachbar meiner Freundin über seine Hecke und rief meiner Mutter zu, dass er sofort die Polizei holen würde, wenn sie nicht augenblicklich damit aufhören würde, auf mich einzuprügeln.
Meine Mutter rappelte sich auf und zerrte an mir herum.
Sie sagte kein Wort, nahm ihr Fahrrad und wies mit Blicken zu mir, dass wir uns schnellstmöglich auf den Weg nach Hause machen sollten.
Zusammen gingen wir nach Hause. Sie heulte und ich war innerlich wütend auf sie. Warum heulte sie nur? Sie wurde nicht geschlagen. Am liebsten hätte ich sie auch verhauen.

Als wir dann oben in der Wohnung waren, heulte sie immer noch und hatte Angst, dass die Polizei jetzt zu uns kommen würde. Ihre Anweisungen waren, dass ich auf jeden Fall nichts sagen dürfte, was meine Mutter belasten könne. Ich solle sagen, es wäre ein Versehen, oder Missverständnis gewesen.
Sie heulte weiter und sagte mir, dass alles meine Schuld sei. Ich sei einfach ein furchtbares Kind. Warum ich denn nicht einfach ein normales Kind sein könnte?

Wenn ich die Barbiesachen mitgebracht hätte, wäre das alles nicht passiert. Ich bin einfach ein undankbares Kind!

Innerlich war ich sehr wütend auf sie. Was hatte ich denn gemacht? Ich konnte doch nichts dafür, dass die Mutter meiner Freundin ins Krankenhaus musste.

Und die Barbiesachen wollte meine Freundin doch nicht behalten. Irgendwie verstand ich das alles nicht, aber wütend war ich auf meine Mutter.

Als es plötzlich klingelte an unserer Haustür bekam meine Mutter Schiss. Sie dachte, die Polizei wäre da und darum wimmerte sie vor sich hin.

Als sie dann oben die Tür aufmachte, stand der Vater meiner Freundin mit meinen Barbieklamotten vor der Tür.

Er entschuldigte sich, dass er so plötzlich aufgebrochen war und meine Barbiesachen für ihn nebensächlich waren. Das täte ihm unheimlich leid. Er ahnte nicht, dass meine Mutter vollkommen ausrasten würde und sogar ihr Kind auf der Straße verhauen würde.

Dieser Satz war meiner Mutter sichtlich peinlich. Als der Vater meiner Freundin dann zu mir gewandt auch noch fragte, ob es mir gut gehen würde und ob er etwas für mich tun kann, war das megapeinlich.

Am liebsten hätte ich ihm gesagt, dass er ruhig die Polizei anrufen könne. Im Inneren hätte ich mir gewünscht, dass meine Mutter auch mal einen auf den Deckel bekommt. Aber ich bedankte mich nur und sagte ihm, dass alles in Ordnung sei Er bräuchte sich keine Sorgen um mich machen.

Wenn man denkt, dass dies meiner Mutter eine Lehre gewesen war, hat man sich getäuscht.

Allerdings bin ich nie wieder zu meiner Freundin nach Hause gegangen. Es war mir zu peinlich.

Einmal kam ich von der Schule nach Hause und meine Mutter wartete schon hinter der Tür. Als ich die Tür zugezogen hatte, fiel sie wie eine Furie über mich her.

Wo ich denn die Schmuckstücke her hätte und die Haarklemmen und die Barbiesachen usw.

Sie hatte alle Sachen, die sie nicht kannte, auf den Boden gelegt.

Ich sagte, ich wüsste es nicht mehr. Daraufhin bekam ich die ersten Ohrfeigen. Da ich nicht zugab, dass meine Freundin und ich gestohlen hatten, wurde ich windelweich geschlagen. Mit Kochlöffel und Kleiderbügel.

Meine Mutter sagte mir nach dem sie sich abreagiert hatte, dass meine Freundin zugegeben hätte, dass wir diese Dinge gestohlen hatten und sie wollte jetzt wissen, warum?

Das konnte ich ihr nicht beantworten, denn wir hatten eigentlich keinen Grund. Wir benötigten diese Sachen nicht.

Es war – glaube ich – das Ausreizen, oder Reiz. Werden wir erwischt oder nicht. Es war dumm von uns, aber wir haben es getan und das ohne Sinn. Ich weiß auch nicht, was mich dazu gebracht hat, aber wir haben es getan.

Meine Freundin und ich haben uns geschworen, es niemanden zu erzählen. Und nun das Weichei von Freundin. Sie hatte gepetzt. Ich musste dann mit zu meiner Freundin und die saß heulend da und wiederholte immer und immer wieder, wie leid es ihr täte.

Das konnte ich nicht sagen, denn mir war es ehrlich gesagt egal. Das Einzige, was ich nicht gut fand, war der Verrat meiner Freundin. Mit diesem Verrat war unsere Freundschaft erledigt. Für mich gab es so etwas nicht. Nie im Leben hätte ich den Namen meiner Freundin genannt. Eher hätte ich mich totschlagen lassen. Für mich war es einfach klar. Eine Absprache hält man ein. Es wird niemand verraten.

Da half später auch keine Entschuldigung meiner Freundin. Wir hatten uns geschworen, den Mund zu halten bzw. niemanden zu verraten. Sie hatte sich dagegen entschieden und somit war sie für mich keine Freundin mehr.

Überhaupt wurde mir klar, dass ich, wenn ich etwas ausprobieren möchte, lieber alleine machen sollte.

Verlass dich niemals auf andere!

Natürlich war es falsch zu stehlen, aber ich hatte es ja als Kind sogar bei meinem Vater gesehen. Von daher dachte ich, man könnte es einfach mal ausprobieren. Es war leichtsinnig und dumm, aber deswegen so verprügelt zu werden, war für mich nicht verständlich. Dabei wusste ich, dass es genauso passieren würde, wenn es herauskäme. Und es kam heraus. Und das ich verprügelt werden würde, war auch klar. Meine Freundin hingegen heulte und versprach ihrer Mutter, dass nicht noch einmal zu machen und damit hatte sich das Thema erledigt.

Ich schmiss die geklauten Sachen weg und damit war die Geschichte für mich erledigt.

Ein weiteres Mal hat mich meine eigene Blödheit eingeholt. Eine andere gute Freundin war für ein Jahr zu ihrem

Bruder nach Aachen geschickt worden. Ihre Mutter war alleinerziehend und sie musste sich mehreren Operationen unterziehen, weswegen meine Freundin bei ihrem Bruder leben musste.

Wir schickten uns besprochene Kassetten zu.

Eines sonntags, meine Großeltern waren zu besuch, ging ich nach dem Essen zu einer anderen Freundin.

Das war die Freundin, mit der ich später mit dem auffälligen Hut auf dem Sportplatz erschienen bin und meine große Liebe kennenlernen sollte.

Im Kassettenrekorder war eine Kassette halb von mir besprochen für meine Freundin. Natürlich waren da auch intime Dinge drauf, die ich mit ihr besprochen habe. Und eine Hasstirade an meine Eltern. Dass ich am liebsten von zuhause weglaufen würde. Dass ich meine Eltern für ihre Kleinkariertheit hasste. Dass ich unglücklich sei und mich freue, sie bald wiederzusehen.

Über eine Party, auf der geknutscht wurde, hatte ich auch gesprochen.

Meine Mutter rief bei meiner Freundin an und sagte, dass ich sofort auf direktem Wege nach Hause kommen solle.

Sofort.

Ich ahnte aufgrund der Wortwahl meiner Mutter, dass der Stern für mich ungünstig steht.

Nie im Leben wäre ich darauf gekommen, dass meine Eltern meine Kassette abgehört haben.

Ich ging also nach Hause. Mein Gefühl sagte mir, dass ein Unheil passieren wird. Mein Bauch sagte mir, dass mich nichts Gutes erwarten würde.

Mein Gebet innerlich ging zum lieben Gott, der mir immer geholfen hatte, wenn ich in brenzlige Situationen gekommen bin.

Nun brauchte ich ihn. Dringend!

Als ich hereinkam, saßen meine Großeltern im Esszimmer und mein Vater und meine Mutter gingen mit mir in die Küche.

Mein Vater und ich setzten uns an den Tisch. Wir saßen uns gegenüber. Meine Mutter stand vor uns an die Küchenzeile gelehnt. Mein Vater fragte mich, warum ich das aufgenommen hätte und wer das bekommen sollte. Ich erzählte es ihm. Er fragte mich, warum ich denn unbedingt mein zu Hause verlassen möchte. Dringend weg von hier möchte. Ich hätte doch nichts auszustehen.

Und nun kam es wieder so, wie es immer kam.

Ich sagte gar nichts mehr und verschloss mich.

Es hätte auch gar keinen Sinn gehabt, mit ihnen zu sprechen, denn sie hätten es nie verstanden.

Natürlich liefen mir tausend Gedanken durch den Kopf. Und ich hatte natürlich auch Angst davor, was jetzt kommen würde.

Ehe ich mich versah, schlug mein Vater mir mit der Hand ins Gesicht.

Immer und immer wieder.

Das war wohl ein Wettsport für ihn. Kurz und schnell. Die haben gesessen.

Natürlich schmerzte es auch. Aber von mir kam keine Regung.

Inzwischen hatte ich Nasenbluten. Die Lippe war aufgeplatzt und das Blut lief mir über das Kinn.

Ich wischte es mit dem Handrücken ab.

Meine Mutter stand bei der Küchenzeile und weinte und jammerte und sagte so etwas wie: Oh mein Gott, was für ein undankbares Kind. Was habe ich nur verbrochen, um so ein Kind zu haben. Oh Gott, oh Gott.

Mein Vater steigerte sich in seiner Wut und schlug härter zu.

Als ob er meine bösen Gedanken aus mich herausprügeln könnte.

Was habe ich gedacht?

Ich habe gedacht: Siehst Du, darum will ich hier weg!

Aber ich habe nichts gesagt. Wie immer.

Ich hasste meine Eltern dafür.

Alles, was ich gesagt hätte, wäre falsch gewesen. Darum war für mich klar. Mund halten!

Irgendwann war es dann vorbei.

Meine Eltern entließen mich aus der Küche und ich sollte ins Esszimmer zu meinen Großeltern gehen.

Selbstverständlich hatte ich sämtliche Verbote erhalten, die man erhalten kann. Kein Treffen mehr mit Freunden und Stubenarrest.

Entschlossen ging ich dann zum Esstisch meiner Großeltern und setzte mich auf den Stuhl. Ich sagte keinen Ton.

Mein Opa und meine Oma guckten mich nur an und meine Oma weinte.

Das tat mir so weh.

Ich liebte meine Großeltern. Sie waren viel wichtiger als meine Eltern für mich. Ich war bei Ihnen aufgewachsen. Und nun sahen sie, wie ich verprügelt wurde. Es war nicht zu übersehen.

Meine Oma, diese kleine dicke, rundliche Person. Die konnte mich so gut trösten, wenn ich als Kind mal geweint hatte. Sie hat mich oft in Schutz genommen, wenn meine Mutter wieder mal auf mich eingeprügelt hat. Ich liebte ihre Wärme und ihr sorgenvolles Gesicht.

Meinen Großvater liebte ich noch viel mehr. Bei ihm durfte ich alles, was ich wollte. Er war gutherzig und ich war sein Liebling. Leider war er nie dabei, wenn meine Mutter mich geschlagen hatte. Ich glaube, das hätte sich meine Mutter in der Gegenwart ihres Vaters auch nicht getraut.

Und nun saßen Sie hier und mussten das alles ertragen.

Ich schämte mich für alles Böse, was ich getan hatte. Ich wollte ihnen nicht wehtun und es tat mir so leid, ihnen den Nachmittag zu versauen. Es tat mir so leid, dass meine Oma weinte.

Doch ich konnte nichts sagen. Es kam kein Wort aus mir heraus. Noch nicht einmal eine Träne. Ich konnte noch nicht einmal weinen. Dabei hatte es sehr wehgetan, aber diesen Wunsch habe ich meinen Eltern nicht erfüllt.

Schwäche zeigte ich nicht.

Vielleicht bin ich deswegen so hart geworden?

Oder wie einige sagen, ich sei gefühlslos.

Ne, das bin ich ganz bestimmt nicht. Im Inneren habe ich ein verletzbares Herz und verletzte Gefühle und ich weine genauso oft wie andere. Nur innerlich.

Als mein Vater dann meine Großeltern nach Hause fuhr, sagte meine Mutter zu mir, dass es nicht so gemeint war von Papa. Sie bat um Verständnis für meinen Vater.

Ich spreche zu fremden Leuten auf Kassette und äußere mich negativ über meine Eltern. Da darf ich mich nicht wundern, dass mein Vater so böse auf mich wird.
Ich hätte selbst schuld. Ich ziehe die Scheiße an!

Doch ich sagte nichts. Ich konnte auch nichts sagen, da war nichts, was ich hätte sagen können.

Mein Kopf war leer. Mein Herz war schwer und ich habe mich nach Verständnis und Liebe gesehnt. Habe ich denn so etwas Böses getan? War es so verwerflich seiner Freundin zu sagen, wie es einem geht? Was man fühlt?

Ja, das war es wohl. Was habe ich gelernt daraus. Mund halten!

Wie sehr habe ich mir eine Mutter gewünscht, die Verständnis aufbringt und mit mir redet. Die mich in den Arm nimmt und versucht, mich zu verstehen.

Doch ich war allein. Allein mit meinen Gedanken, allein mit meinen Gefühlen.

Und dann kam der richtige Spruch für mich. Ich sollte auf jeden Fall in der Schule nicht erzählen, wie ich zu der dicken Lippe und der geschwollenen Nase gekommen sei. Ich dürfte meinem Lehrer nichts von dem Passierten erzählen.

Nach diesem Satz schaute ich meine Mutter voller Hass an. Ich sagte ihr dann ins Gesicht, das ich meinem Lehrer morgen sagen werde, was passiert ist. Ich würde ihm sagen, dass Papa mich geschlagen hat. Und dass das nicht zum ersten Mal vorgekommen sei. Dann käme bestimmt das Jugendamt und nähme mich mit. Dann hätten sie endlich Ruhe von mir.

Da fing sie wieder an zu weinen, doch ich zeigte kein Mitleid.
Ich ging in mein Zimmer, machte die Tür zu und weinte innerlich.
Zum Glück hat mein Klassenlehrer nicht gefragt. Ich schminkte es über, sodass es fast nicht mehr zu sehen war.
Und ehrlich gesagt, ich hätte es nie meinem Lehrer erzählt. Erst einmal wäre es peinlich und würde zeigen, wie asozial wir sind und zweitens wollte ich auch nicht unbedingt vom Jugendamt abgeholt werden.

Es waren meine Eltern, die konnte ich mir nicht aussuchen.

Vielleicht habe ich die Hoffnung auch nicht aufgegeben, dass sie mich eines Tages doch lieben würden.

Ein weiteres Beispiel war ein Junge aus meiner Klasse. Dieser suchte ständig Streit und er ärgerte massiv einen Freund von mir. Also ging ich dazwischen.
Da ich keine Angst hatte vor Härte oder Schläge, machte ihm den anderen Jungen klar, dass er aufhören solle, sonst liegt er gleich auf dem Boden.
Er hörte nicht auf. So brachte ich ihn zu Boden und ermahnte ihn, dass er meinen Freund in Zukunft in Ruhe lassen solle. Meine Augen haben ihn im Blick.

Dieser Junge kam dann nachmittags zu uns. Nachdem meine Mutter die Tür aufgemacht hatte, erzählte er ihr, dass ich ihn verprügelt hätte und dadurch, dass ich ihn zu Boden gerissen hätte, ein Loch in seiner Hose gekommen wäre.

Nachdem er dieses seiner Mutter erzählte, die sicher darüber aufgeregt hat, schickte sie ihn los zu uns. Sie hätten das Geld nicht für eine neue Hose und darum sei jetzt meine Mutter aufgefordert, diese Hose zu stopfen.

Aufgeregt sagte ich meiner Mutter, dass sie das nicht machen solle. Es wäre seine Schuld, dass es so weit gekommen ist. Er hat selbst schuld. Dies hätte er sich vorher überlegen müssen. Nein, sie solle auf keinen Fall die Hose stopfen.

Meine Mutter tat es jedoch.

Schließlich war ich das böse Kind, was immer nur Ärger machte. Und was würde ihr denn anderes übrigbleiben. Das verdammte Gör, was nur Ärger und Leid in die Familie brachte.

Oha. Ich konnte schon die Tirade meines Vaters hören.

Am Wochenende erzählte ich es dann meinem Vater, der das schon wusste.

Dieser meckerte auch nicht, sondern meinte nur, dass ich mich wehren könnte, aber aufpassen solle, dass ich niemanden verletze.

Habe ich gar nicht.

Nur die Hose hatte ein Loch bekommen.

Auch da sollte ich aufpassen, dass so etwas nicht noch einmal passiert. Ansonsten wäre meine Handlung schon in Ordnung.

Ich solle mir aber auch gleichzeitig überlegen, wenn ich mich schon so für einen Freund einsetze, ob der Freund das auch für mich tun würde. Also abwägen!

Vielleicht wollte ich unbedingt die Anerkennung meines Vaters. Ich weiß es nicht genau, aber ich denke, ich habe gelechzt nach Anerkennung.

Aber nun zum Abschluss des besonderen Grillabends bei meiner großen Liebe.

Wir fuhren später zu ihm nach Hause. Wir mussten den Grill dort hinbringen und sauber machen und den Partykeller noch aufräumen. Das taten wir auch.

Als wir das Gröbste in die Küche getragen hatten, um es abzuwaschen, kam sein Vater nach Hause. Er wusste schon von seiner Frau, was passiert war.

Er sagte ruhig zu meinem Traummann, dass er doch bitte seine Version erzählen sollte.

Das tat er auch.

Sein Vater antwortete wieder sehr ruhig, dass er ihn verstehen könnte, jedoch durfte es nicht sein, dass er zu seiner Mutter sagt, sie müsse die Fresse halten.

Dafür sollte er sich entschuldigen.

Mein Traummann war nicht der Meinung und er sagte, er überlege es sich.

Sein Vater stimmte ihm nickend zu und meinte, dass er seine Antwort bzw. seine Entschuldigung dann später hören wollte. Er sollte gut überlegen.

Da er mich nach Hause brachte, nutzte ich die Gelegenheit, um wieder auf in einzureden.

Ich bat ihn sehr, sich bei seiner Mutter zu entschuldigen. Es war doch nur eine Entschuldigung. Mit Eifer machte ich ihm klar, dass er das sicherlich nicht so gemeint hatte, und das könnte er auch gut zugeben und er sollte über seinen Schatten springen.

Da hörte ich mich Dinge sagen, die ich selbst nie gemacht hätte, aber von denen ich überzeugt war, dass sie richtig waren.

Am nächsten Tag erfuhr ich dann, dass er sich entschuldigt hatte, jedoch mit dem Begleitsatz, dass ich es von ihm verlangt hätte. Seine Mutter war sicherlich nicht begeistert, aber sie nahm die Entschuldigung an.

Sie ist auch eine kluge Frau!

Er machte sein Abitur und ich hatte meine Lehre.

Er verpflichtete sich dann bei der Bundeswehr und wir zogen zusammen.

Wir richteten uns eine Wohnung im Haus seiner Oma ein, die hinter dem Hotel ihres Sohnes, dem Vater meines Traummannes, wohnte.

Jetzt hatten wir eine Einzimmerwohnung mit Küche und Dusche.

Die Oma vergötterte ihren Enkel, meinen Traummann.

Wir bekamen finanzielle Unterstützung von ihr und ich leistete ihr ab und an Gesellschaft.

Dafür war sie dankbar.

Mein Traummann wurde dann aber nach Lübeck versetzt und das war nicht so schön.

Die Woche über war ich allein und ging mit Freundinnen öfter mal um die Häuser. Man kann schon sagen, dass ich mich prächtig amüsierte. Manchmal hatte ich auch ein schlechtes Gewissen, aber endlich konnte ich machen, was ich wollte.

Keine Eltern, die mir ständig sagten, was ich tun und lassen sollte.

Endlich frei. Jedenfalls fast frei.

An Feiertagen, wenn in der Disco keine Musik gespielt werden durfte, konnte ich den ganzen Laden unterhalten, und zum Lachen bringen.

Man hielt mich für eine Frohnatur.

Wahrscheinlich wusste ich, dass ich durch meine lustige Art gut ankam und war darum so aufgedreht. Ich freute mich darüber, dass ich die Leute mitreißen konnte, ohne dass ich mich anstrengen musste.

Vielleicht war ich doch gar nicht so ein schlechter Mensch, wie meine Eltern immer sagten.

Vielleicht wollte ich auch nur Aufmerksamkeit. Keine Ahnung, was das war. Aber ich konnte mich dabei sehr gut amüsieren und hatte großen Spaß.

Bei der Bundeswehr zog sich in einem Manöver mein Traummann eine Prostataentzündung zu. Er lag im Krankenhaus in Lübeck. Dies teilte mir sein Vater mit.

Er kam vom Hotel herüber und wollte diese Neuigkeit verkünden.

Das war zwar sehr informativ, aber wie sollte ich mehr erfahren? Was konnte ich tun?

Ich hatte weder einen Führerschein noch ein Auto und das nötige Kleingeld hatte ich auch nicht.

An einem Wochenende beschlossen seine Eltern zu ihm ins Krankenhaus nach Lübeck zu fahren.

Davon wusste ich nichts

Erst nach ein paar Tagen, als wir wieder einmal telefonieren konnten, erzählte es mir mein Traummann.

Seine Eltern fuhren zu ihm ins Krankenhaus und hatten mich vergessen zu informieren, oder zu fragen, ob ich gern mitfahren möchte.

So sind sie im Krankenhaus erschienen und durften auch gleich wieder gehen. Mein Traummann hat seine Eltern nicht empfangen und bat sie, dringend wieder zu gehen.

Er zeigte sein Unverständnis dafür, mich nicht einmal zu informieren. Geschweige denn, mich mitzunehmen. Oder vielleicht hätte ich ja gern etwas mitgegeben für ihn.

Dieses Ereignis brachte uns dazu, darüber nachzudenken, was wir besser machen könnten, damit wir mehr zusammen sein können und so eine Situation nicht noch einmal passieren würde.

Wir zogen also gemeinsam nach Lübeck.

Genau an meinem 18. Geburtstag bezogen wir in einem kleinen Ort bei Lübeck unsere gemeinsame, kleine Wohnung. Das war ein Schritt in die Selbstständigkeit.

Auch ich hatte mich verändert. Mein Selbstbewusstsein war enorm gut, ich fühlte mich verstanden und geliebt.

Das geliebt werden war das Beste, was mir je passiert ist.

Die Nähe, die Gefühle und die Zärtlichkeiten. Es war der Wahnsinn für mich.

Für das Beibringen von Gefühlen, bin ich meinem Traummann auch sehr dankbar.

Ich liebte ihn aus vollem Herzen. Er gab mir zu verstehen, wie wichtig ich für ihn bin und wie wichtig ihm meine Meinung zu allem war. Er vergötterte mich.

Was konnte ich mir mehr wünschen, als einen Menschen, der mich so nimmt, wie ich bin und der mir seine Liebe so zeigt, wie mein Traummann.

Da er sich bei der Bundeswehr verpflichtet hatte, verdiente er zwar gut, aber dafür, dass wir jedes freie Wochenende nach Hause fuhren, war das Geld schnell weg.

Mit abgezähltem Geld ging ich zum Bäcker und holte am Wochenende unsere geliebten Brötchen. Ich stahl aus dem Garten des Vermieters das Gemüse, damit ich etwas kochen konnte.

Das hatte ich meinem Traummann nicht erzählt. Er wäre viel zu ehrlich und hätte wahrscheinlich keinen Bissen heruntergebracht. Eher hätte er sich beim Vermieter entschuldigt.

Bis zu dieser Zeit wusste ich gar nicht, wie es war, mal kein Geld am Monatsende zu haben.

Aber wir waren zusammen und wir liebten uns. Das war für mich das Wichtigste in meinem Leben.

Es kam so, wie es kommen musste. Wenn man schon knapp bei Kasse war, ging auch noch das Auto kaputt.

Das Geld für die Reparatur hatten wir nicht.

Die Oma meines Traummannes gab uns das nötige Kleingeld. Wir sollten es monatlich zurückzahlen.

Meine Eltern zahlten die Möbel, die ich auch in Raten zurückzahlen sollte.

Die Zeit veränderten auch meine Eltern. Vielleicht weil sie jetzt endlich ihr gemeinsames Leben führen konnten, ohne das unerwünschte Kind dazwischen zu haben.

Ich weiß es nicht, aber unser Verhältnis wurde besser.

Nach kurzer Zeit verzichteten sie auch auf die Rückzahlung der Raten, wie auch die Oma.

Dann ging es finanziell schon besser.

Die Prostatageschichte machte meinem Traummann zu schaffen. Es wurde eine chronische Krankheit und er wurde ausgemustert bei der Bundeswehr.

Nun mussten wir uns überlegen, wie es weitergehen sollte und was er jetzt machen sollte.

Durch Vitamin-B erhielt er eine Ausbildung als Handelsassistent bei Karstadt und das auch noch in unserem Wohnort.

Die Mutter meines Traummannes hatte ihren Jugendfreund angerufen, der war im Vorstand und der besorgte ihm die Ausbildungsstelle.

Somit zogen wir wieder zurück in unsere alte Heimat.

Wir hatten es nicht schwer, denn sein Vater stellte uns eine kleine Wohnung in seinem Vierfamilienhaus zur Verfügung.

Direkt neben seinem Wohnsitz. Dem fantastischen Einfamilienhaus mit Pool.

Nach kurzer Zeit schien der Himmel getrübt.

Wir bekamen mit, dass meine Schwiegermutter ihren Mann ausgesperrt hatte. Wieder einmal hatte er ein Verhältnis mit einer Frau aus dem Reitstall, wo er schon seit Jahrzehnten seine Pferde stehen hatte.

Da er des Öfteren fremd vögeln war, was allgemein bekannt war, durfte die Reaktion meiner Schwiegermutter ihn dann doch irritiert haben.

Wenn so etwas eintrat, wohnte er in seinem Hotel.

Normalerweise bettelte meine Schwiegermutter ihn an, dass er wieder nach Hause kommen solle.

Doch plötzlich war sie nicht mehr dazu bereit.

Stattdessen tauschte Sie die Schlösser aus und sagte ihm, dass er bleiben kann, wo der Pfeffer wächst. Sie hatte genug von diesem ewigen Fremdgehen.

Dieser Krieg zog sich über Monate. Im Endeffekt über Jahre, aber die ersten Monate bekamen wir frisch mit.

Wir saßen dazwischen. Den ganzen Ärger hörten wir von meiner Schwiegermutter täglich und von meinem Schwiegervater ab und zu, wenn er uns zum Essen einlud oder er bei uns vorbeischaute.

Mein zukünftiger Schwiegervater zahlte meiner zukünftigen Schwiegermutter ab nun kein Geld mehr. Da es seine Konten waren, ließ er sie am ausgestreckten Arm verhungern.

Er war davon ausgegangen, dass sie dann reumütig zurückkommen würde.

Das war falsch gedacht.

Er war ein kleiner, dürrer, sportlicher Gnom mit einer Nase wie der Komiker Otto und hatte auch die nachinnenliegenden Zähne wie Otto.

Eben schlesischer Abstammung.

Meine Schwiegermutter war noch immer eine bildhübsche Frau. Klein, zierlich, mit roten Lippen und sehr intelligent.

Als sie ihren Mann heiratete, schmiss sie ihr Studium der Zahnmedizin. Sie leitete mit ihrem Mann erst eine Bar und anschließend das Hotel ihrer Schwiegermutter.

Den Lastenausgleich, den beide wegen der Vertreibung aus Schlesien bekommen hatten, wurde in Immobilien investiert. Somit hatten sie mehrere Immobilien in unserem Ort. Sie besaßen zwei Pferde. Eins ritt mein Schwiegervater und eins seine Tochter. Mein Schwiegervater vergötterte seine Tochter allein schon wegen des gleichen Hobbys.

Meine Schwiegermutter vergötterte ihren Sohn. Er war ein wenig wie sie. Gerecht, ehrlich und nachdenklich.

Er war ein Muttersöhnchen und vergötterte sie auch. Doch er hielt auch viel von seinem Vater.

Darum hatte es meinen Traumtraum auch sehr hart getroffen. Zwischen den Fronten der Eltern zu sitzen. Das war schon schwierig für ihn. Zwischen zwei Stühlen zu sitzen.

Er ergriff eher die Partei seines Vaters. Für ihn war das sicherlich nicht einfach, da er seine Mutter auch sehr liebte, doch seine konservative Einstellung ließ es nicht zu, dass die Ehefrau ihren eigenen Weg gehen möchte.

Das hätte mir eigentlich schon eine Warnung sein müssen!

Meine Schwiegermutter fing an zu arbeiten. Als sie mir erzählte, was sie für einen Job ausübt, wollte ich ihr das erst nicht glauben. Es war eine Drückerkolonne.

Das konnte ich mir gar nicht vorstellen, dass sie so etwas ausüben konnte. Das sie gar nicht wählerisch war, was das Arbeiten anging. Sie wollte Geld verdienen und es war ihr fast egal, wie sie das anstellt. konnte. Als Zahnärztin konnte sie nicht arbeiten. Als Helferin in einer Zahnarztpraxis wollte sie nicht arbeiten und Geld verdienen musste sie.

Sie, die Dame aus gutem Hause mit einer super Bildung und dann das.

Ich war entsetzt, dass der eigene Mann, mit dem sie so viele Jahre verheiratet war, mit dem sie so viel aufgebaut hat. Zwei wunderbare Kinder großgezogen hat, keinen Unterhalt für sie zahlen wollte.

Diese Ungerechtigkeit war für mich nicht auszuhalten. Am liebsten hätte ich ihn täglich geschüttelt und vor allem hätte ich ihm gern gesagt, was ich von ihm als Mann und Vater halte.

Doch dies stand mir nicht zu.

Die Arbeit meiner Schwiegermutter hatte jedoch auch etwas Gutes. Sie lernte einen Mann kennen.

Dass sie einen Mann kennenlernt, ist nicht verwunderlich, aber einen 15 Jahre jüngeren und so attraktiven Mann, hat mich dann doch schon verwundert.

Zuerst hatte sie auch ein kleines Problem mit dem Alter, aber dann blühte sie auf wie eine Blume.

Sie strahlte noch mehr aus ihren Augen und sie war noch attraktiver als vorher. Jedenfalls empfand ich das und ich freute mich für sie.

Wir tauschten uns wie selbstverständlich über alles, was in dieser Beziehung ablief, offen aus. Auch über Sex.

Ich freute mich für sie.

Und es half ihr, mit der ganzen Scheidungssache besser umgehen.

Als mein Traummann auf einem Seminar war, ging ich mit seiner Schwester in die Disco. Ich hatte vergessen, mich bei meinem Traummann abzumelden. Als ich dann mit meiner Schwägerin abends nach Hause kam, wir gingen noch kurz zu ihr, war meine Schwiegermutter noch auf. Sie erzählte mir, dass ihr Sohn mich versucht hat, telefonisch zu erreichen und entsetzt war, dass ich mich bei ihm nicht abgemeldet habe.

Ein kleines schlechtes Gewissen hatte ich.

Meine Schwiegermutter gab mir jedoch zu verstehen, dass ich mich nicht verbiegen lassen sollte und mich auch nicht unterdrücken lassen sollte.

Sie gab mir zu verstehen, dass sie ihren Sohn sehr lieb hat aber ich wäre ja schließlich eine eigenständige Person und es stehe ihm nicht zu, mich zu kontrollieren.

Sie stärkte mir immer den Rücken.

Eines Abends fragte mich meine Schwiegermutter, ob ich nicht mit ins Spielcasino nach Hannover kommen wollte. Dann würde ich auch gleich ihren Loverboy näher kennenlernen und sie wäre sehr an meiner Meinung interessiert.

Natürlich tat ich das gern. Nicht nur aus Neugier, eher weil wir etwas unternahmen. Meine Unternehmungslust war nicht zu bremsen.

So lernte ich ihre Liebe kennen und er gefiel mir.

Er war ein sehr lustiger, aufmerksamer Kavalier und man sah, dass er sehr verliebt in meine Schwiegermutter war.

Das war eindeutig.

Von da an wusste ich, das kann etwas werden mit den beiden. Und ich war gern mit meiner Schwiegermutter und ihrem Lover zusammen. Das waren immer lustige, informative Abende.

Sie genoss das auch und das wiederum freute mich, denn sie hatte im Alltag genug Ärger mit diesem Krieg zwischen ihrem Ehemann und den Anwälten.

Mein Schwiegervater zahlte ihr noch immer kein Geld. Und ihren Anteil vom Vermögen erhielt sie auch nicht.

Sie hatte nichts. Jeder der beiden hatte angesehene Anwälte, die einen Haufen Geld kosteten.

Mein Schwiegervater machte immer wieder Versuche, mit ihr zusammenzukommen. Doch meine Schwiegermutter lehnte dankend ab.

Mir sagte sie, dass sie lieber hungern würde, bevor sie ihn wiedernehmen würde.

Sie sagte mir oft, dass sie es satt hättet von dem ewigen auf die Kacke hauen, im Reitstall anzugeben, sich als Hotelier feiern zu lassen. Sie will das nicht mehr.

Jedem zu erzählen, wie viel Geld sie hatten, um dann nach Hause zu fahren, dort zu Abend zu essen, um anschließend vor dem Kamin zu sitzen. Über die Leute im Reitstall zu philosophieren, um später ins Schlafzimmer zu gehen, seinen langen, festen, erigierten Schwanz in der Hand zu halten und um das Bett zu laufen, um sich selbst zu beweihräuchern, wie geil man sei.

Darüber lachten wir dann immer aus vollem Herzen.

Plötzlich und unerwartete teilte meine Schwiegermutter uns mit, dass sie das Haus frei gibt für ihren Ehemann und zu ihrem Freund in die Wohnung ziehen würde.

Nun hörten wir das, was wir vorher von seiner Mutter hörten, von seinem Vater.

Wir saßen dazwischen.

Bei mir gab es keine Frage, wer was verdient hat, wer Recht oder Unrecht hat. Wenn man so lange verheiratet ist, gemeinsam etwas aufgebaut hat, Kinder großgezogen hat, hat selbstverständlich die Hälfte des Vermögens verdient. Egal ob Gütertrennung oder nicht.

Ich hasse Ungerechtigkeiten!

Es war einfach so, dass meine Schwiegermutter nicht an das Geld kam. Der Mann verwaltete dies und er gab ihr etwas, oder auch nicht. Das kann doch nicht normal sein?

Abhängig von der Laune eines Ehemannes?

Das geht gar nicht.

Und das sagte ich auch immer zu meinem Traummann.

Wie kann er sich auf die Seite seines Vaters stellen?

Klar, es ist nie schön, wenn eine Trennung erfolgt und ein Partner darunter leidet, aber wenn es gewünscht wird, dann hat man sich gefälligst auch dem entsprechend zu benehmen.

Mit Achtung geht man auseinander und auch Verständnis.

Etwas anderes lasse ich nicht gelten.

Da wusste ich noch nicht, dass es auch schlimmer kommen kann.

Die Haltung meines Schwiegervaters seiner Ehefrau gegenüber war für mich nicht akzeptabel und darum sprach ich auch nicht mit ihm.

Mein Traummann fand das nicht in Ordnung von mir, aber das war mir egal.

Ich konnte mich an eine Begebenheit meiner Eltern erinnern.

Mein Vater spielte gerne und sehr gut Skat. Alle 14 Tage, wenn er Frühschicht hatte, ging er freitags in unsere Dorfkneipe zum Skatspielen. Natürlich trank er auch mal ein Bier, aber nie zu viel und nie so, dass er angetrunken war.

Wenn meine Mutter Freitagabend von der Arbeit nach Hause kam, fand er sich meistens eine Stunde später ein.

Das eine Mal war Preisskat und er kam später.

Meine Mutter bürstete gerade den Teppich im Flur ab, als er die Tür aufschloss.

Er war noch gar nicht ganz in der Wohnung, da ging sie wie eine Furie auf ihn los und prügelte mit der Bürste auf ihn ein.

Mein Vater versuchte, meine Mutter zu beruhigen. Aber die sagte, dass sie sich scheiden lassen würde von so einem Säufer.

Wie gesagt, er war kein Säufer. Überhaupt nicht.

Er hielt sie mit einer Hand fest und sie schrie ihn an und heulte und lief dann ins Wohnzimmer und sagte immer wieder, dass sie sich scheiden lassen würde.

Das Ganze hielt über eine Woche.

Meine Mutter sprach kein Wort mit meinem Vater, obwohl er es immer und immer wieder versuchte.

Am liebsten hätte ich meinem Vater gesagt, er soll sie doch einfach gehen lassen. Ohne sie ist er besser dran.

Immer das Gemeckere, immer die Vorwürfe, das dauernde Genörgel. Also ich hätte an seiner Stelle die Nase voll.

Eines Abends riefen die beiden mich ins Wohnzimmer.

Ich setzte mich den beiden gegenüber in einen Sessel.

Meine Mutter fragte mich allen Ernstes, zu wem ich bei einer Scheidung gehen will. Bei wem ich bleiben würde.

Irgendwie wusste ich gar nichts in diesem Moment, aber ich sagte ihr ganz klar, dass ich – wenn es nach mir ginge – sofort zu meinem Vater gehen würde. Aber ich würde mich für sie entscheiden, da sie allein gar nicht klarkommen würde. Sie wäre unselbstständig und unbeholfen. Sie bräuchte mich, auch wenn sie es nicht wahrhaben wollte.

Aus der Scheidung ist nichts geworden.

Nach noch einer Woche war wieder alles gut und das bis heute. Sie sind jetzt 65 Jahre verheiratet. Das ist unglaublich.

Gerade war ich 19 Jahre alt geworden, als ich feststellte, dass ich schwanger war.

Sofort sagte ich es meinem Traummann und wir waren uns auch sofort einige. Ein Kind wollten wir jetzt noch nicht.
Also kam nur eine Abtreibung infrage.
Wir erkundigten uns und meine Schwiegermutter sagte mir, dass sie von ihrem Bruder, der selbst Arzt war, eine Adresse in Holland bekommen hätte. Er wäre mit seiner Lebensgefährtin auch schon dort gewesen und er halte die Klinik für sauber, ordentlich und empfehlenswert.
Also war klar, wir fahren dort hin.
Meinen Eltern hatten wir es auch gesagt. Die reagierten aber völlig anders.

Nachdem wir sagten, dass ich schwanger wäre und das Kind nicht behalten wolle, ging mein Vater ins Badezimmer, gab mir eine Art von Gummipilz und sagte, den solle ich vorne in die Gebärmutter einsetzen. Dann würde ich Blutungen bekommen und müsste mich anschließend ins Krankenhaus begeben. Dort würde es zu einer Ausschabung kommen und damit wäre die Sache vom Tisch.

Ich schaute von einem zum anderen und schüttelte den Kopf.

Doch mein Vater ließ sich nicht irritieren. Er ging in die Küche und kochte den Pilz im Kochtopf aus. Anschließend gab er ihn mir und sagte, dass ich jetzt auf die Toilette gehen solle und diesen Pilz einführen kann.

Ohne zu Überlegen ging ich ins Badezimmer. Erst als ich versuchte, diesen Pilz einzusetzen, wurde mir klar, was ich da mache.

Jedenfalls kam ich aus dem Badezimmer und sagte, dass ich es nicht tun könne.

Mein Vater meinte, er hätte das bei meiner Mutter schon einmal gemacht und er könnte das bei mir auch machen.

Das lehnte ich vehement ab und zum Glück mein Traummann auch.

Es ist unglaublich, überhaupt diesen Vorschlag zu machen. Mein eigener Vater soll bei mir den Pilz in die Gebärmutter setzen? Das geht nun wirklich nicht.

So eine ähnliche Begebenheit hatte ich schon einmal und das fand ich ziemlich krass.

Meine Mutter sagte, als ich von der Schule nach Hause kam, dass ich mich mal unten herum freimachen sollte. Papa gucke mal nach, was mit meinen Schamlippen wäre.

Erst schaute ich verlegen und verdutzt, vielleicht sogar etwas irritiert. Doch im Gesicht meiner Mutter las ich, dass sie es ernst meinte.

Sie sagte, dass meine Schamlippen nicht so wären, wie es normal wäre, und darum sollte ich mich frei machen. Sie hätte das letztens bei mir gesehen nach dem Baden und sie ist der Meinung, das sei nicht normal.

Innerlich zog sich alles zusammen und ich fühlte mich sehr komisch und schämte mich.

Wie kann ich denn die Beine breit machen und meinen Vater meine Scheide angucken lassen?

Das wollte ich nicht und sträubte mich.

Aber es gab keine Einwände.

So zog ich also meine Hose runter und legte mich auf mein Bett. Mein Vater kam und kniete vor meiner Vagina und zog mit zwei Fingern an meinen Schamlippen.

Am liebsten wäre ich im Erdboden versunken. Ich hatte so ein furchtbares Schamgefühl.

Meine Mutter stand dabei und sah zu.

Nach kurzem gucken sagte mein Vater, dass alles in Ordnung sei.

Sofort stand ich auf und zog mich an.

Noch nie in meinem Leben habe ich mich so unwohl gefühlt. Es war nicht nur peinlich, es war beschämend.

Meine Eltern fanden das Vorgehen völlig normal.

Da meine Eltern mir auch Angst gemacht hatten, bin ich später zum Frauenarzt gegangen und habe mich untersuchen lassen.

Mein Arzt beruhigte mich. Er sagte mir, dass meine Schamlippen etwas länger seien als normal, aber dieses wäre eine Schönheit in anderen Ländern und darum wird da auch nicht dran herumgeschnitten. Ich bin so wie ich bin und darauf kann ich stolz sein.
Wenn einem Mann das nicht gefällt, dann nimm dir einen anderen.
Diese Worte habe ich noch heute im Ohr.
Darüber nachgedacht habe ich seit dem Gespräch auch nicht mehr.

Es wurden die Vorbereitungen für die Abtreibung getroffen und ich meldete mich bei meinem Arbeitgeber zwei Tage krank.

Einen abends, bevor wir losfuhren nach Holland, kam mein Schwiegervater zu mir und sagte, er würde mir 800 DM monatlich zahlen, wenn ich das Kind behalten würde.
Was auch immer er mir damit sagen wollte, es änderte nichts an meiner Abtreibung.
Hier ging es um mein Leben und nicht um 800 DM im Monat. Meine Entscheidung, unsere Entscheidung stand fest.
Trotzdem gab er uns sein Auto, damit wir bequemer reisen konnten.
Meine Eltern und meine Schwiegermutter gaben uns das Geld für die Abtreibung. Auch der Bruder meiner

Schwiegermutter wollte uns finanziell unterstützen, doch da war schon alles geregelt.

Mein Traummann und ich hatten uns lange und ausführlich über die Abtreibung unterhalten. Wir hatten beide von Beginn an gesagt, dass das Baby zu früh für uns käme. Es war noch nicht eingeplant. Wir waren beide noch nicht so weit und wir hatten auch beide kein schlechtes Gewissen.

So fuhren wir also nach Holland.

Dort hatte ich meine Abtreibung und war zwei Tage später wieder im Büro.

Als mein Chef mich fragte, was ich gehabt hätte, sagte ich es ihm so, wie es war.

Keine Geheimnisse oder so. Ich stand zu meiner Abtreibung. Ob das jemand gut fand, oder auch nicht. Es war meine Entscheidung und ich musste damit leben. Darum konnte ich auch darüber ungehemmt sprechen.

Ob die Leute damit umgehen können oder nicht. Das war mir egal.

Ihm sagte ich es auch so wie es war.

Seine Antwort war auch irritierend.

Er hätte mir einen Arzt vor Ort benennen können. Denn auch er war mit seiner Frau schon einmal in dieser Lage.

Zur Antwort gab ich ihm, dass dies ja sehr nett gemeint war, aber wer geht schon zu seinem Arbeitgeber und fragt, ob er jemanden kennen würde, der legale Abtreibungen macht.

In dieser Zeit habe ich von vielen Leuten gehört, dass sie abgetrieben hatten. Viele, von denen ich es nicht gedacht hätte.

Wir haben das alles gut verkraftet und mir ging es körperlich wieder gut.

Inzwischen lebten wir wie ein altes Ehepaar. Es war alles so selbstverständlich und wir waren so gut eingespielt. Jeder hatte seinen Part im Haushalt zu erledigen, wobei ich mehr tat als mein Traummann. Das beruhte darauf, dass ich eher Feierabend hatte und somit schon eher etwas machen konnte im Haushalt.

Es wurde Zeit, etwas für meine Bildung zu tun. Mein Abitur wollte ich schon immer und nun war ich bereit, dies anzugehen. So begann ich ein Fernstudium an der Fernuni in Hagen. Betreut wurde ich von der Fachhochschule Wolfenbüttel. Da ich gearbeitet habe und die wenige Zeit abends, bevor mein Traummann nach Hause kam, nutzen musste, war es sehr anstrengend für mich. Die Wochenenden, vor allem die Samstage, an denen mein Traummann arbeiten musste, nutzte ich voll aus.

Mich zu konzentrieren war im Alltag schwierig. Aber mein Traummann musste oft auf Seminare, da konnte ich dann im Stück ein bis zwei Wochen lernen.

Seit einigen Tagen war er wieder zurück. Er verhielt sich mir gegenüber verhalten. Einfach anders als sonst.
Fast täglich fragte ich ihn, was denn mit ihm sei und falls es Probleme gäbe, so könne er doch mit mir reden.
Doch er verneinte immer.
Da ich mich auf meine Prüfung für das Abitur vorbereiten musste, verhinderte diese Situation, dass ich mich konzentrieren konnte.

Plötzlich, an einem Donnerstagabend, war er wieder so komisch und ich warf ihm sein unfaires Verhalten mir gegenüber vor. Schließlich stünde ich vor der Abiturprüfung und könnte mich nicht konzentrieren, wenn er mir nicht endlich sagt, was hier lief.

Und da kam es dann.

Es war genau das, was ich nicht hören wollte, aber geahnt hatte.

Mein Traummann hatte auf dem Seminar eine andere Frau kennengelernt und hat sich verliebt. Er könne nichts dagegen tun. Er wollte sie vergessen, aber es ging nicht.

Es tue ihm furchtbar leid. Doch er denkt, dass er sie liebt.

Sie würde allerdings übermorgen mit dem Zug aus Hamburg zu ihm kommen.

Das hat mich sprachlos gemacht.

Wo will er denn hin mir ihr?

Wann wollte er mir das denn sagen?

Wie soll ich damit klarkommen?

Diese Aussage hat gesessen und die richtige Wirkung bei mir erzielt.

Mir war plötzlich schlecht und irgendwie war ich fassungslos.

Ich fragte ihn, wie lange er denn noch warten wollte. Und vor allem, wie er sich das vorstellte. Schließlich wohnte ich hier. Und wenn sie aus Hamburg zu ihm käme, wohin denn?

Die Antwort, die er gegeben hat, hat mich doch umgehauen.

Das wäre kein Problem, denn sie würden ins Hotel von seinem Vater ziehen.

Ich traute meinen Ohren nicht.

„Das heißt, dein Vater ist eingeweiht?"

„Ja, er hat damit kein Problem", antwortete er mir.

Was für scheinheilige Menschen es doch gibt.

Mir war schwarz vor Augen. Mein Magen tat weh. Er zog sich zusammen. Es gab also Menschen um mich herum, die mehr wussten als ich. Menschen, die einfach vergaßen, mich zu informieren. Denen ich so etwas von egal war. Das konnte ich nicht glauben.

Eins war klar, sein Vater war ein Arschloch.

Hätte er nicht anstandshalber sagen müssen zu seinem Sohn, dass ich es verdient habe, dass man mich informiert und mit mir spricht.

Wäre das nicht fair gewesen?

Warum war ich immer der Abtreter?

Niemand interessierte sich für mich.

Für mich fiel eine Welt zusammen.

Klar denken konnte ich nicht. Ich fühlte mich überfordert, hintergangen und unsagbar allein.

Eine große schwarze Wand war vor meinem Kopf, vor meinen Augen. Weiter nichts.

Es war niederträchtig und gemein.

So, nun war es raus.

Meine große Liebe entschuldigte sich, wollte mich in den Arm nehmen und mich trösten, doch ich stieß ihn weg.

Wie in Trance packte ich meine sieben Sachen zusammen.

Er stand daneben und sah zu.

Irgendwie wusste ich gar nicht, was ich machen und wohin ich sollte.

Ich wusste gar nichts und ich hatte auch nichts im Kopf.

Das Einzige, was ich dachte, war weg hier!

Ich ging wie auf Watte. Obwohl ich es geahnt hatte, tat es unendlich weh. Ein so großer Schmerz, die große Enttäuschung. Mein Herz war gebrochen.
Ausgerechnet der Mann, der mein Herz erobert hat. Den ich von Herzen geliebt habe und für den ich alles getan hätte.
Ausgerechnet dieser Mann hat mich verletzt.

Als die Tasche gepackt war, sagte ich ihm, dass seine Freundin ruhig in die Wohnung kommen könnte, denn ich würde diese verlassen und hätte nicht vor, wiederzukommen.
Wie ich das geschafft habe, ohne Tränen diesen Satz zu sagen, weiß ich bis heute nicht.
Ich ging an ihm vorbei, schlug die Tür zu und fiel in mir zusammen.
Als ich meine Sachen im Auto hatte, drehte ich den Zündschlüssel um und fuhr los. Wohin ich fuhr, war mir nicht klar. Ich kam erst zu mir, als ich auf dem Parkplatz vor der Wohnung meiner Eltern stand.
Dort bekam ich einen Weinkrampf.
Ich weinte mit dem Kopf an das Lenkrad gelehnt und sagte immer vor mich hin, warum ich, warum ich...

Mein Herz war zersprungen. Es tat so weh.

Dann hörte ich ihn sagen auf meine Frage, was sie hat, was ich nicht habe, seine Stimme, die sagt, dass sie viel lustiger sei als ich und nicht dauernd mosern würde, dass sie lernen müsse, sich konzentrieren müsse und dass sie jünger sei als ich.

War ich nicht auch mal unbeschwert und lustig?

Und ist es nicht gerade jetzt, kurz vor dem Abitur, dass ich nicht lustig sein kann. Diese Chance, die ich mir selbst gegeben habe, möchte ich nicht vertun.

Es geht doch vorbei. Die Zeit des Lernens geht doch vorbei.

War es denn wirklich so schlimm, dass ich mein Abitur machen möchte? Kann ich keine Unterstützung verlangen?

Warum ich?

Da frage ich mich nicht, warum ich in der Badewanne liege und mir die Pulsadern aufgeschnitten habe.

Damals waren meine Nerven noch nicht so kaputt wie heute, damals hätte ich nie im Leben daran gedacht, mich deswegen umzubringen.

Doch es war der Anfang.

Ich liebe ihn. Ich habe ihn immer geliebt. Ich kann nicht ohne ihn sein. Was soll ich jetzt tun?

Als ich an diesem Abend bei meinen Eltern an der Wohnungstür klingelte, meine Mutter mir die Tür aufmachte, bekam ich einen Zusammenbruch.

Es kamen nur noch Tränen und ich konnte nur auf meine Kulturtasche und meinen kleinen Koffer zeigen.

Es war so furchtbar, so traurig.

Meine Eltern nahmen mich auf. Es hatte mich sehr verwundert, dass ich keine Bedingungen hörte und Vorhalten ertragen musste. Sie akzeptierten mich und die Situation und sagten eigentlich nicht viel dazu.

Sie fragten nur, warum sich mein Traummann mir gegenüber so verhält. Das sei doch gar nicht zu verstehen.

Und: Was ich denn falsch gemacht hätte?

Dazu muss ich nicht mehr sagen!

Es nahm mich sehr mit. Ich magerte bis auf 43 kg ab und ich konnte kaum aufstehen. Mein Vater trug mich hin und her.

Mein leidender Zustand dauerte an. Es war kurz vor meinem Geburtstag und der ist im November. Die Jahreszeit war schon so dunkel und grau und dann war es auch noch kurz vor Weihnachten.

Bis Weihnachten war ich krank. Dann ging ich wieder zur Arbeit. Das Leben musste ja weitergehen.

Aber Lust hatte ich keine mehr.

Inzwischen hatte ich 14 kg abgenommen und ich wog sowieso nur 53 kg. Also sah ich abgemagert und eingefallen aus. Ich war schwach auf den Beinen. Mein Vater musste mich teilweise auf die Toilette tragen. Ich war allein nicht in der Lage aufzustehen.

Es war ein furchtbarer Zustand. Doch auch das ging einmal vorbei.

An irgendeinem Tag fragte mich meine Kollegin, ob ich nicht mal mit in die Disco gehen würde, und ich sagte spontan zu.

Ab diesem Zeitpunkt ging es bergauf.

Mein Vater unterstützte mich bei der Suche nach einer kleinen Wohnung.

Wir fanden auch eine, die ich kurzfristig bezog.

Mein Ziel war es, erst einmal das Abitur zu schaffen und mich dann beruflich zu verändern.

Das Abitur bestand ich. Nicht gut, aber für mich reichte es. Es war der Beweis für mich, dass ich nicht so dumm war, wie alle immer glaubten. Vor allem meine Eltern.

Als ich meinen Eltern mein Zeugnis vor die Nase hielt, konnten sie erst gar nichts damit anfangen.

Mein Vater fragte nur, warum ich das gemacht habe. Es sei doch nicht nötig. Meine Ausbildung hatte ich doch in der Tasche.

Es war wieder einmal enttäuschend. Statt sich mit mir zu freuen, ob sie es nun verstehen oder nicht. Aber so waren meine Eltern.

Das Abitur habe ich hauptsächlich für mich gemacht. Das ist ein Beweis für mich, dass ich doch gar nicht so blöd bin, wie meine Eltern sagen und vielleicht mein Traumtyp dachte.

Ab diesem Zeitpunkt sprach ich nicht mehr über mein Abitur und auch später nicht, als ich meinen Abschluss von der IHK gemacht hatte als Betriebswirtin. Ich wusste, dass es niemanden in meiner Familie interessierte. Und so war ich einfach stolz auf mich. Es war für mich, denke ich, wichtig.

Kurzfristig zog ich dann nach Düsseldorf. Dort arbeitete ich bei der größten Messegesellschaft im Rheinland. Es war eine große Herausforderung, die Spaß gemacht hat.

Bezogen hatte ich ein Zimmer in einer WG mit neun Männern. Jeder Mann hatte ein Zimmer. Wir teilten uns die Küche und ein Bad sowie ein WC.

Der Vermieter wollte kein weibliches Wesen in der WG, aber irgendwie konnte ich ihn überzeugen. Mit viel Eifer und Redefluss machte ich ihm klar, dass ich dafür sorgen würde, dass alles in Schuss gehalten würde. Die Küche, das Bad und das WC. Somit habe ich gepunktet und er gab mir das Zimmer.

Es war eine super Zeit dort. Ich lernte, noch selbstständiger zu werden, allein klarzukommen. Mich in der Welt zurechtzufinden.

Einmal die Woche meldete ich mich telefonisch bei meinen Eltern. Es gab noch keine Handys und kein Internet.

Somit musste ich zur Telefonzelle gegenüber unserer WG auf die andere Straßenseite.

Eines Abends stand ich wieder vor der Telefonzelle und wartete, da diese besetzt war. Es hielt eine Zivilstreife an und bat mich um meinen Ausweis. Ich fragte, seit wann ich denn zum Telefonieren einen Ausweis benötige.

Aber sollten die Beamten darauf bestehen, laufe ich gern über die Straße, in mein WG-Zimmer und hole meinen Personalausweis.

Den Beamten gab ich zu verstehen, dass ich seit drei Monaten hier wohnen würde und noch nie den Ausweis vorzeigen musste.

Der Polizist tat die Sache dann ab und meinte, okay, es hätte sich erledigt.

Verstanden hatte ich das nicht.

Aber es brachte mich zum Nachdenken.

Und ich schaute so um mich herum und guckte auch auf die Autos, die hier in die Straße fuhren, und die Insassen, die sich mit den Frauen auf der Straße unterhielten.

Nun begriff ich das zum ersten Mal.

Ich wohnte tatsächlich auf dem Autostrich?
Grundsätzlich war mir das egal, aber ich war sauer, dass keiner meiner Mitbewohner davon erzählt hatte.

Als ich nach oben kam und der Erstbeste mir über den Weg lief, meckerte ich gleich drauf los. Doch alle sind davon ausgegangen, dass ich das gewusst hatte. Jetzt verstand ich auch, warum meine Kolleginnen so komisch geguckt hatten, als ich sagte, ich wohne auf der Kaiserstraße.

Es war ein lustiges Erlebnis.

Zu dieser Zeit hatte ich wieder Kontakt zu meinem Traummann. Von seiner Mutter hatte ich gehört, dass die Beziehung mit seiner jüngeren, fröhlicheren Freundin die Zeit nicht überstanden hat. Sie hatte sich neu verliebt.

Wir hatten uns verabredet. Er war geschäftlich in Düsseldorf und wir trafen uns im Lokal zu einem Salat.

Nachdem er zugab, dass er den größten Fehler seines Lebens gemacht hat und unbedingt wieder mit mir zusammen sein wollte und ohne mich nicht leben könnte, machte er mir einen Heiratsantrag.

Es war ihm egal, um welche Jahreszeit, aber ich sollte ihn annehmen.

Wir saßen später dann in der Küche bei mir und es war so gut wie klar, dass wir wieder zusammenziehen würden.

Selbstverständlich war ich verletzt und überlegte, ob es das Richtige ist, was ich tue, wenn ich wieder mit ihm zusammenkomme. Doch ihm gehörte nach wie vor mein Herz. Ich liebte ihn noch immer und ich wollte ohne ihn nicht sein.

Er erzählte mir, dass er von der Zentrale nach Wilhelmshaven versetzt wurde.
Ich sollte auf jeden Fall mitkommen. Wir gehören doch zusammen. Das hätten wir jetzt gesehen und ich muss mit ihm nach Wilhelmshaven ziehen.
Er wollte nicht ohne mich dort sein.
Also suchte er sich dort erst einmal ein Zimmer.
Von dort aus suchten wir dann eine gemeinsame Wohnung.
So lange blieb ich in Düsseldorf.

Nach zwei Monaten hatten wir auch schon eine Wohnung. Mitten in der Stadt. Unter dem Dach. Klein, aber gemütlich und ausreichend für uns.

Über die Hochzeit, oder dem Heiratsantrag sprachen wir nicht mehr.

Jedes Jahr organisierten wir ein Fest im Garten seiner Eltern. Eigentlich im ganzen Haus. Sein Vater war dann anderweitig unterwegs und somit konnten wir das ganz Haus nutzen. Im Garten wurde ein Zelt für die Leute, die keinen Platz zum Schlafen fanden, aufgebaut. Wer dort schlief, hatte im Haus und im Partykeller keinen Platz mehr bekommen.
Das war immer sehr aufregend. Viele Kollegen meines Traummannes kamen von überall her und auch einige Jugendfreunde von ihm.
So auch in diesem Sommer und da fiel mir etwas auf.

Mein Traummann war kein Mann, der sich von jungen, hübschen Damen anfassen ließ. Mal so über die Wange streicheln oder Küsschen hier und dort. Ne, das passte nicht zu ihm.

Darum war ich sehr verwundert, als eine Kollegin, die ich gut kannte und mit der wir und ihrem Freund waren wir auch schon im Skiurlaub.

Sie war klein, nicht hübsch, aber feminin. Sie besaß ein sehr gutes Selbstbewusstsein und konnte gut Zigaretten schnorren. Sie betrat also nun die Küche.

Mein Traummann saß mir gegenüber und ein paar andere Leute saßen auch noch am Tisch. Wir bereiteten Salate vor. Sie kam rein, legte von hinten die Arme um den Hals meines Traummannes und küsste ihn auf den Kopf.

Sie scherzten und lachten und ich dachte mir noch nichts dabei. Das ist schon nicht wahr. Mir war klar, dass dies kein normales Verhalten war. Irgendetwas muss da zwischen diesen beiden gewesen sein, oder noch sein.

Die Party war ein voller Erfolg. Die Stimmung war sehr gut und wir feierten bis gegen halb vier. Mein Traummann ging schon früher zu Bett, da er hatte Migräne hatte. Das war nichts Ungewöhnliches und darum machte ich mir auch keine Sorgen um ihn. Seine Migräne kam oft und heftig.

Als Gastgeberin blieb ich bis zum Schluss. Dies fiel mir auch nicht schwer, da ich nicht viel Schlaf brauchte und da es immer Leute gab, mit denen man noch zusammensaß und sich unterhielt, war das aufregender als zu schlafen.

Zwischendurch räumte ich immer etwas auf, oder holte Nachschub. Das war meine Aufgabe und die erfüllte ich sehr pflichtbewusst. Sonst hätte ich am nächsten Morgen auch Ärger bekommen von meinem Traummann.

Unter anderem lernte ich jemanden kennen, der bei einer bekannten Kölner Gruppe mitspielte. Die Gruppe fand ich schon immer gut.

Andere wiederum wollten nach Australien auswandern. Was auch eine sehr interessante Geschichte war.

Seine neuen Kollegen waren auch sehr interessant.

Es gab so viel zu erzählen und es war immer lustig.

Mir machte der wenige Schlaf nichts aus.

Da in meinem Bett noch drei andere, außer meinem Traummann schliefen, zog ich mich auf eine freie Liege im Zelt zurück.

Dort redete ich noch mit einem Kollegen, bis ich wohl eingeschlafen war.

Morgens, als die Sonne aufging, sprang ich in den Pool, wo auch schon der ein oder andere sich tummelte.

Danach bereitete ich das Frühstück vor.

Es war wieder ein gelungenes Fest. Davon war ich überzeugt.

Wir frühstückten alle etwas durcheinander. Es gab noch viel zu erzählen und es machte traurig, als die ersten abreisen mussten.

Bis zum Abend waren alle weg.

Nun war es an uns, noch aufzuräumen, damit wir dann auch losfahren konnten. Wir mussten nach Wilhelmshaven zurück.

Auf der Rückfahrt habe ich dann meinen Traummann angesprochen.

Selbstverständlich wollte ich wissen, was zwischen Petra und ihm lief. Ich fragte ihn, ob irgendetwas an mir vorbeigegangen sei.

Er antwortete mir, dass sie ihn einmal in Wilhelmshaven besucht hätte und da hat sie bei ihm übernachtet. Und ich wüsste ja, dass er nur ein schmales Bett gehabt hat. Somit hatte es sich ergeben, dass sie bei ihm im Bett schlief. Und somit hätte es sich dann auch ergeben, dass sie zusammen geschlafen hätten. Aber darüber müsste ich mir nicht den Kopf machen, zu dieser Zeit waren wir noch nicht zu 100 Prozent zusammen. Es hatte sich so ergeben, es sei es aber nicht wert, sich darüber zu unterhalten.

„Ups", dachte ich mir.

Natürlich traf es mich in mein Herz, auch wenn mir klar war, dass wir zu dieser Zeit noch nicht wieder zusammen waren und so stand es mir auch nicht zu, daraus ein Drama zu machen.

Es leuchtete mir ein.

Wir waren zu der Zeit getrennt und somit konnte er machen, was er wollte.

In meinem Kopf dachte ich mir: „Ob ich das gemacht hätte?

Ich bin bestimmt kein Unschuldslamm. Ganz bestimmt nicht."

Aber im engeren Umfeld hätte ich die Finger von gelassen.

Irgendwie war ich trotzdem enttäuscht und irgendwie tat es trotzdem weh.

Und irgendwie habe ich an mir gezweifelt.
Bin ich nicht attraktiv genug?
War ich zu groß?
War ich zu schlank?
Waren es meine blonden Haare?

Ich kleide mich zu auffällig, oder mache sonst irgendetwas, was ihn stört. Es muss an mir liegen, dass er überhaupt auf die Idee kommt, mit einer anderen Frau zu schlafen.

Dabei war ich zwar immer auffällig gekleidet. Enge gestreifte, oder gemusterte Hosen, Stiefel und ein auffälliges Oberteil. Meine Wespentaille konnte sich sehen lassen und meine langen Beine auch.

Mein Wesen war locker, fröhlich, offen und lustig.

Mein Lachen konnte alle anstecken.

Mit der Zeit fiel mir auf, dass mein Traummann an meinem Äußeren herumkritisierte.

Und mir fiel auch auf, dass ich mich dann sogar umzog, damit ich ihm gefiel. Und das tat ich immer öfter.

Er gab zu verstehen, wie was zu sein hatte und ich fügte mich. Das kam so schleichend.

Wir saßen mal mit einigen seiner Kollegen in einem Strandcafé und unterhielten uns. Einer seiner neuen Kollegen war Rechtsanwalt und die Gruppe diskutierte über die verschiedenen Rechtsformen und die Haftungen.

Mein Traummann stellte dazu eine Frage an den Rechtsanwalt und ich beantwortete diese.

Da fragte er mich vor allen Leuten, woher ich das denn wüsste.

Mir wurde heiß und eine leichte Röte stieg in mein Gesicht.

Innerlich habe ich gekocht. Was denkt er denn von mir? Dass ich verblödet bin. Was sollten denn die anderen Leute von mir denken.

Am liebsten wäre ich aufgestanden und weggegangen.

Doch der Anwalt konterte dann, dass ich die Frage genau richtig beantwortet hätte und von daher gäbe es keine Fragen mehr.

Mein Wohlbefinden war am Boden.

Für mich war der Abend gelaufen.

Kein Wort kam mehr über meine Lippen. Nett lachen, wenn mich jemand angesehen hat und ansonsten Schweigen.

Solche Stiche bekam ich des Öfteren. Es ist mir nur nicht aufgefallen.

Seit diesem Abend fühle ich mich nicht dazugehörig und setzte öfter mal ein Treffen mit seinen Kollegen aus.

Noch einmal sollte mir das nicht passieren.

Die zweite Begebenheit war bei uns zu Hause.

Sein bester Freund diskutierte mit meinem Traummann über einen Artikel aus dem Spiegel. Mein Traummann hatte diesen Artikel gar nicht gelesen und da ich der Meinung war, dass sein Freund diesen Artikel falsch weitergab, fiel ich ihm ins Wort und erklärte, wie der Artikel gemeint sei.

Daraufhin kam der gleiche Spruch von meinem Traummann. Woher ich das denn wissen würde.

Das war schnell erklärt. Ich hatte den Artikel gelesen.

Seine Frage war, warum ich den Spiegel lese, den ich doch bestimmt nicht verstehe.

Und meine Meinung sei hier nicht gefragt.

Es hörte sich so an, als hielte er mich für zu dumm, um den Spiegel zu lesen und um ihn zu verstehen.

Er traute mir das nicht zu.

Nach dieser Begebenheit ging ich zur Frau seines Freundes und fragte sie, ob sie mit mir in die Stadt fahren wolle. Unsere Männer würden diskutieren und dürften nicht mitreden. Und in der Küche zu sitzen und Kochrezepte auszutauschen sei mir zu langweilig. Sie fand die Idee gut, musste aber erst ihren Freund fragen.

Okay, da war auch für mich klar. Er ist der Chef und sie die Sklavin. So sollte es wohl bei mir auch bald sein

Es war doch schon merkwürdig, dass die Herren der Schöpfung im Wohnzimmer saßen und diskutierten und wir Frauen in der Küche und hausfrauliche Dinge besprachen.

Wie mir unsere Freundin dann sagte, wäre es bei denen abgesprochen. Er machte Karriere und sie hielt ihm den Rücken frei. Sie war für die Küche und das Zuhause und später für die Kinder zuständig.

„Oh mein Gott", dachte ich mir. „So werde ich nicht."

Das dachte ich wirklich.

Durch solche Äußerungen kam es bei uns des Öfteren zum Streit. Ich mochte es nicht, wenn er in aller Öffentlichkeit solche Sätze sagte, wie woher ich das denn wissen würde oder wissen könnte oder überhaupt wusste.

Auf der einen Seite hörte sich das an, als wäre ich das Dummerchen vom Herrn, und auf der anderen Seite erklärte er mir, wie sehr er mich liebte.

Das passte doch alles nicht zusammen.

Wir waren ein wunderschönes Paar. Er groß und schlank. Wie ich auch. Beide sportlich. Wir passten einfach vom äußeren sehr gut zueinander.

Mein Traummann entwickelte sich langsam zum Tyrannen.

Wir waren zu Silvester auf einen Ball eingeladen. Die Einladung kam in einer Dose.

Warum in einer Dose?

Weil der Papa des Ausrichters der Party eine Dosenfabrik hatte.

4 Jungs, die gemeinsam auf das gleiche Internat gegangen sind, haben diese Party organisiert und das alles toll arrangiert.

Es mussten ein Ballkleid und ein Frack gekauft werden. Das taten wir auch. Hohe Schuhe und eine Abendtasche. Alles, was man so braucht.

Ich war zu diesem Zeitpunkt noch nie auf einem Ball gewesen und ich kannte die Leute auch nur flüchtig. Es waren eher Freunde von der Schwester meines Traummannes.

Das war so eine Party nach dem Geschmack meines Schwiegervaters. Wichtige Leute aus der Oberschicht unserer Stadt.

Mein Schwiegervater ist mit einem Butler aufgewachsen auf einem riesigen Landgut. Also er konnte mitreden.

Als er mich bemusterte, holte er noch eine weiße Rose aus der Küche und steckte mir diese noch ans Kleid.

Da kann doch nichts schiefgehen, oder?

Wir fuhren zu viert und mein Traummann fuhr. Er trank meistens kein Alkohol und von daher machte ihm das nichts aus.

Am Eingang musste dann jeder Gast eine Zahl aus einem Behälter ziehen.
Als alle angekommen waren, die Behälter leer waren, wurde bekanntgegeben, dass sich die Paare zusammenfinden sollen, die die gleichen Zahlen haben. Dieses diente dafür, dass sich nicht immer dieselben Leute zusammenraufen, sondern auch andere sich kennenlernen.
Die neu gewählten Paare sollten den Abend miteinander verbringen. Jedenfalls bis 0.00 Uhr.

Mit Spannung suchte ich mein Gegenüber. Wie er auch mich.
Mein Traummann fand seine Begleitung schnell und sie war die Tochter des Malermeisters, den wir gut kannten. Er war einer der größten Betriebe in unserer Stadt.
Hübsch war sie nicht, aber wie heißt es so schön. Geld macht sexy. Sie war sehr damenhaft und ließ es heraushängen, dass sie aus gutem Hause war.
Nicht einfach für meinen Traummann, diese Dame über den Abend hin glücklich zu machen und ihr einen schönen Abend zu bescheren.

Nun fand sich mein Kavalier ein und ich musste staunen. Ein so hübscher junger Mann. Mit einem so offenen, fröhlichen Lächeln und seine blonde Lockenpacht. Dazu die leuchtend blauen Augen. Na, wenn das kein Glück ist.

Doch, es sollte Glück sein. Der Abend verlief fantastisch. Wir hatten so viel Spaß. Jedes Spiel machen wir mit. Wir tanzten und die Füße wund, tranken und waren fröhlich.

Der viele Schampus den wir tranken, machte uns noch lockerer. Irgendwann nach 0.00 Uhr zog ich meine Schuhe aus und tanzte auf Strümpfen.

Ich gebe zu, dass ich meinen Traummann bis dato vergessen hatte.

Außer, dass wir um 0.00 Uhr angestoßen haben und anschließend das Feuerwerk bestaunt hatten, gab es keinen Kontakt zu ihm.

Es war so beflügelnd fröhlich und frei und lustig, dass wir gerade – ich ohne Schuhe – einen Tanz auf das Parkett gelegt haben, als ich den Blick meines Traummannes auffing.

Dieser Blick sagte nichts Gutes.

Als er dann auch noch sah, dass ich keine Schuhe an meinen Füssen hatte, war er bedient.

Sein Blick deutete an, dass ich sofort zu ihm kommen sollte.

Oh, wer diesen Blick gesehen hat, weiß, dass dieses nichts Gutes bedeutet.

Seine zornigen, strengen Augen schauten mich an und der Hass sprühte aus diesen und wollte mich vernichten.

Da ich angetrunken war und einen fantastischen Abend hatte, war mir alles egal. Diesen Abend konnte er mir nicht mehr nehmen. Den hatte ich erlebt.

Ich verabschiedete mich von meinem Tanzpartner und bedankte mich für den wunderschönen Abend.

Dann ging ich zu meinem Traummann herüber, der mich diskret, aber mit festem Griff direkt an meinen Arm packte und sagte, dass wir jetzt gehen würden.

Und bevor er mir Vorhaltungen machten konnte, sagte ich ihm, er könne sich seine Tirade für morgen aufheben, heute höre ich nicht mehr zu und mir ist es egal, was er denkt.

Natürlich musste ich noch sticheln und ihm sagen, oder eher zu mir sagte ich das, so dass er es hören konnte.

Lachen verboten.

Fröhlich sein verboten.

Lustig sein verboten.

Aber vor allen Dingen: Schuhe ausziehen verboten.

Und dabei lachte ich. Wahrscheinlich machte mich der Alkohol so frei und lustig, dass mir alles egal war.

Wenn er mich mit seinem Blick hätte töten können, dann wäre ich umgefallen.

So brachte er mich nach Hause und ließ mich in Ruhe.

Die Moralpredigt hörte ich mir am nächsten Tag an. Aber es war mir egal. Den Abend konnte er mir nicht mehr nehmen.

Und wenn er mir vorhielt, dass ich mich danebenbenommen habe und es peinlich sei, mit mir wegzugehen, so war mir das an diesem Tag egal.

Bei Events und Zusammentreffen mit seinen Kollegen zog ich mich zurück.

Meistens redete ich gar nicht mehr. Ich war nur anwesend. Glänzend durch mein Aussehen und ansonsten hielt ich den Mund.

Dass mir das auch einmal passieren würde, hätte ich nie gedacht.

Ich wollte nichts falsch machen und vor allem nichts tun, was ihn ärgern könnte.

Nichts Dummes sagen oder fragen. Keinen Fehler machen. Es musste alles richtig laufen und von daher lieber ruhig sein, als ggfs. dummes Zeug reden. Jedenfalls aus seiner Sicht dummes Zeug reden.

Ich ertrug auch seinen vernichtenden Blick nicht. Dieser Blick, der mir sagte, dass ich meinen Mund halten solle. Seine Augen, die mich dunkel und böse anfunkelten.

Ich entschloss mich, ruhig zu sein.

Oft musste ich mich zurücknehmen, wenn wieder einmal von diesen Matchos etwas über Frauen erzählt wurde, oder sich lustig gemacht wurde über eine Frau.

Da musste ich auf den Boden schauen, damit man nicht sieht, wie meine Augen sprühen vor Hass.

Die Hutschnur platzte mir meistens dann zuhause. Wir sind kaum in der Wohnung, da ging es schon los. Völlig unkontrolliert schrie ich meinen Traummann an. Wie gehässig er sei und was für eine beschissene Meinung er von Frauen hat, dies wäre doch nicht auszuhalten.

Warum er so böse sei und so ohne Verständnis für mich sei Und er redet doch bei mir nicht so ein Müll über Frauen. Das macht er nur mit den anderen Kollegen.

Bei privaten Veranstaltungen ging ich meistens auf die Tanzfläche, wenn es mir wieder einmal zu bunt wurde.

Dann vergaß ich die Umgebung und hatte viel Spaß dabei. Wenn jemand mit mir tanzen wollte, lehnte ich ab. Ich tanzte lieber allein. Tanzen, mich bewegen, glücklich sein, Freude haben und austoben konnte ich mich sehr gut.

Aber am liebsten allein.

Mir war dann egal, wer dabei war und wo wir waren. Ich hatte meinen Spaß. Und in diesen Momenten durfte er mich nicht ansprechen, oder, was er mal versucht hat, mich von der Tanzfläche zu holen. Dann konnte ich mich durchsetzen und einfach auf der Tanzfläche bleiben. Nein, dann musste er aufpassen, dass ich ihn nicht anschrie und ihm sagte, dass er ein Arschloch sei. Geworden war. Dass er verdammt noch mal eine Neurose hätte, die er unbedingt mal behandeln lassen müsste. Und er seine dreckigen Finger von mir nehmen soll.

Er kannte mich. Er ließ mich dann einfach in Ruhe.

Wenn ich dann fertig war mit der Tanzerei, ging ich zu ihm. Wir tranken dann noch etwas, oder auch nicht und fuhren dann wortlos nach Hause.

Meine Schwiegermutter ermunterte mich immer. Sie fand das immer großartig, wenn ich mal so aus mir herauskam und auf die Welt schiss, wie sie es nannte. Leider war das nicht oft.

Allerdings, wenn ich einen Sekt getrunken hatte oder auch zwei, ging es immer.

Darum durfte ich keinen Alkohol trinken, wenn mein Traummann in der Nähe war. Auch fand er es widerlich, wenn ich rauchte. Nur verbieten ließ ich es mir nicht.

Viel habe ich ertragen und über mich ergehen lassen. Einiges davon war mir auch nicht wichtig. Doch wenn ich etwas nicht wollte, dann konnte man mit mir auch nicht reden.

Er versuchte mich zu unterdrücken und klein zu halten. Noch konnte ich das erdulden, denn noch war es nicht so schlimm, wie es kommen sollte.

Meine Schwiegermutter zog mit ihrem Loverboy nach Hamburg. Er hatte dort von seiner Firma einen Job angeboten bekommen und nun zogen sie in das Herz von Altona. Wir halfen beim Umzug und da kam es wieder einmal zu einer netten Begebenheit.

Wir hatten alles ausgeladen, in die Wohnung gebracht und ich begeisterte mich für die Wohnung.

Sie lag direkt in der Fußgängerzone. Über einem Spielcasino. Es war eine kleine Zweizimmerwohnung. Es gab einen herrlichen Wohn-/Essbereich mit großer Fensterfront, eine kleine Einbauküche und ein separates Schlafzimmer. Ein normales Badezimmer. Es passte alles zusammen.

Die Lage fand ich sehr gut. Essen gehen, Bier trinken gehen, Einkaufen gehen, alles mit ein paar Schritten.

Alle Möbel waren nach oben getragen und meine Schwiegermutter und ich waren eingeteilt worden, den Transporter zurück zur Spedition zu fahren. Wir sagten, dass wir dann zu Fuß zurückkämen.

Da es sich um einen kurzen Spaziergang von einer halben Stunde handeln würde, war es kein Problem für uns.

Gesagt, getan.

Auf dem Rückweg, es war gegen 18.00 Uhr, gingen wir über die Reeperbahn.

Plötzlich war meine Schwiegermutter der Meinung, dass wir es verdient hätten, einen Drink zu uns zu nehmen, bevor wir zu Hause ankommen.

Das fand ich als gute Idee.

Wir waren erst in einem Lokal, in dem wir ein Bierchen tranken.

Dann war sie der Meinung, in ein verruchtes Lokal auf der Reeperbahn gehen zu wollen.

Das war für mich ein Willkommensgeschenk. Ich wollte schon immer mal in so ein Lokal.

An der Tür stand, dass es für Damen keinen Einlass gab, aber das hielt sie nicht davon ab.

Sie machte die Tür auf, ging direkt auf die Bar zu und frage freundlich die Dame an der Bar, ob etwas dagegenspräche, wenn zwei Frauen einen Cognac hier trinken würden Dies wurde fröhlich von der Dame hinter der Bar befürwortet.

So bestellte sie zwei Cognacs für uns und ich guckte mich um.

In der Ecke entdeckte ich einen mir bekannten Herrn aus dem Fernsehen. Es war ein bekanntes Gesicht aus Filmen, aber der Name fiel mir einfach nicht ein.

Dieser Schauspieler sah wohl, wie ich ihn anstarrte und fragte, ob er mir einen ausgeben könnte.

Das nahm ich dankend an. Wir unterhielten uns und er fragte mich, ob ich interessiert sei, einen Blick in den Keller zu werfen. Dort war der berüchtigte Boxclub.

Den kennt jeder und wenn man so nett gefragt wird, kann man nicht ablehnen.

Also zeigte er mir den Keller. Nur kurz, aber immerhin durfte ich einmal dort hineinsehen.

Leider mussten wir dann los und ich musste mich verabschieden. Bedankte mich für seine Einladung und sagte ihm, dass wir uns vielleicht hier einmal wiedersehen werden.

Dieser schöne Abend und Moment, konnte mir nicht mehr genommen werden.
Was wusste ich, was kommt.
Als wir bei der Wohnung meiner Schwiegermutter ankamen, sagten die Blicke der Männer schon alles.
Wir hätten gleich wieder umkehren sollen.
Doch wir hörten uns die Vorhaltungen der Männer an.
Es kam heraus, dass wir unanständige Weibsbilder seien und nicht wüssten, was sich gehören würde.
Dazu hätten wir noch Alkohol getrunken und wären in einer Kneipe gewesen, wo keine Frauen zugelassen seien.
Wir sind schon das Allerletzte.
Zum Glück war das Gerede meiner Schwiegermutter völlig egal. Sie ging in die Küche, gab mir ein Zeichen und so bereiteten wir lachend das Essen in der Küche zu.

Klar ärgerten wir uns auch über die bescheuerten Männer, die uns mit ihren Vorhaltungen den Abend versaut hatten, aber unseren Spaß, den wir gehabt haben, konnten sie uns ja nicht mehr nehmen.
Den hatten wir nämlich schon.

Der Freund meiner Schwiegermutter borgte uns sein Auto für den Skiurlaub. Es war größer, komfortabler und schneller als unser Auto. Und wir brauchten keinen Gepäckträger für die Skier, denn diese passten zwischen Fahrersitz und Beifahrersitz bequem bis zur Ladefläche.

Es war mein erster Skiurlaub und ich freute ich darauf.

Bislang war ich nur zum Langlauf im Harz mit meinem Vater, meinen Cousin und dessen Vater.

Abfahrt im Harz und Abfahrt in den Dolomiten ist natürlich etwas anderes. Doch darauf bin ich noch nicht gekommen.

Wir waren eine gemischte Truppe mit vielen Leuten, die ich vom Gartenfest her kannte. Es war lustig und machte Spaß, mit denen zusammen zu sein.

Wir trafen uns bei einem Freund in München. Von dort aus fuhren wir am nächsten Tag Richtung Italien.

Unser Reiseführer war der Münchner Kollege meines Traummannes. Er wuchs mit Skiern auf, hatte schon einige Titel im Slalom und Skispringen geholt und kannte die Dolomiten wie seine Westentasche.

Er hatte eine wunderschöne, kleine Pension für uns herausgesucht, in der wir am ersten Abend auch kräftig feierten.

Mein Traumtyp war sowieso ein begnadeter Sportler. Nicht nur Fußball. Er war ein ehrgeiziger und hervorragender Tennisspieler. Und natürlich auch beim Skifahren.

Unser Münchner Freund ging vor die Tür, schaute zum Himmel und sagte uns, wo wir hinfahren würden, um bei Sonnenschein Skilaufen zu können.

Wir fuhren erst mit der Kabinenbahn, anschließend zwei Mal mit dem Sessellift, ehe wir oben an der Spitze ankamen.

Nun stand ich oben, legte die Skier an und fing an zu zittern. Der Münchner Kollege fragte mich, ob ich Ski fahren könnte.

Was ich verneinen musste.

„Ich kann nur Langlauf und ich weiß überhaupt nicht, wie ich dazu komme, bis ganz nach oben mitzufahren. Ich habe keine Ahnung, wie ich jetzt hier runterkommen soll."

Der Kollege fing an zu lachen und kam zu mir. Er sagte mir, dass er ab jetzt mein Skilehrer wäre und ich mir keine Sorgen machen müsste.

Er war tatsächlich ausgebildeter Skilehrer. Somit hatte ich einen Lehrer ganz für mich allein und dazu auch noch viel Spaß.

Ich hatte verdammtes Glück.

Wenn ich an meine weichen Knie denke, die zitterten und die Angst. Er hat sie mir genommen.

Und ich war sogar davor, loszuheulen, als ich da oben auf den Skiern stand.

Mein Verstand muss ausgesetzt haben, sonst wäre ich doch nicht bis nach oben mitgefahren.

Nach ein paar Tagen konnte ich dann schon allein die höchsten Berge herunterfahren. Natürlich nicht wie die anwesenden Skiprofis, aber ich kam heile runter. Und es machte sogar Spaß.

Niemanden fiel ich zur Last, was mir wichtig war. Die Profis fuhren für sich und ich kam entweder hinterher, oder sie überholten mich.

Es machte Spaß und alle waren zufrieden.

Mittags trafen wir uns dann meistens in einer Hütte zum Essen und dann ging wieder jeder seine Wege.

Abends an der Bar lobte mich der Kollege, welchen Mut ich hätte und dass ich so gut durchhalten würde. Das tat mir gut. Das hätte ich mir von meinem Traummann auch einmal gewünscht. Ein paar lobende Worte.

Es kann sich vielleicht niemand vorstellen, der noch nie auf Brettern gestanden hat, aber es war die Hölle dort oben. Keine Ahnung zu haben, wie man herunterkommen sollte und das Zittern in den Beinen. Ich habe es gemeistert und sogar gut! Ein wenig stolz war ich auf mich und mein Skilehrer anscheinend auch.

Die schöne Zeit ging viel zu schnell vorbei.

Mein Traummann wollte jetzt Karriere machen. Er versuchte, als Geschäftsführer bei Karstadt im Sporthaus einen Job zu bekommen. Rendsburg hatte man ihm angeboten, obwohl sie bei uns in unserer Heimat ein neues Sporthaus gebaut hatten und bald eröffnen wollten.

Somit entschied er sich, in den Außendienst zu wechseln und die Firma zu verlassen.

Da er im Sportbereich tätig war, gab es genug Unternehmen, die ihn gern als Mitarbeiter aufnehmen würden. Er hatte nicht nur ein sehr gutes Fachwissen, sondern war außerdem noch ein sehr guter Sportler. Da passte alles zusammen.

Er fand also eine Firma, die ihm ein gutes Angebot unterbreitete mit guten Provisionen. Einen Firmenwagen bekam er auch und seine Spesen wurden auch übernommen.

Somit zogen wir dichter an die Autobahn, damit er sein Gebiet besser bereisen konnte.
Er wollte nicht, dass ich arbeite. Ich sollte seine Sekretärin sein und den Telefondienst machen und seine Karteikarten mit den Aufträgen verwalten.
Wir mieteten uns ein kleines Doppelhaus, das in einem verträumten Dorf lag und einen herrlichen Wintergarten hatte.
Es war sehr renovierungsbedürftig, aber allein der Wintergarten war es wert.

So kam es, dass mein Traummann mich an einem Montag in der Früh mit Farben, Tapeten und Handwerkszeug sowie einer Kühlbox und einer Liege mit Schlafzeug dort absetzte.
Mitte der Woche wollte er mich auf seinem Rückweg wieder abholen.
Nun war ich allein in diesem Haus.
Das Renovieren machte mir Spaß. Das war mein Ding. Handwerkliches Geschick hatte ich von meinem Vater geerbt.

Gegen Abend wollte ich die Heizung anmachen, was sich für mich als schwierig erwies. Ölofen war mir fremd. Zentralheizung hatten wir zuhause.
Irgendwie war ich ratlos und es blieb mir nichts anderes übrig, als bei meiner Nachbarin zu klingeln.

Der Ofen machte mir etwas Angst.

Meine Nachbarin freute sich nicht nur, dass sie mir helfen konnte, sondern schickte gleich auch noch ihren Mann, der mir zeigte, wie ich den Badeofen anmachen konnte.

Oh mein Gott, hätte ich das alles vorher gewusst.

Von diesem Tag an holte meine Nachbarin mich jeden Tag zum Essen rüber. Es waren sehr einfach gestrickte Leute, doch sehr hilfsbereit und nett.

Sie hatten selbst nicht viel, aber das Wenige wollten sie mit mir teilen. Sie waren so warmherzig und immer für mich da.

Irgendwann war ich fertig mit renovieren und wir zogen ein. Nun war ich endgültig an das Dorf gefesselt und kam überhaupt nicht mehr raus. Die einzigen Gespräche, waren die mit meiner Nachbarin. Sie nahm mich mit zu den Veranstaltungen im Dorf. Oder auch nur auf ein Bier in die Dorfschenke. Es war meistens lustig und fröhlich. Es waren alles sehr nette Leute und es war einfach unbeschwert schön.

So eine Welt kannte ich bis dato nicht, aber es war okay.

Irgendwie musste ich die Woche herumkriegen und mir war jede Abwechslung recht.

Meine Nachbarin fragte mich, ob wir zum Osterfeuer kämen. Was ich nach Rücksprache verneinte. Dieser war nicht gewillt am Osterfeuer, oder auch sonst an irgendeiner dörflichen Veranstaltung teilzunehmen.

Da ich sauer und gereizt reagiert habe, sagte ich ihm, dass ich trotzdem hingehen würde. Auch ohne ihn.

Damit hat er nicht gerechnet.

Wenn man denkt, dass ich das ungeschoren überlebt habe, hat man sich getäuscht.

Wenn man auf einem kleinen Dorf wohnt, muss man sich am Dorfleben beteiligen. Vor allem ich, da ich den ganzen Tag zu Hause war und man benötigt mal Hilfe von einem Mitbürger. Es bleibt nichts anderes übrig als sich auch einmal sehen zu lassen.

Und wie ich es mir schon gedacht hatte, war es ein feuchtfröhliches Fest. Wir haben ausgelassen gefeiert. Gesungen, getanzt und getrunken.
Angetrunken und völlig aufgelöst und lustig traten meine Nachbarin und ich den Heimweg an.
Wir verabschiedeten uns vor meiner Haustür, die ich nicht aufschießen konnte. Die Haustür war von innen verschlossen. Mein Allerliebster hatte es gewagt, mich auszusperren.
Laut pöbelte ich unter dem Schlafzimmerfenster herum.
Das war nicht mehr lustig.

Nach einiger Zeit kam er dann und öffnete die Tür.

Er machte mir irgendwelche Vorhaltungen, die ich eh nicht mehr ganz wahrnahm und die mir in meinem Zustand auch egal waren.

Am nächsten Morgen ging es dann wieder los.
Was mir einfallen würde und wie weit ich gesunken wäre. Saufen mit den Idioten aus dem Dorf.
Rumpöbeln wie eine Asoziale.
Wie weit ich denn schon gesunken sei.

Ich hörte mir alles an und es prallte an mir ab.
Jedenfalls tat sich so.

Im Inneren ging es mir gar nicht gut. Ich fand es auch nicht toll, alles alleine machen zu müssen. Wir sind ein Paar und sollten auch gemeinsam mal etwas unternehmen. Außer die Paare, mit denen wir immer zusammen sind. Und das sind ehemalige Kollegen von meinem Traumtyp und es wird immer nur von der Arbeit gesprochen.
Da ich nicht arbeite, kann ich nicht viel dazu beitragen.
Also bin ich die nette Begleitung.
Das war es dann auch schon.

Ich sehnte mich auch nach Zärtlichkeit, Verständnis, in den Arm nehmen. Einfach alles, was so dazu gehörte.
Zweifel kamen auf, ob ich alles richtig mache und warum ich nicht arbeiten gehen darf.
Warum bin ich so kompliziert und mit nichts zufrieden, dachte ich mir.
Das konnte so nicht weitergehen.

Eines Tages fragte ich ihn, ob ich nicht wenigstens wieder halbe Tage arbeiten könnte. Es gäbe da eine Halbtagsstelle in einem Schreibbüro.
Das wäre nicht so viel Arbeit, dass ich nicht auch noch seine Karteikarten für ihn erledigen konnte.
Ich hatte Glück. Er willigte ein. Es hatte einen guten Zeitpunkt getroffen.
Zu meiner Überraschung bekam ich sogar mein eigenes Auto.
Mein Traummann konnte so lieb sein. Er hatte mir mit dem Auto einen großen Wunsch erfüllt.

Er musste mich lieben. Sonst hätte er das doch nicht getan, oder?

Da war ich aber stolz.

Nun durfte ich zwar arbeiten, aber dadurch wurde ich noch mehr kontrolliert.

Bevor ich zur Arbeit fuhr, musste ich ihn anrufen. Wenn ich zurück war, musste ich ihn auch anrufen, was damals schwer war, da es noch keine Handys gab.

Aber meistens wusste ich ja, wann er wo war und in welchem Hotel er übernachten würde.

Mein Selbstvertrauen ist in den Keller gegangen.

Aber ich wollte mein Leben in der oberen Liga nicht aufgeben. Als Arbeiterkind hatte ich es geschafft, in den höheren Kreisen eingeladen zu werden. Mit den Leuten meine Freizeit zu verbringen und an Feiern teilzunehmen. Sie nahmen nicht jeden in Ihre Clique auf.

Es war mir gelungen, zu einer bekannten Familie zu gehören. Da hieß es, sich unterzuordnen. Und aus Sicht meiner Eltern, hatte ich einen Glücksgriff getätigt.

An eine Beendigung dieser Beziehung hatte ich zu diesem Zeitpunkt noch gar nicht gedacht.

Es dauerte nicht lange und wir zogen aus dem Dorf weg in eine große Wohnung im Nachbarort.

Der Umzug fiel mir schwer, denn ich hatte mich an meine Nachbarn und auch an Bekannt aus dem Dorf gewöhnt.

Man hat immer ein Pläuschchen geführt und jeder kannte den anderen und man erkundigte sich nach dem Wohlbefinden.

Ging gemeinsam schwimmen und kaufte gemeinsam ein.

Die kleine Gemeinschaft wird mir fehlen.

Etwas verliebt hatte ich mich in einen hübschen, blonden und blauäugigen jungen Mann. Ab und zu war er auch in der Kneipe und wir sprachen miteinander.

Er sagte mir sogar direkt auf den Kopf zu, dass er mich fantastisch findet und mich sofort vom Fleck weg heiraten würde. Er wäre über beide Ohren in mich verliebt, doch ich sei vergeben und dies würde er respektieren.

Zudem war er der Meinung, dass ein Maurer nicht zu mir passen würde.

Persönlich fand ich das sehr schade. Er hätte mich retten können. Das wäre es doch gewesen. Ein Überflieger, der um meine Hand anhält, mich packt und mich heiratet und alles wird gut. Heile Familie und Kinder.

Ja, so etwas Verrücktes stellte ich mir vor.

Doch außer einem Liebesgeständnis passierte nichts.

Nach unserem Umzug habe ich noch sehr lang an ihn gedacht!

Beim letzten Bier in dieser Dorfkneipe war er auch und ich fragte ihn, ob er es sich nicht noch einmal überlegen will.

Ich stand vor ihm und funkelte mit den Augen. Meine Augen trafen seine wunderschönen blauen Augen und ich bettelte förmlich nach seinem Mut und seinem festen Griff und seine Worte, die da sein sollten, dass er mich will und mich jetzt auf der Stelle mitnehmen wird.

Das geschah nicht.

Eine Sekretärin und ein Maurer passen nicht zusammen, sagte er mir.

Das machte mich traurig.

Für mich sollte das ein Märchen sein, was in Erfüllung geht.

Leider war dem nicht so.

Damit nicht auf dumme Gedanken komme, wurde gleich nach dem Umzug ein Hund gekauft.

Mein Traummann wollte einen Dackel und somit hatte ich diesen auch zu wollen.

Natürlich liebte ich diesen kleinen Hund vom ersten Augenblick an. Natürlich kümmerte ich mich um ihn wie um ein kleines Kind.

Die Spaziergänge und alles, was damit zu tun hatte, erledigte ich.

Da ich nicht mehr arbeiten durfte, da sonst der Hund zu lange allein wäre, langweilte ich mich.

Mein Hobby, Möbel zu restaurieren, hatte ich wieder begonnen.

Eine Plane war im Wohnzimmer und darauf war das Möbelstück, welches ich bearbeitet habe.

Der Hund lag neben mir und schaute mir zu.

Trotzdem habe ich mich gelangweilt.

Eines Tages kam meine Cousine zu mir, um mir die Haare zu schneiden.

Meistens fuhr ich zu ihr, aber dieses Mal hatte es sich anders ergeben.

Wir sind dann spontan auf ein Bier in die Stadt gefahren.

Im Lokal trafen wir meinen Nachbarn und so wurde der Abend doch länger als geplant und sehr lustig.

Es mochte so zwei Uhr in der Früh gewesen sein, da klingelte mein Telefon.

Seit über einer Stunde lag ich schon im Bett.
Da muss etwas passiert sein, dachte ich mir.
Meine Cousine hatte ein Unfall, kam es mir in den Kopf.

Als ich den Hörer aufnahm, und verschlafen meinen Namen sagte, hörte ich, dass es die Polizei war.
Der Polizist sagte mir in ruhigem Ton, dass mein Ehemann sich um mich Sorgen gemacht hätte und darum die Polizei alarmiert hat.
Plötzlich saß ich im Bett und war sauer und ungehalten.
Ziemlich aufgebracht sagte ich dem Beamten, dass ich schon eine ganze Zeit im Bett liegen würde und dieses Theater überhaupt nicht verstehen würde.
Er war der Meinung, dass ich doch meinen Mann anrufen sollte, damit er beruhigt wäre.
Dies tat sich sofort.
Meckernd und aufgebracht schimpfte ich ins Telefon.
Was ihm einfallen würde, die Polizei anzurufen und ob er noch ganz dicht wäre?
Er hat mich wieder einmal um den Finger gewickelt. Er hätte sich solche Sorgen um mich gemacht. Es hätte Angst gehabt, dass etwas passiert ist. Er wäre nicht da und könnte mir nicht helfen. So redete er mir wieder einmal ein schlechtes Gewissen ein.

Aus steuertechnischen Gründen oder um den Heiratsantrag von vor Jahren anzunehmen, beschlossen wir, zu heiraten.
Überzeugt war ich nicht mehr von dieser Idee, doch ich willigte ein.
Warum ich das getan habe, weiß ich noch immer nicht.

Wir waren 10 Jahre schon zusammen. Muss dann noch geheiratet werden?

Mit dieser Entscheidung kam das nächste Problem.

Mein Schwiegervater würde nicht zur Hochzeit kommen, wenn meine Schwiegermutter kommen würde. Meiner Schwiegermutter war das egal. Sie wollte nur gern dabei sein. Und ich hätte sie auch lieber als meinen Schwiegervater.

Mein Schwiegervater redete auf uns ein, vor allem auf meinen Traummann. Es sollte eine angemessene Hochzeit sein, mit einem unvergesslichen Polterabend. Und diesen wollte er gerne ausrichten. Aber ohne meine Schwiegermutter.

Auf diesen Polterabend hätte ich gern zugunsten meiner Schwiegermutter verzichtet.

Mein Schwiegervater weigerte sich jedoch, mit meiner Schwiegermutter an einem Tisch zu sitzen. Obwohl sie nicht an einem Tisch sitzen müssen, bei der Lokation.

Nach vielen Gesprächen und vielen Auseinandersetzungen mit meinem Traummann hat der Schwiegervater gewonnen.

Es tat mir im Herzen weh.

Meine Schwiegermutter hatte mich jetzt all die Jahre begleitet und wir hatten so viel erlebt. Nun sollte ich sie bei diesem wichtigen Ereignis nicht dabeihaben. Für mich unfassbar.

Sie liebte ihren Sohn und der Sohn sie und dann das?

Doch es kam so, wie ich es nicht wollte.

Mein Schwiegervater richtete einen Polterabend für uns aus und natürlich kamen seine ganzen Reiterfreunde, die ich so gut wie nicht kannte und auch mein Ehemann nicht. Die Jagdgesellschaft, Verwandte, Bekannte und Freunde von ihm.

Was mich sehr freute, es kamen auch unsere alten Freunde aus dem Dorf. Der gesamte Fußballverein, in dem mein Mann damals gespielt hat und Klassenkameraden und viele Gesichter, die man schon lange nicht mehr gesehen hatte. Das war sehr erfreulich für uns. So hatte der Abend auch etwas Schönes.

Es wurde ein großes, rustikales Büfett angeboten und mein Cousin war der DJ für diesen Abend und er unterhielt uns mit guter Tanzmusik.

Der Abend war fröhlich, lustig und gelungen.

Er wäre nur noch schöner und lustiger gewesen, wenn auch meine Schwiegermutter daran hätte teilhaben dürfen.

So feierten wir mit meiner Familie und seinem Vater sowie seiner Schwester. Und natürlich der Tante aus Berlin, die Schwester von Schwiegervaters Mutter. Die Oma selber kam nicht, dafür war sie zu krank.

Wir feierten bis morgens. Viele Freunde von uns wohnten in Schwiegervaters Hotel und somit verlagerten wir dann die Party in unser Zimmer, in dem wir mit den anderen Freunden die Geschenke auspackten.

Wir saßen bis zum Frühstück zusammen.

Danach reisten die meisten Gäste wieder ab.

Meine Schwiegermutter reiste mit ihrem Freund am nächsten Tag an. Sie durften freundlicherweise an unserer standesamtlichen Hochzeit teilnehmen und anschließend zum Essen bleiben.

Wie großzügig von uns.

Ein schlechtes Gewissen hatte ich ihr gegenüber.

Sie freute sich für uns, dass sie dabei sein durfte und erwähnte die Ausladung zum Polterabend mit keinem Wort.

Eher fragte sie uns, ob es uns gefallen hätte und fand es auch fantastisch, dass der Fußballverein gekommen ist und alte Bekannte.

Dann kam unser Hochzeitstag.

In Trachtenkleidung heiratete ich nun meinen Traummann.

Ein roter Janker, dunkelblaue Trachtenlederhose, dazu Trachtensocken aus dem Sortiment der Firma, die mein Mann zu der Zeit vertrat. Eine weiße Bluse und Trachtenschuhe.

Das war nicht ich, würden meine Freunde sagen, aber so war es.

Meine Eltern richteten das Essen aus, welches wir im Tennisklub zu uns nahmen. Wir hatten es zusammengestellt und auch die Deko auf dem Tisch bestellt.

Worüber sich meine Mutter später aufregte. Da sie das mit bezahlen mussten.

Während wir beim Essen waren, hatte mein Schwiegervater an unser Auto eine Konservendosenkette befestigt, mit der wir durch die Stadt fuhren.

Das traditionelle Sägen vor dem Lokal war auch angesagt. Danach gab es das Essen und Kuchen und Kaffee im Haus meiner Eltern.

Nach dem Kaffee fuhren mein Ehemann, seine Mutter und ihr Lebensgefährte zu uns in die Wohnung.

Noch nicht einmal einen Cognac konnte ich anbieten, den sie so gerne getrunken hätten. Geschweige denn, ein Glas Wein.

Mein Gatte war der Meinung, dass es Geldverschwendung sei, in Alkohol zu investieren.

Mir war das sehr peinlich.

Der Freund meiner Schwiegermutter schlug dann vor, in eine Bar zu gehen, und ich stimmte fröhlich mit ein.

Es wurde dann doch noch ein netter, lustiger Abend.

Am nächsten Tag sind wir dann in den Skiurlaub gefahren. Skilaufen in den Dolomiten bei herrlichem Wetter.

Das war Urlaub und das war Erholung!

Nicht lange nach der Hochzeit lud mein Schwiegervater uns in ein nobles Lokal zum Essen ein. Er hatte inzwischen auch jemanden für sein Herz gefunden.

Sie war sehr gewöhnungsbedürftig, weil sie so anders war als all die Frauen, die ich von ihm bislang kennengelernt hatte. Sie war das Gegenteil meiner Schwiegermutter. Blond, hässlich, jung, dickbäuchig und dumm.

Sie war halt auch anders, als all die anderen und von daher war ich sehr verwundert.

Das mein Schwiegervater sich mit einer Altenpflegerin abgab, hat mich schon verwundert.

Nichts gegen den Beruf, aber das war ein Abstieg aus Sicht meines Schwiegervaters.

Oder wurde er plötzlich normal?
Gerade mein Schwiegervater, der schon mit mir nicht klarkam. Dem Mädchen aus der Arbeiterklasse. Und nun das?
Es hat mich schon verwundert.
Zumal auch seine göttliche Tochter einen Mechaniker heiraten möchte. Also auch keinen aus den höheren Kreisen.

Was mir durch den Kopf ging, war eigentlich ganz einfach. Sie muss gut im Bett sein, sonst hätte er sie nicht uns vorgestellt.
Was von Vorteil war, sie wirkte im Verhältnis zu ihm, mindestens auch 20 Jahre jünger als er und meine Schwiegermutter.

Als wir das Essen bestellt hatten, alle freundlich miteinander gesprochen haben, kam mein Schwiegervater endlich mit der Sprache heraus.

Er schlug uns vor, in eines seiner Häuser zu ziehen. Es würde ein Haus frei werden neben seinem Haus und er würde es uns zu einem geringen Mietpreis zur Verfügung stellen. Es würde ihn sehr freuen, wenn wir sein Angebot annehmen würden, dann wäre doch ein Teil der Familie wieder dichter zusammen. Und wir hätten auch den Vorteil, dass wir natürlich seinen Pool benutzen könnten.
Meinem Ehemann gefiel das Angebot sofort.
Mir absolut nicht.
Was wird, wenn meine Schwiegermutter zu Besuch kommen möchte. Da ist doch Ärger vorprogrammiert.

Und wenn meine Schwiegermutter dann in den Pool geht und die Freundin meines Schwiegervaters ist da, dann gibt es Ärger. Das war vorauszusehen. Diesen Ärger konnte ich schon riechen.

Meine Antwort war nein.

So dicht beisammen und das ständige nett sein miteinander, sich grüßen und winken und lachen und sich freuen, den anderen zu sehen. Oh Gott, nein, das wird nichts.

Das roch schon nach Ärger.

Aber mein Ehemann fand die Sache super. Ein Haus in einem guten Vorort von Braunschweig mit Poolbenutzung im Garten, Tiefgarage und einer Dachterrasse.

Was will man mehr.

Mit gerade mal 24 Jahren hatte ich ein Haus, einen Pool und ein Auto. Was könnte es Schöneres geben?

Das kann ich genau sagen: Weiter weg zu sein von der Familie und etwas Eigenes zu machen.

Stolz waren meine Eltern auf das Haus und das ich darin wohnen durfte. Das der Vater meines Mannes uns das Angebot gemacht hat, fanden sie prima. Nun musste ich auch noch dankbar dafür sein.

Mein Schwiegervater spielte den Gönner und der Sohn fühlte sich gut aufgehoben.

Die böse Schwiegertochter, die undankbare Tochter, die war dagegen. Was wollte ich denn mehr?

Von allen Seiten hörte ich, wie gut wir es doch hätten.

Es kam so, wie ich es mir überhaupt nicht gewünscht hatte.

Wir zogen also in das Haus.

Nun fing der Horror erst richtig an.

Mein Ehemann hatte ein Prospekt als Beilage in der Tageszeitung gefunden. Dort war eine Küche abgebildet, die bei uns genauso installiert wurde.

Auch die Deko, die Tapeten, einfach alles wie im Prospekt. Als es dann fertig war, musste ich meinem Mann sagen, dass es schrecklich aussähe, viel zu dunkel für den Raum sei und es wirke wie in einem Altersheim

Dafür hatte er allerdings überhaupt kein Verständnis.

Mir wurden Vorhaltungen gemacht, wie undankbar ich wäre. Schließlich machte er doch alles nur für mich.

„Haha", dachte ich mir, „dann wäre es vielleicht sinnvoll, wenn auch ich einmal etwas dazu sagen dürfte."

Ich fühlte mich nicht wohl in dieser Küche. Aber es wurde nichts geändert.

Mein Ehemann war sehr erfolgreich in seinem neuen Außendienstjob und fuhr meistens montags raus und kam erst am Donnerstag oder Freitag wieder.

So hatte ich die Woche für mich.

Arbeiten durfte ich nach wie vor nicht. Denn nach Aussage meines Mannes hatten wir das ja nicht nötig. Mit meinen 24 Jahren langweilte ich mich.

Dies sagte ich ihm auch dauernd. Aber das tat er ab und wollte damit nicht belästigt werden.

Warum ich mich so untergeordnet habe, weiß ich bis heute nicht. Es hat sich einfach so ergeben. Mein Selbstbewusstsein war nicht mehr vorhanden. Und ich hatte Angst vor ihm. Angst vor den Auseinandersetzungen. Angst vor seinen Wutausbrüchen. Angst, ihm die Stirn zu bieten.

Sonntagabend bekam ich einen Zettel, auf dem alles stand, was ich zu tun und zu erledigen hatte während seiner Abwesenheit. Dort stand zum Beispiel: Hinter den Lichtschalterabdeckungen sauber machen. Lampen von oben säubern, Holz streichen, Garten umgraben; Kellerregal aufräumen, Gehwegplatten vom Moos befreien.

Es gab immer etwas zu tun.

Selbstverständlich erledigte ich auch aus meiner Sicht alles sehr ordentlich. Meistens war es jedoch nicht genug.

Eine Kontrolle erfolge meistens am Wochenende, wenn er nach neuen Aufgaben für ich gesucht hat.

Die Kontrolle verlief nie zu seiner Zufriedenheit.

Wenn er gute Laune hatte, konnte ich von Glück reden, dass er nicht ausgerastet ist.

Doch wenn er schlechte Laune hatte, wünschte ich mich weit weg.

Einen Wutausbruch, der meistens folgte, war die Hölle für mich.

In seiner Stimme merkte ich schon, wie er sich steigerte. Meistens fing es belanglos an. Zum Beispiel mit der Reinigung hinter den Lichtschaltern.

Es war erst okay, dann aber war es hinter irgendeinem Schalter nicht so, wie er sich das vorgestellt hat, oder ich denke mir, dass er vielleicht gemerkt hat, dass alles in rechter Ordnung ist, und das reichte ihm nicht. Also musste er etwas finden. Und das war für ihn kein Problem.

Erst sagte er es nur mit einem Lächeln, dass ich etwas gepfuscht habe. Wenn ich dann geantwortet habe, dass hinter den Lichtschalter sowieso niemand guckt, war das grundverkehrt.

Es ginge nicht darum, ob jemand hinter die Schalter gucken würde. Schließlich würde er es wissen und das reicht. Andere interessieren ihn nicht.

So steigerte er sich da hinein. Dann wurde die Stimme erhoben, seine Augen verdunkelten sich und er wurde noch blasser als er schon war. Sein Gesicht wurde starr und sein Gesichtsausdruck erhärtete sich.

Jetzt war es Zeit, mich zu beleidigen. Die Frage kam schneller als erwartet. Ob ich zu blöd sei, seine Anweisungen zu seiner Zufriedenheit auszuüben.

Da ich mich innerlich ärgerte, auch Angst hatte vor ihm, konnte ich doch nicht klein beigeben und musste dann eine Spitze setzen, in dem ich antwortete, dass ich wohl blöd sei.

Nun wollte er mir sagen, dass ich doch nicht blöd sei und das auch nicht sagen sollte. Oder hielt ich mich wirklich für blöd.

Es wurde auf diesem Satz herumgeritten, bis ich mich umdrehte und wegging.

Das war das Zeichen zum Platzen. Jetzt wurde er lauter und rief hinter mir her, dass es doch nicht schwer sei, einfache Aufgaben zu erledigen. Ich hätte doch schließlich den ganzen Tag nichts zu tun.

Dieses wiederholte sich fast jedes Wochenende. Es war nicht mehr zum Aushalten und wurde immer schlimmer.

Meine Schwiegermutter war einmal zu Gast für ein paar Tage und bekam das mit. Sie fragte mich, ob ich noch normal sei, mir das bieten zu lassen. Ich könnte doch nicht die Befehle entgegennehmen und alles ausführen, wie er es sagt.

Sie fragte mich, wo ich denn in diesem Zusammenleben bliebe. Wo meine Streitlust geblieben sei. Wo mein Selbstbewusstsein geblieben sei.

Meine Antwort war, dass ich wüsste, dass er Montag wieder wegfahren würde und vor Donnerstag nicht nach Hause käme. Eher Freitag. Dann hätte ich die ganze Woche Ruhe.

In dieser Zeit seiner Abwesenheit ging es mir gut.

Je näher der Tag kam, wo er nach Hause kommen würde, ging es mir schlechter. Mein Magen krampfte sich zusammen und ich überlegte, ob ich alles richtig gemacht hatte. Dass er bloß keinen Grund fand, sich aufzuregen.

Mir war klar, dass ich selbstständiger werden musste. Und das konnte ich nur, wenn ich einen Job hatte. Also machte ich mich auf die Suche nach einem Arbeitsplatz.

Diese fand ich nach kurzem Suchen.

Die Arbeitszeit war von 15 bis 21.30 Uhr für drei Wochen und eine Woche von 7.30 bis 14.30 Uhr.

Als er wieder am Freitagabend nach Hause kam, wollte ich ihm mein Erfolg erzählen. Selbstverständlich war mir klar, dass dies Diskussionen gab und viel Ärger, aber ich hatte es mir in den Kopf gesetzt, dieses durchzudrücken.

Mit Aufregung wartete ich auf ihn.

Ich saß im Esszimmer und wartete auf das Geräusch seines Autos, wenn er in die Garage fuhr.

Als ich es endlich hörte, übte ich innerlich schon meinen Text.

Doch er kam die Treppe hoch, begrüßte mich kurz und teilte mir mit, dass er sofort zum Tennis fahren würde. Er hatte ganz vergessen, mir das mitzuteilen.

Keine Zeit für irgendein Gespräch, oder dass er seine Sache wegräumen könne. Das könnte ich für ihn mal erledigen.

Wie so oft.

Und schon war er wieder weg.

Meistens kam er spät zurück. Da saß ich vor der Glotze und schaute die Talkshow. Kurz saß er auch noch dabei, dann ging er ins Bett.

Keine Gespräche, keine Beichte über meinen Job.

So blieb mir nichts anderes übrig, als heimlich zu arbeiten.

Er kam wieder freitags nach Hause und war der Meinung, dass wir heute Abend, da er nicht zum Tennis fahren würde, Gartenarbeit erledigen müssten. Es sollte ein neuer Zaun gezogen werden.

Auf das Wetter machte ich ihn aufmerksam. Es goss in Strömen.

Dies hielt ihn nicht ab. Er holte eine Flutlichtlampe, stelle sie nach draußen, wir zogen uns Gummistiefel und Regenklamotten an und dann ging es los.

Bis ich der Meinung war, dass es keinen Sinn hätte bei diesem Regen.

Dazu kam auch noch, dass durch die Nässe wohl das Kabel der Flutlichtlampe beeinträchtigt wurde und das Licht ausfiel.

Nicht nur das Fluchen hat mein Schwiegervater drüben gehört, auch diese Wut hat er bis dorthin gespürt.

Dieses wurde mir zu dumm, so dass ich ihn einfach im Garten zurückließ und hineinging.

Durch das große Wohnzimmerfenster schaute ich ihm zu, wie er die Pfosten des Zaunes setzte.

Da wurde mir klar, ich sage ihm an diesem Abend, dass ich arbeite, dann könne er sich noch mehr aufregen, aber da es sowieso Ärger geben wird, wenn er hereinkommt, hatte ich mich entschieden, jetzt oder nie.

Also sagte ich es ihm, als er geduscht und sauer von oben ins Wohnzimmer kam.

Mir war klar, dass ich Vorhaltungen ertragen musste. Das ich ihn hintergangen hätte und ob ich mit dieser Lüge leben könnte. Alles, was man sich denken kann, habe ich an diesem Abend gehört.

Doch meine Meinung stand fest. Meinen Job werde ich weiterhin ausüben.

Selbstverständlich kam er auch mit dem Argument, dass der Hund dann viel zu lange allein wäre, aber auch darauf hatte ich eine Antwort.

Mein eigenes Geld wollte ich verdienen und ihn nicht immer fragen müssen, ob ich Geld vom gemeinsamen Konto abholen darf. Er sah dies zwar anders. Jederzeit könnte ich an das Konto, es wäre doch unser gemeinsames Geld.

Das hatte ich einmal getan und danach gab es Vorwürfe, dass ich ihn hintergehen würde, mir heimlich Geld holen würde, von dem er nichts wissen dürfe. Wozu ich das Geld bräuchte? Was ich damit machen würde. Und viele Vorwürfe mehr.

Nun hatte ich mir ein eigenes Konto eingerichtet, wie ich es früher schon hatte und damit musste er sich abfinden.

Seine Bedenken hörte ich mir an und sagte mir innerlich einfach, dass es vollkommen egal sei, was er sagt. Mein Job bleibt und Montag fährt er wieder raus. Dann hätte ich meine Ruhe. Bis dahin würde ich es aushalten.

Schweigend verließ er mich und ging zu seinem Vater herüber. Wer weiß, was sie sich zu erzählen hatten. Es war mir auch egal. Mir war mein Job wichtig. Nur das zählte.

Einmal kam er nach Hause und war gleich wieder zu seinem Vater herübergegangen. Es dauerte eine Weile bis er zurück kam und sofort musste ich mich erklären.

Er fragte mich, was für ein weibliches Wesen, denn bei mir gewesen sei in der Woche.

Dass eine alte Schulfreundin mich besucht hatte, die ich in der Stadt wieder getroffen und zu mir eingeladen hatte, hatte ich ihm nicht erzählt.
„Die soll eine Nadel im Gesicht haben und wie ein Punk aussehen", gab er zu verstehen.
„Ja", gab ich zu. „Was ist daran so schlimm? Jeder lebt so, wie er es gerne hätte."
Daraufhin wurde ich aufgefordert, diese Frau auf keinen Fall noch einmal einzuladen. Wer weiß, was sie für Freunde hat, und eines Tages kommen wir nach Hause und das Haus ist leer.
„Dass das klar ist!"

Weil ich keine Lust auf Diskussionen hatte, versprach ich es, aber mir war klar, dass ich mich nicht daranhalten würde.

Sowieso log ich in letzter Zeit, was das Zeug hielt. Keine Wahrheit, keinen Ärger.

Aber ich hatte sowieso kein Glück, ob ich log, oder die Wahrheit sagte. Bei mir kam immer alles raus und dann wurde es immer schlimmer als es eigentlich war.

Bei einer neuen Begebenheit erging es mir wieder einmal richtig schlecht.

Die Lebensgefährtin seines besten Freundes ging wieder mal fremd.

Das wusste keiner außer mir.

Für meine Bekannte passte das Ambiente von uns für ihren Lover und so kam sie mit ihm zu mir.

Während der Abwesenheit meines Mannes.

Der neue Lover war Geschäftsführer eines großen Bekleidungsgeschäftes, verheiratet und leidenschaftlicher Koch.

So verabredeten wir uns bei mir und der neue Lover kochte für uns.

Er verwandelte meine Küche in ein Küchenstudio mit den feinsten Gerüchen und es machte viel Spaß, ihm zuzusehen. Wir tranken dabei Wein und schauten ihm über die Schulter. Es wurde der Tisch hübsch gedeckt und wir ließen uns von den kulinarischen Köstlichkeiten überraschen.

Was er in dieser kurzen Zeit für Köstlichkeiten zauberte, war erstaunlich. Es schmeckte vorzüglich und es war ein Genuss, davon zu kosten.

Als wir anschließend im Wohnzimmer saßen und mein weiblicher Besuch nach ein paar Gläsern Wein der Meinung war, sie müsse jetzt nackt in den Pool springen, hielt ich sie auch nicht davon aus. Warum auch. Dafür ist der Pool schließlich da. Selbstverständlich wusste ich, dass mein Schwiegervater zu Hause war, aber ich wusste nicht, dass er mir Ärger bereiten würde.

Für uns war es ein sehr schöner Abend. Wir erfreuten uns über das geschmackvolle, köstliche Essen, und einer lustigen Poolparty.

Mein Mann war nach seiner Rückkehr am Freitag wieder zu seinem Vater herübergegangen. Und kaum war er zurück, ging es auch schon wieder los.

Wer war denn zu Besuch?
Ihr wart schwimmen mitten in der Nacht.
Nacht und betrunken?

Nachdem ich ihm sagte, dass es die Lebensgefährtin seines besten Freundes gewesen wäre, die bei einem Besuch, spontan ein Bad nehmen wollte, war ich der Meinung, das sollte reichen.
Da er sie kannte, durfte es eigentlich nicht das Problem sein.
Mit schuldbewusster Miene schaute ich ihn an und fragte noch, ob sein Vater damit ein Problem hätte.
Doch jetzt, wo er wusste, um wen es sich handelte, war es nicht schlimm. Überhaupt nicht schlimm.
Offensichtlich hat mein Schwiegervater die Begleitung nicht gesehen. Was war ich froh. In dem Moment, wo dieses herausgekommen wäre, hätte ich nicht gewusst, was ich sagen sollte.
Dieses Mal hatte ich Glück.

Ein weiteres Mal kamen die beiden dann überraschend vorbei mit zwei Flaschen Wein.

Der große Liebhaber wollte noch kochen, aber dazu ist es nicht mehr gekommen, da meine Freundin ihm sagte, nachdem sie einen Schwips hatte, dass sie schwanger sei.

Ach du dickes Ei!

Was nun?

Die Diskussion war natürlich, sie wollte, dass sich Franco von seiner Frau trennte, denn sie wollte das Kind und mit ihm zusammenleben.

Der Klassiker aus jedem Liebesfilm.

Das waren jedoch nicht seine Vorstellungen.

Er erklärte, dass er eine offene Ehe führen würde. Und sie das auch wüsste. Es wäre nie die Rede davon gewesen, dass er sich von seiner Frau trennen würde, auch nicht, dass er Kinder will. Mit seiner Frau wollte er keine und mit ihr will er auch keine.

Somit war für ihn klar, dass es eine Abtreibung gibt.

Nun redeten die beiden über alle Möglichkeiten und dann unter Tränen fragte sie mich dann, ob ich eine Adresse hätte für die Abtreibung. Da ich selbst doch in Holland zur Abtreibung gewesen wäre, müsste ich ihr doch helfen können.

Ich ging nach oben und holte das Prospekt von der Klinik, in der ich selbst mal abgetrieben hatte.

Doch Franco sagte ihr, dass er einen befreundeten Arzt habe, der die Abtreibung durchführen würde.

Somit war das Thema erledigt.

Er fuhr sie nach Hause und der Abend war gelaufen.

Natürlich wäre es zu einfach, wenn daraus nichts Dramatisches werden würde und ich mittendrin bin.

Gerade war ich dabei, das Arbeitszimmer aufzuräumen und zu dekorieren, als mein Mann früher als geplant nach Hause kam.

Wie üblich, zog er sich um für das Tennisspielen. Kurz bevor er nach unten gehen wollte, kam er ins Arbeitszimmer, um zu sehen, was ich da mache.

Und auf dem Schreibtisch sah er das Prospekt der Klinik in Holland.

Warum hatte ich diesen nicht weggepackt?

Als seine Augen darauf fielen, war mir klar, was ich angerichtet hatte. Und dem war auch so.

Er war der Meinung, ich wäre fremdgegangen und müsste nun abtreiben.

Ihn jetzt vom Gegenteil zu überzeugen, war schwierig. Vor allem bei seiner Sturheit. Er ließ gar keine andere Meinung gelten.

Beteuerungen für meine Unschuld waren umsonst. Sie wurden nicht gehört.

Etwas umständlich erklärte ich ihm, dass ich dieses Prospekt für eine Freundin vorgeholt hatte, die sich jedoch dann gegen eine Abtreibung entschieden hätte.

Das wollte er mir nicht glauben und war schon sehr verzweifelt und flehte und bettelte, dass ich ihm sagen müsse, um welche Person es sich handeln würde.

Irgendwie tat er mir leid, aber auf der anderen Seite konnte ich sie doch nicht verraten.

Es war schließlich die Lebensgefährtin seines besten Freundes.

Die Lage spitzte sich zu. Inzwischen wurde ich schon zur Schlampe, Nutte und sonst was.

Also gab ich nach und sagte es ihm.

Selbstverständlich bat ich ihn darum, Stillschweigen zu bewahren, was er mir auch zugesichert hat.

Gerade weil es sich um seinen Freund handeln würde, dem diese Geschichte bestimmt sehr weh tun würde, da er sich so sehr ein Kind wünschte, wäre es ein Geheimnis zwischen uns.

Mit welcher Blödheit ich dachte, dass ich meinem eigenen Ehemann vertrauen könnte, weiß ich bis heute nicht.

Er versprach es mir und ich wusste, es würde rauskommen.

Und es kam heraus.

Das Theater, welches mein Mann verursacht hatte, möchte ich gar nicht im Einzelnen wissen. Es hat mir gereicht, was ich am Rande durch Telefonate mitbekommen habe.

Auf der nächsten Party liefen wir uns dann zu viert über den Weg. Sie strafte mich mit Verachtung.

Als sie genug getrunken hatte, wurde sie dann beleidigend und ich war das größte Arschloch aller Zeiten.

Das nahm ich ihr auch gar nicht übel. Es war von mir tatsächlich nicht zu entschuldigen, dass ich sie verraten hatte.

Selbstverständlich versuchte ich ihr klarzumachen, in welche Situation ich durch das Prospekt gekommen bin, aber das wurde nicht erhört.

Mir tat diese ganze Geschichte unendlich leid. Doch ich konnte sie nicht mehr rückgängig machen.

Am gleichen Abend machte sie sich in einer Weinlaune an einen anderen Freund aus unserem Freundeskreis heran. Sie schmiss sich ihm förmlich an den Hals.

Dieses war nicht nur peinlich, sondern auch dumm.

Da ich nichts sagen durfte, dreht ich mich um und schaute nicht mehr hin.

Nicht viel später ging dann das Gemeckere los. Die Frau des Freundes und sie beschimpften sich gegenseitig lautstark.

Die Freundin sagte zur ihr, wenn sie nicht augenblicklich die Finger von ihrem Freund nehmen würde, wird sie ihr die Augen auskratzen und sie wird ihr die roten Locken abschneiden.

Das wurde so laut gesagt, dass alle Verstummten und alle Augenpaare auf die beiden gerichtet waren.

Sie verließen dann die Party und kurze Zeit später trennten sie sich dann auch.

Meine Arbeit in der Erfassung in unserer regionalen Zeitung war nicht anspruchsvoll, aber lukrativ. Für mich war das eine großartige Sache. Endlich hatte ich mein eigenes Geld zur Verfügung und dadurch fühlte ich mich freier.

So langsam merkte ich, dass ich in einem goldenen Käfig saß und überhaupt nicht mehr glücklich war. Mir war das Lachen vergangen und Spaß hatten wir sowieso nicht mehr.

Gefühle zeigten wir auch nicht mehr und darunter litt ich besonders. Die Angst, die ich vor seinen Wutausbrüchen bislang hatte, hatte ich nicht mehr so stark.

Meine Lust auf das Feiern kam wieder und ich wäre so gern auch mal mit den Kolleginnen nach der Arbeit mitgegangen, um ein Bier zu trinken. Abschalten, reden und einfach mal wieder lachen können.

Meine Kolleginnen fragten mich sehr oft, aber ich verneinte es.

Eines Abends war ich spontan und sagte zu. Ich war über mich selbst verwundert. Wie ich das später erklären sollte, war mir noch nicht klar. Für mich stand fest. Heute wird mal gefeiert.

Ich rief meinen Mann an, der zum Tennis wollte und sagte ihm, dass ich an diesem Abend mit meinen Kolleginnen und Kollegen noch ein Bier trinken gehen würde und er nicht auf mich warten bräuchte.

Er kam mit dem Argument, dass ich kein Auto fahren kann, wenn ich Bier getrunken habe. Das zog aber nicht bei mir.

Es gibt Taxen, war meine Antwort.

Er war damit einverstanden.

Wir fuhren dann in das bekannte Lokal in unserer Stadt, mit diesem netten Ambiente und hatten unseren Spaß. Wir tranken Bier und lachten und waren sehr ausgelassen.

Etwas später kam dann unser Chef noch dazu und irgendwie suchte dieser das Gespräch mit mir. Wir unterhielten uns superausgelassen und er gab mir zu verstehen, dass ich etwas ganz Besonderes sei. Er könne gar nicht verstehen, warum ich diesen Job ausüben würde, da ich viel zu intelligent sei.

Welcher Teufel mich dazu gebracht hat.

Was ich ihm nicht erzählte.

Der Teufel war mein Ehemann.

Zu verstehen gab ich ihm, dass ich mich von meiner Abhängigkeit abnabeln möchte. Darum ist mir der Job erst einmal nur zweitrangig.

So gaben wir uns einen Schlagabtausch nach dem anderen.

Es war anstrengend, aber auch witzig.

Seine Vorstellungen deckten sich nicht mit meinen, dass machte es so interessant.

Was jedoch schlimmer war, dass ich zu viel trank und völlig ausgelassen und willig mit zu ihm ging.

Wie es dazu kam, kann ich nicht erklären. Ich weiß nur, dass ich es getan habe und eine aufregende, erotische Nacht mit ihm verbracht habe.

Als ich morgens aufwachte und langsam realisierte, wo ich war, war es mir nicht nur peinlich, sondern ich fühlte mich schrecklich und schuldig.

Noch nicht einmal ein Taxi konnte ich mir rufen, weil ich gar nicht wusste, in welcher Straße ich mich befand.

Oh mein Gott, das war mehr als peinlich.

Meinen Bettnachbarn musste ich wecken, um die Adresse zu erfragen.

Und dann war ich auch schon weg.

Der Taxifahrer brachte mich zu meinem Auto und mit dem fuhr ich dann rasch nach Hause.

Was ich für eine Ausrede benutzen würde, wusste ich noch nicht. Erst einmal nach Hause fahren.

Da ich oft auf mein Bauchgefühl höre und auch oft die Situationen auf mich zukommen lasse, um dann spontan zu reagieren, hoffte ich, dass mir dieses an diesem Morgen auch gelingen wird.

Als ich die Kellertreppe hochkam, hatte mein Ehemann seinen Koffer schon für die Woche gepackt. Es sah so aus, als wenn er nur auf mich gewartet hätte.

Selbstverständlich entschuldigte ich mich als Erstes. Und spontan kam es aus mir heraus, dass ich bei einer Kollegin übernachtet hatte, die in der Nähe des Lokals wohnen würde. Es wurde spät gestern, und wir wären alle noch zu ihr gegangen und letztendlich habe ich dort auch übernachtet.

Begeistert war er nicht, und dass er mir deutlich machen musste, dass sich für eine Frau, die auf sich was hält, so etwas nicht in Frage kommen würde. Er kenne das nur von Asozialen. Wer seine Grenze nicht kennt, der solle nicht feiern gehen. Alles Mögliche habe ich mir angehört.
    Die Tirade war irgendwann aber auch vorbei und er musste los.

Bevor er aus dem Haus ging, sagte er mir, dass wir über diesen Vorfall auf jeden Fall noch einmal reden sollten. Sowie er zurück wäre. Etwas skandalös wäre die Geschichte ja schon. Und vor allem, wenn sie sich herumsprach.
    Wie sollte sich diese Geschichte herumsprechen, wenn er es nicht gleich wieder seinem Vater erzählen würde?

Im Moment war mir das egal.
    Ich war müde, wollte ins Bett und vor allem musste ich selbst erst einmal verarbeiten, was passiert war.

Er verließ das Haus ohne Abschiedskuss und ohne ein Wort.
Jetzt war er weg.
Aufatmen.

Erst einmal ging ich unter die Dusche und dann schlafen.
Danach musste ich erst einmal die letzte Nacht verarbeiten und auch über den fantastischen Sex nachdenken. Schon lange hatte ich nicht mehr so einen fröhlichen, zärtlichen, lieben und auch harten Sex. Es war einfach geil.
In meinem Kopf drehte sich alles und mein Herz hüpfte ein wenig hin und her.
Der Sex ging mir nicht aus dem Kopf und die zärtlichen Berührungen. Den ganzen restlichen Tag hatte ich an meinen Chef gedacht.
Wie würde er auf mich zu gehen?
Hatten die anderen Kollegen davon etwas mitbekommen?
Wie sollten wir uns verhalten?

Wir verhielten uns normal. Es entstand ein Lachen, als wir uns sahen und ein tiefer Blick in die Augen.
Ansonsten waren wir völlig normal zueinander und verhielten uns, als sei es das Normalste der Welt.
Bei jeder Gelegenheit, die sich ergab, sagte er mir, was für eine fantastische Frau und vor allem was für eine fantastische Liebhaberin, oder besser noch, Sexgöttin ich wäre.
Das wusste ich noch nicht, aber ich glaubte ihm mal.

Es ging so weit, dass sich solche Abende wiederholten.

Das Kribbeln im Bauch konnte ich nicht ignorieren. Es war da und es war gut.

Es beflügelte mich und ich wurde noch selbstbewusster und blühte von innen auf.

Meine Schwiegermutter hatte sich inzwischen von ihrem Freund getrennt.

Wir haben den Umzug mit ihr bewältigt, als ihr Freund nicht zuhause war. Er ahnte nichts.

Sie zog in ein berüchtigtes Viertel von Hamburg, was vielleicht durch die Bettenburgen und der vielen Arbeitslosen in diesem Bezirk voran ging. Doch ihre Wohnung im achten Stock war der Traum.

Diese Wohnung hatte einen Blick über ganz Hamburg. Es war einfach nur herrlich. Zwei Zimmer, gemütlich eingerichtet und ein kleiner Balkon. Was will man mehr.

Diese Wohnung gefiel mir auf Anhieb.

Beim Umzug wurden uns in der Zeit, in der ich die Kisten zum Fahrstuhl brachte, vom Transporter die Pflanzen geklaut.

Wir konnten es nicht begreifen, aber wir mussten trotzdem lachen.

Dass jemand vor unseren Augen am helllichten Tag vom Transporter die Blumen entwenden konnte, war schon witzig.

Dass meine Schwiegermutter die Eskapaden ihres Freundes satthatte, war gut zu verstehen. Wir hatten das ja nicht nur einmal gehört. Aber dieses Mal war er wohl zu weit gegangen. Wenn er nicht mehr diskutieren wollte, ging er einfach weg. Er ging in die erstbeste Kneipe und vögelte irgendeine Prostituierte oder was auch immer dort so herumlief. Er kam dann meistens betrunken nach Hause und wollte dann auch noch Sex von ihr. Und beim letzten Mal, als sie ablehnte, schmiss er einen Aschenbecher nach ihr. Einen großen, schweren Glasaschenbecher.

Wenn dieser getroffen hätte, wäre das ein Loch im Kopf.

Entschuldigungen kamen immer am nächsten Tag. Wenn er sich daran erinnern konnte.

Doch dieses Mal hatte er den Bogen überspannt.

An einem Wochenende besuchte sie uns und ich fand es sehr bedauerlich, dass ich arbeiten musste. So konnte ich sie nur kurz sehen und wenig Zeit mit ihr verbringen.

Inzwischen arbeitete ich auch sonntags. Das brachte doppelte Zulage und bislang fand ich es tausendmal besser, als zu Hause auf meinen Mann zu warten, der beim Tennisspielen war.

Abgehetzt bin ich zum Bahnhof gefahren, um meine Schwiegermutter abzuholen. Danach hatte ich kurz etwas zu Essen gemacht, mich umgezogen und bin dann zur Arbeit gefahren.

Als ich so etwa zwei Stunden auf der Arbeit war, kam mein Abteilungsleiter und sagte, mein Mann wäre am Telefon. Es sei dringend. Also ging ich zum Telefon und dann hörte ich ihn schimpfen, wie blöde ich eigentlich wäre, weil ich das Fett in den Abfluss der Küche gegossen habe. Es wäre jetzt alles verstopft und er müsste die ganze Küche abbauen und ob ich meinen Verstand verloren hätte. Erwidern konnte ich nichts, denn die Kollegen hörten mit. Es war schon peinlich genug.

So schwieg ich und kochte innerlich.

Als ich dann nach Hause kam und völlig losmeckern wollte, gab er mir keinen Anlass. Er nahm mich in die Arme und küsste mich und entschuldigte sich.

Es sei eine Kurzschlussreaktion gewesen, die nicht mehr vorkommen würde. Es täte ihm verdammt leid. Küsschen hier und Küsschen da.

Wie ich später von meiner Schwiegermutter erfuhr, hat sie sich ihren Sohn zur Brust genommen und sie hat ihm gehörig die Meinung gesagt. Unter anderem auch, wenn er so weitermachen würde, werde ich wohl nicht mehr lange bleiben.

Als mein Mann im Bett war und wir noch immer im Wohnzimmer saßen und rauchten und sogar Wein tranken, konnte ich ihr alles erzählen. Endlich hatte ich jemanden, der mich verstand und dem ich ehrlich sagen konnte, was los ist und was passiert ist.

Sie hatte Verständnis für mich.

Bei diesen Launen ihres Sohnes, wäre es wohl verständlich, dass ich mich nach Zärtlichkeit sehnen würde und natürlich auch nach Spaß im Bett.

Sie hätte das Telefongespräch gehört und mit ihrem Sohn geredet. So ginge das nicht weiter. Wenn er mich behalten will, muss er an sich arbeiten.

Es tat so gut, endlich mit jemanden zu reden, dem ich die Wahrheit sagen konnte. Der meinen Mann auch kennt und deren Meinung mir sehr wichtig ist.

Sie riet mir dringend, mit ihm zu sprechen und offen und ehrlich mit ihm umzugehen. Er solle schon wissen, dass er nicht allein auf der Welt ist, der mich attraktiv findet.

Nach einigen Tagen nahm ich dann meinen Mut zusammen und wollte ein Gespräch mit meinem Mann führen.

Er kam wieder immer freitags nach Hause. Seit Stunden saß ich nun schon am Esstisch und wartete auf ihn. Endlich hörte ich sein Auto in der Garage. Das Klappen der Autotür und das Aufschlagen der Kellertür.

Dann kam er die Treppe hoch und erschreckte sich, als er mich am Esstisch sitzen sah. Es war schon etwas dämmerig. Vielleicht hätte ich doch Licht anmachen sollen.

Irgendwie war er etwas irritiert.

Meine Worte kamen so schnell aus meinem Mund, so schnell konnte ich gar nicht denken.

Es wäre nötig, dass wir uns einmal unterhalten müssten. Ich hätte ihm einiges zu erzählen und wir müssten auch einiges ändern, wenn wir gemeinsam weiterleben wollen.

So, nun war es raus.

Die Antwort kam knapp. Gern würde er sich mit mir unterhalten, aber erst muss er zum Tennis. Wenn es nicht zu spät werden würde, gerne.

Das es wichtig wäre für uns, gab ich ihm zu verstehen. Doch Tennisspielen wäre für ihn nach einer Woche Außendienst auch wichtig, war die Antwort.

Okay, ich gab nach, wie immer.

Also fuhr er zum Tennis.

Ich saß auf diesem Stuhl im Esszimmer und hatte zum ersten Mal in meinem Leben Selbstmordgedanken.

Wie komme ich aus diesem Wahnsinn hier raus, kam es mir in den Kopf.

Bleibt mir denn nichts anderes als mich umzubringen?

Da fiel mir der Nachbar ein, der sich im Keller erhängt hat.

Ich ging in den Keller und schaute, ob ich mich am Heizungsrohr erhängen könnte. Doch mir kam in den Kopf, dass ich das nur machen kann, wenn der Hund nicht im Haus ist. Der würde sicherlich kläffen wie ein Verrückter. Das würde Aufmerksamkeit auf mich lenken. Das geht auf keinen Fall.

Wenn ich den Hund zu meinem Schwiegervater bringen würde, würde dieser mich nur ausfragen, warum ich den Hund loswerden will. Das geht also auch nicht.

Soll ich erst den Hund umbringen und dann mich?

Nein, was kann denn der Hund für meine ungesunden Gedanken. Das geht auf keinen Fall.

Ich sah das Seil schon am Heizungsrohr und dann fiel mir ein, dass dieses Rohr auch durch den Heizungskeller geht und wenn ich mich dort erhängen würde, der Hund nicht im Haus ist, merkt das erst einmal niemand.

Also eine Option hatte ich schon einmal.

Von meiner Schwiegermutter hatte ich erfahren, dass ihr Bruder Todespillen besorgen könnte. Sie würde sich eine besorgen, die sie in einem kleinen Behälter um den Hals an ihrer Kette tragen würde.

Bei Gelegenheit werde ich meine Schwiegermutter bitten, auch mir so eine Pille zu besorgen. Ich muss mir noch die passende Geschichte dazu ausdenken, aber das würde mir schon einfallen.

Mit Erleichterung stellte ich fest, dass durch einen Selbstmord meine Lasten, Probleme und Nöte loswerden würde.
Es befreite mich tatsächlich.

Als er drei Stunden später vom Tennis kam, saß ich noch genauso wie bei seiner Abfahrt an dem Esstisch im Dunkeln.
Nun war er doch etwas stutzig.
Mit ausgebreiteten Armen kam er auf mich zu und schloss mich in seinen Arm. Das Erste, was mir durch den Kopf ging, war nur, dass er wohl sein Spiel gewonnen hat. Sonst wäre er nicht so zugänglich.
Seine Wutanfälle beim Tennisspielen kenne ich nur zur Genüge. Einen Tennisschläger vor Wut zu zerschlagen auf dem Feld, war nichts Ungewöhnliches.
Jetzt wollte er gern und unbedingt mit mir reden.
All meinen Mut nahm ich zusammen und erzählte ihm, was passiert sei. Auch die Fragen zu uns stelle ich ihm. Wie es dazu kommen konnte? Auch habe ich ihm gesagt, dass ich mir wie eine Sklavin vorkommen würde. Er würde mich nicht ernst genug nehmen und mich bevormunden.
Dass ich ihn betrogen habe und dass ich das eigentlich nicht möchte.
Im Endeffekt war es so, dass wir beide uns weinend in den Armen lagen und versprachen, dass alles besser werden würde.
Mein Mann versprach mir, dass er alles tun wird, um unsere Liebe zu retten. Dass er ohne mich nicht sein

kann und auch nicht sein will. Nie wieder will er so mit mir umgehen.

Und ich glaubte ihm.

Seine Idee war es, einen Neuanfang mit einem Urlaub zu machen. Nur wir beide.

Das war eine fantastische Idee und ich freute mich riesig.

Dass ich dann in einem Tennisurlaub landete, mit bis zu sechs Stunden Tennis spielen am Tag, war mir nicht klar.

Er spielte sich also die Lunge aus dem Leib und ich verbrachte den halben Tag auf dem Tennisplatz und den Rest des Tages am Strand in der Sonne, oder beim Baden.

Allein natürlich. So hatte ich mir das nicht vorgestellt.

Abends taten wir dann so, als ob alles super wäre, ich hörte mir an, wie bescheiden es beim Tennisspielen gelaufen war und dass er noch härter und noch mehr trainieren müsse.

Tanzen gehen abends, oder ein wenig mehr zu trinken als normal, war überhaupt nicht denkbar.

Wie zwei Senioren hockten wir nach dem Abendessen an der Bar für einen Drink, um dann ins Bett zu gehen. Ohne Sex.

Oh, wie langweilig.

So hatte ich mir das nicht vorgestellt und das sagte ich ihm auch. Leider hatte er kein Verständnis für mich, sondern griff mich an und machte mir Vorhaltungen, dass ich mit nichts zufrieden sei.

Auf diese Idee bin ich noch gar nicht gekommen.
Also hielt ich für den Rest des Urlaubs meinen Mund.

Wieder zurück, begann ich das Verhältnis weiter auszuleben.

Ich ließ mich verwöhnen, hatte guten und ausgiebigen Sex und viel Spaß mit den Kolleginnen beim abendlichen Umtrunk.

Vorhaltungen prallten bei mir ab und eines Tages, als er wieder auf mir herumhackte, was ich wieder einmal falsch, oder nicht richtig ausgeführt hatte, sagte ich ihm ganz ruhig und gelassen.

Ich werde mich von Dir trennen.

Jetzt war es gesagt.

Wieder kam es, wie es nicht kommen sollte. Er bereute es und wollte das nicht. Er weinte, ich weinte, wieder lagen wir uns in den Armen und beteuerten, dass wir uns doch lieben würden und unbedingt an unserer Ehe arbeiten sollten.

Ich glaubte daran. Bis zur nächsten Explosion.

Mein Mann hatte sich in den Kopf gesetzt, die Teile für den Zaun zu streichen, und zwar im Keller. Der Keller aber war ihm zu feucht und zu kalt, so dass er das Wohnzimmer mit einer Plane auslegte und seine Anstreicharbeiten im Wohnzimmer erledigte.

Ich fungierte als Handlanger und war genervt.

Meine Eltern kamen kurz bei uns vorbei und sahen das Drama. Sie redeten auf meinen Ehemann ein, dass es doch nicht gerade sinnvoll sei, dieses Arbeiten im Wohnzimmer auszuführen und ob er nicht zwei Tage warten könne, bis das Wetter wieder besser sei und er die Arbeiten draußen erledigen könne. Wie es allgemein üblich sei.

Diese Worte ignorierte er und war der Meinung, es ist besser, wenn meine Eltern nach Hause fahren und uns in Ruhe lassen würden.

Was sie auch getan haben.

Besser ist das auch gewesen, sonst hätte es gekracht. Das haben selbst meine Eltern bemerkt.

An diesem Abend hatte ich ihm den falschen Pinsel hingehalten, oder hatte ich das Wasser nicht richtig abgetropft, ich weiß es gar nicht mehr. Jedenfalls hat er total getobt und hat mich nicht nur beschimpft, sondern er hatte mich geschupst.

Ängstlich guckte ich ihn an. Jetzt hatte ich Angst, dass er mich schlagen könnte.

Er tat es nicht.

Doch für mich war klar. Das ist das Ende unserer Ehe.

Noch am selben Abend sagte ich ihm, dass ich die Ehe hiermit beende und mir sofort eine Wohnung suche.

Dass der Hund natürlich bei ihm bleiben würde, was sinnvoll sei, denn er war tagsüber meistens bei meinem Schwiegervater, der selbst einen Dackel hatte. Dies wäre also kein Problem.

Wir haben beide noch darüber philosophiert, wo denn unsere Liebe geblieben ist. Wie das passieren konnte. Und ich war von mir so furchtbar enttäuscht. Es war meine große Liebe und er hat mir so viel beigebracht und so viel

Verständnis zu Beginn entgegengebracht. Wie konnte das jetzt anders sein?

Im Grunde meines Herzens wusste ich, dass er meine große Liebe war und bleibt.

Auch er war der Meinung, dass ich ausziehen könne. Da mir nichts gehörte in diesem Haus, würde ich auch mit nichts gehen müssen.

Das nahm ich gerne an.

Zu meinen Eltern sind wir gemeinsam gefahren.

Wir sagten Ihnen es so, wie wir es empfunden haben und wie wir es für uns am besten erachtet haben.

Der erste Kommentar kam von meiner Mutter. Sie sagte zu meinem Ehemann gewandt, dass er sich jederzeit an sie wenden kann. Er könne jederzeit auch zum Essen vorbekommen und sie wären immer für ihn da.

Da ich anscheinend meinem Ehemann keine gute Frau sein kann, könne ich auch nicht mit Ihrer Unterstützung rechnen.

Ohne ein Wort bin ich aufgestanden und gegangen.

Mein Mann hatte versucht, noch auf meine Eltern einzureden, dass dies nicht allein meine Schuld sei, aber das hatte nicht gefruchtet. Der Übeltäter war ich, wer denn auch sonst.

Nun lag ein neues Leben vor mir. Und das stellte ich mir spannend und entspannend vor.

Schnell hatte ich eine Wohnung, die ein Traum war für unsere Stadt. Die Wohnung hatte ca. 75 m² Wohnfläche, nur von Balken unterteilt. Eine Einbauküche und ein Badezimmer, das rot gefliest war und der Rest der Fläche war von dunklen Balken abgeteilt war. Es war fantastisch.

Eine WG wohnte neben mir, die auch beide sehr freundlich und hilfsbereit waren.

Meine Wohnung liebte ich heiß und innig, ich richtete sie mir gemütlich ein. Völlig anders, als ich es aus unserem Haus gekannt hatte.

Wenn man durch die Eingangstür kam, stand man direkt in der Wohnung. Rechts die Einbauküche und links ein kleiner Vorsprung. An diesem Vorsprung hatte ich meine persönlichen Bilder gehängt, die ich im Laufe der Jahre fotografiert hatte. Nur die lustig und witzigen. Von den Freunden und Freundinnen.

Geradeaus kam man auf den Gartentisch mit vier Gartenstühlen zu. Den nutzte ich als Esstisch. Er hatte ein Gestell aus Gusseisen und Holzbrettern als Tischplatte.

Wenn man dann linksherum ging nach dem Vorsprung, kam man in meine Sitzecke, die aus einer Gartenbank und einem kleinen Tisch sowie einem Sonnenschirm bestand.

Das fand ich lustig und erfrischend.

Auf der rechten Seite befand sich mein Schreibtisch. Und dann kam man in mein Schlafzimmer. Dort stand auch nur ein Bett von 1,40 • 2 m und ein Kleiderschrank, der leider schon vom Holzwurm befallen war.

Gegenüber von meinem Bett war eine kleine Empore eingebaut, die nutzte ich für den Fernseher und die Stereoanlage.

Also ich war lustig und spartanisch eingerichtet. Hatte mit wenig Geld gezaubert.

Trotzdem wirkte die Wohnung gemütlich.

Bei der Küche links ging es dann in mein Badezimmer. Das wirkte durch die knallroten Fliesen und die schwarzen Balken und den runden Bullaugen als Fenster wie in einem Kreuzfahrtschiff. Ich fühlte mich wohl.

Was ich von der Liebe nicht sagen konnte.

Etwas hatte ich mich in meinen Chef verliebt. Der mochte mich wohl auch, aber nur auf Abruf.

Wenn er Bock hatte zu vögeln, rief er mich an. Wenn er Bock hatte, nicht allein ein Bier trinken zu gehen, rief er an.

Aber auch nur dann.

Da es niemand aus der Firma erfahren sollte, dass wir ein Verhältnis hatten, war es noch komplizierter.

Es gab eine Kneipe an meiner Ecke, die ich zu meiner Stammkneipe machte.

Da ich erst allein dort hinkam und niemanden kannte, hatte sich das mit der Zeit verändert.

Hier lernte ich Heidi kennen. Sie war eine interessante Frau, die ihr Geld mit Prostitution verdiente.

Lange war sie mit einem Vorstandsvorsitzenden eines bekannten Konzerns verheiratet. Nach der Scheidung ließ er, so wie ich das von meinem Schwiegervater kannte, seine Frau am ausgetreckten Arm verhungern. Sie war eine Künstlerin. Sie konnte verdammt gut Texte schreiben und zeichnen. Auch Gitarre und singen konnte sie gut.

Sie lernte nach ihrem Gatten einen Mann kennen, in den sie sich unsterblich verliebte. Er war etwas jünger als sie. Leider litt er unter Depressionen und hat sich eines Tages erschossen. Damit brach für sie die Welt zusammen. Es ist der Boden unter ihren Füßen weggezogen worden.

Sie lernte eine junge Frau kennen, die eine Boutique hatte. Dort jobbte sie und durch sie kam dann auch das Angebot in einem Saunaclub zu arbeiten. Dies machte sie auch einige Zeit, bis sie die Privatnutte eines bekannten Unternehmers unserer Stadt wurde. Tablettenabhängigkeit kam dazu.

Wenn sie gut drauf war, war es immer ein lustiger, sehr interessanter Abend mit guten Themen.

Sie wohnte sehr zentral zu unserer Stammkneipe. Von ihrem Fenster aus konnte sie den Eingang sehen und mir dann telefonisch mitteilen, wer gerade das Lokal betreten hat. Danach konnten wir uns überlegen, ob es sich lohnt, auch in die Kneipe zu gehen, oder ob wir lieber zu Hause bleiben sollten.

Durch meine Freundin erfuhr ich und erlebte ich, welcher gut situierte, oder auch bekannte Geschäftsmann mit ihr ein sexuelles Verhältnis hatte und welche Praktiken sie angewandt hatten.

Wenn ich zu meiner Apotheke ging und der Chef mich persönlich bediente, musste ich immer an ihre Worte denken, wie schnell sie mit ihm einen Quickie machte, um an ihre Tabletten zu kommen.

Oder wenn ich zum Pizzaessen ging in unsere Pizzeria, musste ich oft an den Chef denken, der auch so seine Vorlieben hatte beim Sex, den sie ausführte.

Grundsätzlich war mir egal, was sie machte. Sie war ein sehr netter, inspirierender Mensch, mit Intellekt und Humor.

Es konnte auch mal sein, dass ich sie tagelang nicht gesehen habe und sie auch nichts ans Telefon ging.

Das waren dann die Tage, an denen sie sich mit ihrer Depression herumschlug. Dann musste man warten. Sie kam von allein wieder in die Kneipe. Zu Beginn dachte ich mal, ich müsste ihr helfen. Dies fand sie nicht gut.

Also einfach in Ruhe lassen.

Ein guter Freund von mir war Innenarchitekt in der Firma, in der ich tätig war. Diese Firma richtete Gaststätten, Diskotheken und Hotels ein. Und mein Freund war immer an erster Stelle. Da er die meisten Lokale einrichtete, wurde er auch immer zu Einweihung eingeladen.

Oft nahm er mich mit.

Ich schätzte ihn sehr und akzeptierte, dass er seine Freundin hatte, die genauso hieß wie ich.

Also Freundschaft war uns sehr wichtig.

Wenn er jedoch mal zu viel getrunken hatte, konnte er sehr direkt werden.

Und das ist uns auch mal gemeinsam passiert.

Durch seine liebenswerte Art und seinem Auftreten, was immer höflich und freundlich war, würde man niemals denken, dass er auch anders kann.

Wir waren wieder einmal zur Einweihung einer Kneipe, die sehr gut besucht war. Eine Freundin von mir war auch da und sie hatte schon etwas mehr als normal getrunken.

Wenn sie diesen bestimmten Pegel an Alkohol hat, wird sie geil und macht dann sehr offensichtlich die Männer an.

Dieses Mal musste mein Freund daran glauben.

Zuerst fand er es auch noch ganz lustig, aber als sie zu aufdringlich wurde, gab er hier zu verstehen, dass er niemals ein Verhältnis mit einer Frau beginnen würde, die abgetragene Schuhe trägt, die nicht gepflegt sind.

Und das war sein Ernst.

Mein Freund flog nach Mailand, um seine Freundin einzukleiden, hier wäre ein abgetragener Absatz am Schuh für ihn undenkbar. Und das hat er auch kundgetan. Laut und deutlich.

Er fuhr ein paar Tage später mit seiner Freundin in den Skiurlaub. Nach 14 Tagen rief er mich an und meinte, dass wir uns treffen müssten. Es gibt viel zu besprechen.

Wir trafen uns das erste Mal bei ihm zuhause. Ich war begeistert von seiner riesigen Altbauwohnung. Diese Wohnung hatte durch seine Innenarchitektur versteckte Schränke, witzige Regale, eine fantastische Sitzecke. Vor allem sein Weinregal hatte es mir angetan. Seine riesige, voll automatische Küche. Und das zur damaligen Zeit.

Als wir dann auf dem Sofa saßen. Uns gegenüber, sprach er sehr leise und mit Tränen in den Augen, dass ihn seine Freundin für den Skilehrer verlassen hat. Sie ist nicht wieder mit zurückgekommen.

Irgendwann wird sie kommen und ihre Sachen abholen, aber er und auch sie wüssten noch nicht, wann das sein würde.

Das hatte gesessen.

Und nun weinte er richtig und kam zu mir und ich tröstete ihn und weinte auch. Er umarmte mich und es fühlte sich so warm an und so beruhigend. Er küsste mich und drückte mich näher an sich. Dies empfand ich als sehr angenehm, doch es durfte nicht sein.

Leicht stupste ich ihn zurück und sagte ihm, dass wir das nicht tun sollten. Dann wäre unsere Freundschaft nicht mehr so wie sie mal war.

Er hat es eingesehen und wir sind Freunde geblieben.

An diesem Abend sind wir noch feiern gegangen. Und laut diskutierend durch die Straßen gezogen.

Ihn werde ich nie vergessen.

Leider ist er ein paar Monate später an Krebs verstorben.

Wieder einmal war ich mit meinem Freund und meiner Freundin in unserem Stammlokal, welches er auch architektonisch verzaubert hatte.

Unsere ganze Clique war anwesend und es war wie immer sehr lustig.

Plötzlich ging die Tür auf und ein Mann in Begleitung von zwei jüngeren Männern kam herein. Dieses Gesicht, diese Statur werde ich niemals vergessen.

Dieser Mann war zu einem geschäftlichen Termin in dem Architekturbüro, in dem mein Freund und ich arbeiteten. Das ist Jahre her.

Es verhielt sich damals so, dass er mit seinem Pick-Up vorfuhr und ausstieg. Meiner Freundin, die auch mit mir zusammenarbeitete, sagte ich wie in der Trance, dass das der Mann ist, den ich unbedingt kennenlernen muss.

Diese Männlichkeit, die er ausstrahlte. Sein verknittertes Gesicht, die stechenden Augen und die Statur. Es hat mich umgehauen. Er war mindestens 1,90 m groß und breitschultrig. Sportlich und griffig, wie ich sage. Also nicht zu dürr.

Das war mein Steve McQueen. Den hatte ich als Foto auf meinem Nachtisch stehen. Ein Bild, was ich mal in Italien in einem Antiquariat gekauft hatte.

Dieser Schauspieler war schon immer mein Held. Und nun lief mir dieser Held persönlich in die Arme.

Ich starrte aus dem Fenster und unsere Augen trafen uns. Er grinste in sich hinein und mein Herz schlug bis zum Hals.

Normalerweise war ich für den Empfang der Gäste zuständig im Büro, aber ich konnte mich nicht bewegen. Auch bekam ich keinen Tom heraus.

Mein Held steht vor mir und ich kann gar nichts machen. Mich nicht bewegen und auch nicht reden.

Meine Freundin musste meinen Job übernehmen.

Später am Tag erfuhr ich dann, dass er Bauunternehmer ist, dass er verheiratet ist und zwei Töchter hatte in meinem Alter.

In diesem Moment war mir das total egal.

Das hatte ich nie vergessen und das fiel mir nun wieder ein, als er zur Tür hereinkam.

Oh, was war er für ein toller Typ.

Da ich ihn jahrelang nicht gesehen hatte, musste ich feststellen, dass sich an meinen Gefühlen nichts geändert hat. Obwohl er im Alter meines Vaters sein könnte.

Für mich war klar, ich musste zumindest zwei Worte mit ihm sprechen.

Also ging ich auf ihn zu und fragte ihn, ob er sich an mich erinnern könnte.
Sein Gesicht veränderte sich zu einem Lächeln und er nickte. Guckte mir dabei in die Augen, zog mich zu sich und flüsterte mir ins Ohr, dass er sich sehr wohl an mich erinnern kann. Dann erzählte er seine Variante des Zusammenstoßes in der Firma und wir lachten beide.
Er machte mir auch sehr schnell klar, dass er in Begleitung von Familie sei und nicht frei und offen sprechen könnte.
Dafür würde er mir versprechen, dass er in zwei Tagen allein wieder hier wäre. Falls ich Lust hätte, mit ihm zu sprechen, würde er sich freuen, mich wiederzusehen.

Mein Herz raste und natürlich sagte ich ihm zu.
Wie sollte ich denn die nächste zwei Tage überstehen?

In zwei Tagen sahen wir uns also in der Kneipe wieder und von da ab immer öfter.
Ich genoss die Abende mit ihm. Wir redeten zwar nur, aber ich liebte seine Augen und wie er mich ansah. Mein Herz ging auf, wenn ich ihn so betrachtete und ich himmelte ihn an. Wenn er manchmal meine Hand nahm mit seinen rauen Fingern, konnte ich mir nichts Schöneres vorstellen.

Ob er verheiratet war und Kinder in meinem Alter hatte, war mir vollkommen egal. Darüber dachte ich nicht nach. Ich genoss einfach die Zeit, in der wir uns sahen. Und die Zeit war wirklich kurz. Und er kam auch nicht jeden Abend in die Kneipe. Also hoffte ich immer, dass er kommen würde und war so oft wie möglich in abends in der Kneipe.

Manchmal war ich gerade zu Hause, da rief meine Freundin an, dass er mit einer Clique von Männern gerade die Kneipe betreten hätte.
Sofort kehrte ich wieder um.

An diesem Abend wechselten wir das Lokal gemeinsam. Auch andere aus der Clique waren dabei. Wir gingen Hand in Hand und ich liebte seine Hände, die so rau waren und so groß wie eine Bärentatze.

Er war mein Held, mein Beschützer. Mit ihm konnte mir nichts passieren. Dass er auf mich aufpassen würde, wusste ich einfach und ich fühlte mich so sicher bei ihm. So aufgehoben. Das Gefühl war einfach fantastisch.
Später dachte ich mir, vielleicht war das mein Vaterkomplex. Doch davon wollte ich zu diesem Zeitpunkt nichts hören.

Wir gingen in eine Edeldiskothek, deren Besitzer aus dem Rotlichtmilieu kam. Er hatte einen brutalen Ruf und sah auch so aus. Nicht sehr groß, Glatze und Rolex am Handgelenk sowie einen Diamanten im Schneidezahn.

An diesem Abend sah ich ihn persönlich zum ersten Mal.

Vor ihm konnte man Respekt und Angst bekommen. Er sah sehr brutal aus mit der Glatze und seinem widerlichen Gesicht. Braungebrannt, mit dem leuchtenden Diamanten im Zahn und diesem fiesen Lächeln.

Als ich von der Toilette kam, hielt er mich am Handgelenk brutal fest. Ich wollte mich befreien, aber er ließ es nicht zu.

Er war der Meinung, er wolle mir einen Champagner ausgeben, was ich ablehnte. Doch meine Antwort ignorierte er.

Da stand mein Held neben mir und sagte zu ihm, dass er seine Finger von mir nehmen sollte, und er würde das kein zweites Mal sagen.

Unser Glatzkopf schaute ihn an, ließ mich los und er lachte laut.

Daraufhin gab mir mein Held zu verstehen, dass wir jetzt gehen sollten. Was wir auch sofort taten.

Und das war der erste Abend, an dem er mit zu mir kam. Erst trank er einen Kaffee, dann küsste er mich und wir gingen in mein Bett.

Wir schliefen zusammen und ich eingeschlafen bin ich auf seiner Brust.

Am nächsten Morgen nahm er nichts zu sich. Weder Kaffee noch küssten wir uns, sondern er zog sich an und ging.

Einmal rief mich meine Freundin an und sagte mir, dass mein Held gerade mit einigen Typen in die Kneipe gegangen ist. Jetzt wären sie alle vor der Tür und würden jemanden verprügeln.

Tage später fragte ich meinen Helden, was es denn auf sich hatte wegen der Prügelei.

Seine Antwort war, dass er der Meinung ist, dass es besser wäre, wenn ich nicht alles wüsste. Damit war das Thema erledigt.

Und ich akzeptierte es.

Viel später sollte ich erfahren, dass es sich um Waffengeschäfte gehandelt hat und der Typ, der vor der Tür verhauen wurde, ihn und seine Kumpels bescheißen wollte.

Also gut so, dass man nicht alles weiß.

Er war mein Held und sollte es auch bleiben.

Mein Noch-Ehemann meldete sich bei mir, da ich seinen Smoking zwischen meinen Sachen hatte, den er gern für eine Silvesterparty benötigte.

Wir verabredeten uns bei mir.

Die Begrüßung fiel sehr lieb und nett aus. Wir nahmen uns in die Arme und drückten uns.

Er sah hervorragend aus. Sehr anziehend. Sein schmales, blasses Gesicht. Seine ausgeprägte Nase. Was für ein hübscher Mann er doch war.

Er strahlte förmlich von innen. Und ich musste feststellen, dass er einfach etwas Besonderes ist.

Nachdem ich ihm den Smoking holte und ich ihn fragte, ob ich ihm einen Kaffee machen solle, oder er etwas anderes trinken möchte, was er ablehnte, kam er mit der Sprache heraus.

Mit hoch erhobenem Kopf erzählte er mir, dass sein Vater es gerne hätte, dass ich seinen Namen ablegen sollte. Mein Mädchenname wäre doch nicht schlecht und er würde das sehr begrüßen.

Sein Vater sei der Meinung, dass ich den Namen nicht mit Würde tragen würde, sondern ihn eher in den Dreck ziehen würde, bei meinem Lebenswandel. Da ich mehr in Kneipen zuhause sei als sonst irgendwo, wäre es schon schöner, nicht mit seinem Namen in Zusammenhang gebracht zu werden.

Wer hatte ihm wohl erzählt, dass ich in Kneipen gehe? Wohl sein eigener Sohn, oder auch meine Schwägerin, die ich auch ab und zu mal traf.

Wenn diese scheinheilige Familie nicht alles im Griff hat, ist sie nicht zufrieden.

Mir war klar, dass mein Ehemann keinen Einfluss darauf hatte, aber es ekelte mich an.

Etwas enttäuscht sagte ich meinem Ehegatten, dass er seinem Vater ausrichten könne, für 500 Mark lege ich den Namen ab.

Das Geld hatte ich schneller als ich gucken konnte.

Als wir uns später scheiden ließen, hatten wir verabredet, dass wir unsere Eheringe verkaufen und anschließend von dem Geld essen gehen würden. Dies haben wir auch getan. Es war ein herrlich fröhlicher Abend. Wir haben viel gelacht und die neuen Situationen, die uns so passiert sind, seitdem wir nicht mehr zusammen sind. Und wir gingen als Freunde auseinander.

Anschließend hatte ich noch ein paar Freundinnen zu mir eingeladen und wir feierten meine Scheidung ausgiebig. In meiner Wohnung.
Endlich frei!

Der Winterurlaub mit meiner Freundin stand vor der Tür.
Ich hatte noch einen netten Abend mit Steve McQueen und sagte ihm, dass ich ihn aus München anrufen würde, wenn ich bis dahin nicht vor Sehnsucht nach ihm gestorben bin.
Wir lachten beide und verabschiedeten uns.
Auch er wollte mit seiner Familie in den Skiurlaub fahren. Er fuhr in die Schweiz und wir nach Österreich.

Wir fuhren erst nach München, da wir hier shoppen wollten. Durch meine schwere Erkältung hielt ich vom Shoppen gar nichts.
Zumal meine Freundin auch noch Liebeskummer hat
Sie war ja noch immer mit dem Filialleiter des Bekleidungskonzerns liiert und sie sind im Streit auseinander gegangen. Was zu Tränen bei meiner Freundin führte.
Beruhigen konnte ich sie auch nicht so richtig. Der Urlaub fing ja gut an.

Sie fragte mich, ob ich in ihrem Auftrag nicht einfach mal ihren Geliebten anrufen könnte, um ihm zu sagen, dass es ihr leidtut, was sie gesagt hat. Natürlich wisse sie, dass er verheiratet ist und seine Frau niemals verlassen würde. Er solle ihr verzeihen. Sie kann ihn nicht anrufen, weil sie gar nicht bis zu ihm durchkäme. Wahrscheinlich hat er seiner Sekretärin gesagt, sie nicht durchzustellen.

Als die Sekretärin zu ihrem Chef sagte, dass die Dame mit der tiefen Stimme am Telefon sei, war ich mir nicht sicher, ob er mit mir sprechen würde. Doch er tat es.

Durch meine starke Erkältung hatte ich selbstverständlich die entsprechende Stimme. Und er dachte, wir hätten tierisch gebechert und darum würde meine Freundin mich vorschicken.

Meine Stimme würde ihm alles sagen. Gestern gefeiert, wie die Ochsen und heute so zu tun, als wenn er ihr fehlen würde.

Er glaubte mir kein Wort und somit endete das Telefonat nicht freundlich und nicht im Sinne meiner Freundin.

Natürlich tat mir meine Freundin leid, aber ich kann doch nichts dafür, dass ich so eine tiefe Stimme habe. Dass ich eine Erkältung habe.

Mir war klar, der Urlaub wird ein Desaster.

Da wird nichts Gutes bei herauskommen. Viele Tränen wird es geben und schlechte Laune ihrerseits waren vorprogrammiert.

Aus München rief ich meinen Helden in seinem Büro an.

Dieser war überglücklich, dass ich am Telefon war. Er sagte sofort, dass ich ihm gefehlt habe und dass er nicht mit seiner Familie in den Urlaub fahren kann, da er jede freie Minute nur an mich denken würde und darum sich entschlossen hat, seine Familie zu verlassen.

Mein Gott, wie oft hatte ich mir das gewünscht. Wie oft habe ich heimlich mit diesem Gedanken gespielt.

Eines Tages wird er mich vielleicht lieben können und dann seine Frau verlassen. Das war ein Wunsch von mir. Ein Traum.

Nun, endlich, sagt er das zu mir.

Mein Gehirn schaltete sich ein und war auf einmal gar nicht mehr so positiv gestimmt.

Aus dem Bauch heraus antwortete ich und es kam mir so vor, als wenn ich danebenstand und diese Worte jemand anderes sagten.

Mit einem Kratzen im Hals und Tränen in den Augen sagte ich ihm, dass er das nicht tun darf. Auf gar keinen Fall. Er soll uns so weitermachen lassen wie bisher. Ich bettelte ihn an, nichts zu verändern.

Er war der Meinung, dass dies auch mein Wunsch sei, gab er ins Telefon zurück.

Na klar, sagte ich ihm, doch er dürfe nicht vergessen, wie jung ich sei. Er würde seine Familie meinetwegen verlassen. Ich zerstöre dann die Familie und vielleicht die Firma, was ich vielleicht in ein paar Jahren bereuen würde.

In meinem Alter darf man keine Ehe kaputt machen. Auf gar keinen Fall.

So weh wie es mir tat, aber ich kenne mich. Wenn ich nach ein paar Jahren vielleicht genug habe, schmeiße ich entweder alles hin und damit zerstöre ich sein Leben. Oder ich schmeiße es nicht hin und bin den Rest meines Lebens unglücklich.

Tu es nicht, auch wenn wir beide uns das Wünschen. Tu es nicht, bettelte ich ihn an. Lass uns unsere heimlichen Treffen haben und bleib bei Deiner Familie.

Er hat es eingesehen und wir haben nie wieder darüber gesprochen. Aber im Urlaub ging es mir nicht aus dem Kopf. Zu meiner Freundin sagte ich keinen Ton. Die hätte mir sicherlich etwas anderes erzählt. Doch das wollte ich gar nicht hören.

Ob das die richtige Entscheidung war, weiß ich nicht, aber es war die vernünftigere.

Wir kamen bei Neuschnee an und es sollte noch zwei weitere Tage schneien.

Auf die Piste konnten wir nicht.

Also vergnügten wir uns an der Bar oder mit Gesellschaftsspielen.

Wir lernen eine französische Familie kennen, die ein Kleinkind bei sich hatten und einen erwachsenen Familienangehörigen. Der Sohn des Bruders der französischen Frau. Und den Freund ihres Ehemannes.

Wir freundeten uns an. Wir machten auch gemeinsam Spiele. Sie konnten sehr gut Deutsch. Es war recht lustig und unbefangen.

Meine Freundin blühte regelrecht auf. Sie war lustig, witzig und wir lachten viel zusammen. Ihr Gesicht war etwas gerötet von der Wärme im Raum und vom Alkohol.

Ihr sommersprossiges Gesicht glühte etwas, aber sie sah dadurch noch lustiger aus.

Sie war ein echtes Mädchen. Sie konnte keinen Nagel in die Wand hauen, geschweige denn, eine Bohrmaschine bedienen.

Dafür verstand sie sich gut zu schminken und modisch herumzulaufen.

An einem Nachmittag gingen wir alle zusammen spazieren und anschließend tranken wir Jagertee.

Erst wollten wir spielen, aber der Tee zeigte sehr schnell seine Wirkung.

Der war so heftig, dass erst meine Freundin nach oben ging und ich folgen wollte, doch die Tür verschlossen war.

Nachdem ich mehrmals geklopft und ihr gedroht hatte, dass ich gleich losschreien würde, wenn sie nicht augenblicklich die Tür öffnete, rief sie nur, dass sie noch etwas Zeit bräuchte. Sie wäre nicht allein.

„Na super", dachte ich mir. Und ich rätselte, wer es denn sein könnte in unserem Bett?

Also ging ich wieder runter und lallte dem Architekten vor, dass ich nicht in mein Zimmer könnte, da es belegt sei mit meiner Freundin und einem bekannten Typen.

Der Architekt musste lachen. Er sagte mir, dass der 19-jährige Sohn von seinem Freund mit bei ihr wäre.

Ich konnte es nicht fassen. Ein Jüngling.

Mitleidig bot mir der Architekt sein Bett an, was ich dankend annahm.

Er wohnte in dem Gasthof gegenüber und da ich mich toal betrunken gefühlt habe, war das Angebot genau richtig.

Wie selbstverständlich zog ich mich aus, als ob ich schon immer in diesem Zimmer gewohnt hätte und legte mich in sein Bett. Er zog sich auch aus und legte sich daneben.

Er fing an, mich zu streicheln, was ich als sehr angenehm empfang. Sogar erregend. Wir küssten uns und dann ging meine Hand auch schon zwischen seinen Schritt.

Was ich da erfühlte, bereitete mir erst einmal einen kleinen Schrecken. Das war eine Pracht in meiner Hand, die ich so noch nie gefühlt hatte.

Mir kam der Gedanke, wo soll dieser Schwanz denn hin.

Um mir nicht alles wund zu machen und ihn gegebenenfalls nicht in meine Vagina zu bekommen, entschied ich mich kurzerhand, es mit dem Mund zu machen.

Der Franzose war der Meinung, ich sei ein Naturtalent.

Dann fielen wir auf das Kissen und ich schlief sofort ein.

Als wir wieder zu uns kamen, streichelten wir uns zärtlich und dann kam es zum Geschlechtsverkehr. Der so intensiv und einfühlsam war, dass ich diesen Akt total genoss.

Später, als wir angezogen waren und wieder in mein Hotel gingen, versprachen wir uns, dass wir das noch einmal wiederholen würden.

Von ihm erfuhr ich, dass seine Freundin genau den gleichen Namen hätte wie ich ihn habe. Auch wäre sie blond, wie ich. Und die blauen Augen hätte sie auch.

Wir witzelten noch darüber, da wir noch einige andere Eigenschaften fanden, die ich mit ihr gleich hatte.

Es wurde eine gute Freundschaft, die sogar so weit ging, dass er mich zwei Jahre später in meiner Wohnung besuchte.

Ohne Sex. Nur freundschaftlich. Damals hatte ich mich sehr darüber gefreut.

Es war eine lustige Zeit mit meinem Franzosen. Wir lachten viel und es war sehr witzig mit ihm. Meistens waren wir die ersten auf der Piste und die erste an der Apre-Ski-Bar.

Meine Freundin zog es vor, bis mittags zu schlafen. Sie war die meiste Zeit bei ihrem Loverboy und der Sex muss so ausgiebig gewesen sein, dass sie vormittags den Schlaf brauchte.

Mittags kam sie meistens auf die Piste. Wir trafen uns dann zur Jausen Zeit und fuhren den Rest des Tages gemeinsam Ski.

Es gab in unserem Hotel einen Mann, der es auf mich abgesehen hatte. Er verfolgte mich sogar bis zur Toilette.

Obwohl ich ihm klargemacht hatte, dass ich nichts von ihm möchte, suchte er meine Nähe.

Meinen Franzosen musste ich bitten, diesem Typen zu sagen, dass wir ein Paar seien und er mich in Ruhe lassen sollte.

Meine Freundin verstand das nicht, denn sie meinte, etwas Sex könnte mir nicht schaden.

Wenn sie wüsste. Aber ich erzählte es ihr nicht.

Der Jüngling musste abreisen und meine Freundin war sehr traurig. Erst waren es Tränen, dann war es Alkohol und zum Schluss an der Bar abends war es der Sohn des Hotelbesitzers von nebenan.

Am nächsten Morgen, ich saß gerade beim Frühstück, kam meine Freundin in den Raum. Sie sah verheult aus. Die Wimperntusche verschmiert, sehr demoliert. Die Haare zu Berge und rote Augen.

Sie setzte sich zu mir und ich fragte, was passiert sei.

Die Mutter des Freundes kam morgens in das Zimmer, in dem sie mit dem Sohn im Bett lag. Als die Mutter meine Freundin erkannte, bekam diese einen Tobsuchtsanfall.

Sie beschimpfte meine Freundin als Nutte und Schlampe und verwies sie des Hauses.

Dieses Problem löste sich dann am Abend.

Nachdem der Freund meines Franzosen seine Frau und das Baby ins Hotel gebracht hat, ging er mit meiner Freundin in unser Zimmer.

So ungefähr eine Stunde später kamen sie wieder. Stellten sich an die Bar und tranken mit uns gemeinsam Schnaps und Bier.

Den Freund meines Franzosen fragte ich, wie er das hinbekommt. Seine Frau und das Baby wegbringen und dann eine andere Frau vögeln. Wie passt das?

Doch anders als erwartet, sagte er mir, dass er eine offene Ehe führen würde und seine Frau selbstverständlich wüsste, dass er heute meine Freundin vernaschen würde. Sie hätte darüber ganz normal gesprochen. Seine Frau könne noch keinen Sex haben und er hätte Luft auf Sex gehabt. Meine Freundin hätte ihn angemacht und sie würde ihn als Frau anmachen. Da war es klar.

Etwas geschockt, oder irritiert war ich schon. So etwas kannte ich noch nicht.

Der nächste Tag brachte so etwas ähnliches. Neuschnee. Mein Zimmer besetzt mit dem Freund meines Franzosen. So ging ich zu meinem Franzosen.
Auch wir hatten einen aufregenden Vormittag in seinem Bett.
Mein Franzose war ein ausgesprochen guter Liebhaber. Sehr zärtlich und er wusste, wo er anfassen musste, damit ich in Ektase geriet. Es war wild und leidenschaftlich.

Nach dem Essen war das Wetter wieder sonnig und es ging zum Skifahren.
Es war eine großartige Zeit mit allen.

Als ich noch im Frühstücksraum saß und auf meine Freundin wartete, holte mich die Rezeptionistin für ein Telefonat nach vorne an die Bar.

Mein Held, Steve McQueen war am Telefon.
Ich bekam nasse und schwitzige Finger. Mein Herz schlug so laut, dass es die Rezeptionistin gehört hat. Jedenfalls kam es mir so vor.

Er wollte mich fragen, ob es bei meiner Entscheidung bleiben würde. Denn falls ich es mir überlegt hätte zu seinen Gunten, würde er statt in die Schweiz zum Skilaufen mit der Familie zu mir kommen.
Das war eine Achterbahn in meinem Kopf, in meinem Körper. Wie gern hätte ich ihn jetzt in den Arm genommen, geküsst und ihn einfach nur festgehalten.

Wie gern hätte ich es gehabt, wenn er mich mit seinen riesigen Händen festgehalten hätte. Es hätte mich völlig aus dem Häuschen gebracht, wenn er mir über den Kopf gestreichelt hätte.

Meine Gefühle zu ihm waren noch genau wie immer. Es hatte sich nichts geändert. Doch ich durfte diesen nicht nachgehen. Eine Ehe kaputtmachen stand nicht auf meinem Plan.

Somit musste ich ihm sagen, wie meine Entscheidung ist und war dabei sehr, sehr traurig.

Er fuhr dann also in die Schweiz zum Skilaufen und ich verbrachte die letzte Woche mit meiner Freundin und den Franzosen in Österreich.

Wir hatten oft das gleiche Theater. Sie brauchte ewig, um sich fertig zu machen und fuhr meistens ohne Mütze. Mit Mütze würde sie nicht so großartig aussehen und ihre Haare wären dann auch ruiniert, wenn wir mittags in der Hütte säßen, oder in der Sonne auf dem Liegestuhl verweilen würden.

Heute war leichter Schneegriesel, und sie wollte nicht mit Mütze fahren. Somit wurden ihre Haare Nass und die nassen Haare gefroren zu Eiszapfen, was Kopfschmerzen verursachte. Also musste sie wieder frühzeitig in Hotel zurück, damit sie sich ihren Kopf aufwärmen konnte.

Diese Theater hatte ich auch langsam satt.

Einen Abend beschloss meine Freundin, dass wir mit den Jungs aus dem Dorf mit in die Disco fahren werden.

Der Sohn von gegenüber würde uns fahren.
Also fuhren wir an diesem Abend in die Disco.

Es war ein sehr lustiger Abend. Wir tanzten und es war sehr witzig. Auf dem Nachhauseweg hörte ich, wie meine Freundin sich mit dem Sohn des Hotels gegenüber verabredete und ich für den Freund, einem Postboten aus dem Ort, verplant wurde.

Dass ich das ablehnte, fand sie gar nicht witzig. Ich hörte mir Vorhaltungen an, dass ich doch sonst auch nicht so prüde sei und schließlich hätte ich mit dem Franzosen doch auch gevögelt.

Nachdem das Auto hielt, stieg ich aus und ohne ein Wort ging ich zu unserem Hotel und auf das Zimmer.
Meine Freundin kam nicht.
Erst am nächsten Morgen sah ich sie wieder. Wie gehabt. Als ich beim Frühstück saß, kam sie herein. Ihre Schminke total verlaufen und sie hatte ein verheultes Gesicht.
Das gleiche Theater, was wir schon hatten.
Was sollte ich dazu sagen?

Die Mutter ihres Freundes hatte sie wieder hinausgeworfen. Sie käme sich so schlecht vor, sagte sie. Aber ihr Freund sei doch 24 Jahre und müsste doch wissen, was er tut.
Da half auch nichts, dass ich ihr zu verstehen gab, dass die Mutter einfach genug hätte von dem Gevögel ihres Sohnes. Sie sei wohl nicht die erste.
Jetzt hatte Sie striktes Hausverbot.

Das war am Abend alles wieder vergessen. Der Sohn kam nicht mehr an die Bar in unserem Hotel, aber der Vater.

Bestimmt bin ich nicht prüde und ich halte schon gar nichts von Moralpredigten. Doch an diesem Abend sagte ich, dass ich ihr die Freundschaft kündigen würde, wenn sie jetzt den Vater vernaschen würde.

Sie tat es nicht.

Ohne unsere Franzosen, die bereits abgereist waren, wurde es nicht mehr so lustig.
Noch ein paar Tage und wir fuhren nach Hause.

Meiner Schwiegermutter, die zu meiner besten Freundin geworden war, erzählte ich bei einem Besuch in Hamburg natürlich alles, was ich so erlebt hatte im Skiurlaub und mit meiner Freundin. Sie kannte diese auch und von daher war es schon interessant, auch ihre Meinung zu hören.
Sie gab mir auch zu verstehen, dass es schon eine enorme Leistung ist, dass ich auf meinen Helden verzichtet habe und hielt das für eine Art Größe, die ich gezeigt hätte.

Mein Held und ich verabschiedeten uns ein wenig dramatisch voneinander. Nie wieder wollten wir uns sehen und uns das Leben schwer machen.

Aber in meinem Kopf ist er noch immer!

Eines Abends in unserer Stammkneipe lernte ich einen wunderbar aussehenden Mann kennen. Als er lächelte, sah ich bei ihm auch den Diamanten im Schneidezahn.

Später erfuhr ich, dass er der Sohn von diesem fiesen Barbesitzer ist, mit dem ich den ersten Kontakt mit meinem Helden hatte. Der mich gerettet hatte.

Meine Freundin, die gerade für einen Zuhälter schwärmte, hatte diesen gutaussehenden, jungen Mann mitgebracht.

Mit seinen dunkelbraunen, lockigen Haaren und seinen kleinen Schlitzaugen, war ich von ihm sehr begeistert.

Sofort erinnerte er mich an Marlon Brando in dem Film Viva Zapata. Als dieser unter einem Baum saß und lächelte und mit den Fingern an einem Grashalm spielte.

Wir hatten alle etwas gefeiert und doch mehr getrunken, als uns lieb war. Meine Freundin nicht, da sie Tabletten nahm und diese vertrugen sich nicht mit Alkohol.

Wir gingen noch zu ihr und sie spielte Gitarre und wir sangen dazu. Die Herren der Schöpfung sind schon am Tisch eingeschlafen. Also schrieb ich meine Telefonnummer auf eine Serviette, steckte diese in die Tasche von Marlon Brando und ging nach Hause.

Es dauerte fast eine Woche, da meldete sich der Typ mit dem Diamanten im Schneidezahn bei mir.

Wir verabredeten uns.

Nach einiger Zeit habe ich gelernt, dass Marlon Brando sich zwar verabredete und auch irgendwann einmal zu dieser Verabredung kam, doch an welchem Tag und welche Woche, konnte man nur erahnen.

Inzwischen habe ich erfahren, dass er mit einer Frau zusammenlebt, die für ihn auf den Strich geht. Und dass die Beiden sich auf keinen Fall trennen würden.

Das war mir erst einmal egal, da ich nicht daran dachte, ihn zu heiraten.
Er verkehrte in anderen, dubiosen Kreisen und war auch in dubiosen Geschäften verwickelt.
Auch das war mir egal, solange ich nichts davon wusste.

Ich war etwas verliebt in ihn und war für jede Minute dankbar, die ich mit ihm verbringen durfte. Das dies nicht lange war, war vorauszusehen.
Und eines Tages war er wie vom Erdboden verschluckt.
Niemand sagte etwas und niemand wusste etwas.
So kam es jedenfalls herüber.
Erst Monate später erfuhr ich, was passiert war.

Ich stand in einer Telefonzelle, da klopfte jemand an die Scheibe mit dem Zeichen, ich solle mich beeilen.
Als ich aufsah, konnte ich direkt in die Augen von Marlon Brando schauen.
Sofort legte ich den Hörer auf und stolperte aus der Telefonzelle und fiel ihm direkt um den Hals.

Er sagte mir, dass er im Knast war. Er musste eine Strafe absitzen und wäre jetzt in einer Resozialisierungsmaßnahme. Deutete mit dem Finger auf einen Baustellenwagen gegenüber der Telefonzelle und ich erkannte, dass er bei meinem Helden arbeitete. Wie ich erfuhr, bürgte dieser für ihn und so schloss sich der Kreis wieder.

Mit einer Arbeitskollegin ging ich einmal in der Woche zum Schwimmen. Als ich das eine Mal nach zwei Stunden wieder nach Hause kam und ins Treppenhaus trat, lag meine Jacke auf der Treppe. Noch völlig in Gedanken, hob sie auf und holte die Post aus dem Briefkasten. Noch dachte ich mir nichts. Eher hatte ich vermutet, den Abend zuvor so viel getrunken zu haben, dass ich die Jacke schon im Flur ausgezogen habe und diese am Morgen nicht gesehen hatte.

Doch als ich dann nach oben kam, sah ich, man hatte die Tür aufgebrochen. Ein Einbruch also. Vorsichtig und leise schob ich die Tür auf und ging dann in meine Wohnung. Sofort sah ich, dass mein Schmuck ausgebreitet auf dem Bett lag. Es fehlten Schmuckstücke aus Gold. Alles andere blieb liegen.

Später stellte ich noch fest, dass Zigarettenschachteln und zwei Jacken fehlten.

Inzwischen traf die Polizei ein, da auch bei meinen Nachbarn eingebrochen wurde.

Der Polizist erklärte mir, dass ich keine Angst mehr haben müsste, denn die Täter kämen nicht wieder. Sie hätten, was sie suchten.

Gelbgold. Das könne schnell eingeschmolzen werden und somit ist nichts mehr auffindbar.

Etwas komisch und ängstlich war ich schon.

Der Polizist gab mir noch den Tipp, ggfs. An- und Verkaufsläden abzuklappern. Vielleicht hätte ich Glück und die Schmuckstücke wären noch nicht eingeschmolzen worden.

Als ich abends von der Arbeit nach Hause kam, saß ich wie angewurzelt auf meinem Stuhl am Tisch und glotzte die ganze Zeit auf meine Tür.

Dabei betrank ich mich.

In meinem angetrunkenen Zustand rief ich bei der Polizei an. Der Polizist hatte mir seine Nummer gegeben und er war auch direkt am Telefon.

Er redete mit mir die nächsten zwei Stunden und als wir auflegten, war ich nur noch im Stande, mich sofort auf mein Bett zu legen und da bin ich dann auch gleich eingeschlafen.

Am nächsten Morgen, als ich wieder klar war, rief ich meinen Vater an und erzählte ihm die Geschichte und fragte ihn, ob er mir ein Sicherheitsschloss einbauen könnte.

Was er bejahte. Also ging ich los in den Baumarkt und holte dieses, damit er es auch noch am gleichen Tag einbauen konnte.

Bevor er zu mir kam, rief er mich noch einmal an und fragte mich, ob meine Mutter mitkommen dürfte.

Ich solle sie anrufen und ihr das sagen. Aber das verweigerte ich ihm. Meine Antwort war die, dass sie weiß, wo ich wohne und jederzeit kommen kann. Ausgeladen habe ich sie nie und Hausverbot hätte sie bei mir auch nicht. Das wäre wohl eher andersherum.

Sie kam mit und es war alles so, als wäre nie etwas vorgefallen. Mein Vater baute mir das Sicherheitsschloss ein und ich fühlte mich gleich sicherer.

In meinem Stammlokal lernte ich noch einen sehr netten Mann kennen. Er war ein Zuhälter mit eigenem Klub.

Es war ein dicklicher, kleiner Schmierfink.

Meistens unrasiert mit etwas längeren, dunklen, gelockten Haaren. Doch er besaß Scham, war sehr freundlich und nett, sowie zuvorkommend und hatte immer einen witzigen Spruch auf der Zunge.

Dieser Mensch gab mir zu verstehen, dass ich keine Angst haben müsse, dass mir etwas passieren könnte, solange er auf mich aufpassen würde. Und dies tat er immer. Er wurde zu einem guten Freund. Oft trafen wir uns mittags zum Essen, oder gingen auch mal ins Kino. Doch meistens trafen wir uns in unserer Stammkneipe.

Dieser Freund lud mich zur Einweihungsparty seines neuen Clubs ein.

Das war für mich sehr aufregend.

Zu verstehen gab er mir, dass er ein Auge auf mich hat und er nahm mir alle Illusionen, vielleicht auch mitzumachen bei der einen oder anderen Sache, die sich ergeben würde.

Also fuhr ich mit Marlon Brando zur Club- Eröffnung.

Die Mädchen begutachteten mich erst einmal skeptisch. Als dann der Besitzer auf mich zukam und mich in den Arm nahm, gab er laut bekannt, dass ich seine gute Freundin sei und er mich im Auge hätte.

Irgendwie wusste jetzt jeder Bescheid und benahm sich mir gegenüber völlig locker und nett.

Der Champagner floss in Strömen und ich liebe Champagner. Leider vertrage ich das nicht und hatte schnell einen kleinen Schwips. Damit wurde alles noch lockerer und lustiger.

Viele Stammkunden waren zur Eröffnung gekommen. Auch die Herren waren alle sehr freundlich und nett.

Einige waren sogar sehr witzig und ich hatte festgestellt, dass die Stammkunden auch ihre feste Frau hatten. Es war eine erotische, prickelnde Atmosphäre.

Es wurde an der Stange getanzt, was ich in meinem Champagnerkopf auch gut konnte. Ich eiferte den Frauen nach, die dieses beherrschten. Das konnte ich auch.

Der Whirlpool hatte es mir angetan. Schnell waren die Sachen ausgezogen und schon saß ich drin und ließ es mir gut gehen.

Als ich genug hatte, zog ich mich spärlich an und es zog mich wieder auf die Tanzfläche.

Eine der Damen fragte mich, ob Marlon Brando mein Partner sei, was ich verneinte. Einen Marlon Brando kannst Du nicht allein besitzen, war meinte Antwort. Sie gestand mir, wie sehr sie in ihn verliebt sei und ob ich Einfluss auf ihn hätte, um ein zwangloses Treffen zu arrangieren.

Da musste ich passen.

Marlon Brando kam, wann er wollte, und ging, wann er wollte. Einfluss nehmen auf ihn, niemals. Das war undenkbar.

Leider musste ich diese Bitte ablehnen.

Ein Gast war etwas aufdringlich geworden und ehe ich mich versah, war der Besitzer dieses Etablissements da und gab ihm zu verstehen, dass er seine Finger von mir lassen müsse.

Sofort entschuldigte er sich bei mir und wandte sich an eine andere Dame.

Mir gefiel es in diesem Club. Ich blieb bis zu m frühen Morgen, hatte ausgiebig gefeiert und fuhr mit dem Taxi nach Hause.

Meine Freundin kam auf die Idee, einen Bekanntschaftsanzeige aufzugeben.

Wir suchten keinen Mann zum Verlieben, sondern einen Motorradfahrer und wir boten uns als Sozia an.
Ehe wir das Ganze zu Ende gedacht hatten, war die Anzeige in der Zeitung und man konnte es gar nicht glauben, wir hatten unendlich viele Zuschriften.
Das Auswählen war schon eine Herausforderung.

So kam es zu den ersten Treffen, ersten Telefonaten und ersten Briefen als Antwort.

Gut ausgerüstet, mit Helm und Motorradklamotten, traf ich die ersten Interessierten.
Die meiste Männer waren sehr lieb und nett, aber mir war klar, warum sie keine Freundin hatten bzw. niemanden, der mit ihnen als Sozia mitfahren möchte.
Einen Heitzer hatte ich dabei. Selbst ich hatte Angst bei ihm auf dem Motorrad. So etwas brauchte ich nun wirklich nicht.
Ein anderer war so schusselig, dass er die Nasencreme in seine Augen geschmiert hatte. Auch einen Typen mit einer Perücke lernte ich kennen

Jemand brachte mir Rosen zum Kennenlernen mit und ein anderer andere nichts anderes zu tun, als mich ständig anzurufen.

Es war kein leichtes Unterfangen.

Eines Abends kam ich von der Arbeit und trank ein Glas Wein, zündete mir eine Zigarette an und guckte noch einmal die Briefe durch. Tatsächlich fand ich noch einen Brief, der mich ansprach und den ich übersehen hatte.

Es war schon kurz vor 23 Uhr, aber ich wählte seine Nummer und er ging sogar ans Telefon.

Wir unterhielten uns über eine Stunde und stellten fest, dass wir räumlich nebeneinander arbeiteten. Er sei Student und würde in der Zeitung im Lektorat arbeiten. Das hörte sich interessant an. Ihn musste ich treffen.

Eigentlich wollte er Lehrer für das höhere Lehramt für Deutsch und Englisch werden. Sein Geld verdiente er in der Zeitung, damit er seinen Sportwagen fahren könne, sein Motorrad und auch sonst seinen Lebensstil verwirklich könne.

Obwohl wir nebeneinander arbeiteten, kannten wir uns nicht.

Das erste Treffen war etwas merkwürdig, denn er sah eigentlich nicht schlecht aus. Von der Statur her war er etwas größer als ich, schlank, muskulös, rauchte, hatte blaue Augen, blonde Haare, eine schwarze Lederhose und schwarze Lederweste, aber er trug einen Mittelscheitel!

Gut, ich guckte darüber hinweg. Nach unserem ersten Ausflug per Motorrad hatte der Helm seinen Mittelscheitel zerstört und ich sagte ihm, dass er viel, viel besser aussehen würde ohne Scheitel. Das stimmte auch wirklich. Und er entschied sich, ab diesem Zeitpunkt, keinen Mittelscheitel mehr zu tragen.

Über Ostern lud er mich zum Campen im Harz ein. Sein Nachbar hätte dort einen Wohnwagen stehen und da er jedes Jahr dort hinfahren würde, fände er es sehr schön, wenn ich mitkommen würde.
Also fuhr ich mit.

In diesem Wohnwagen schliefen wir auf der einen Seite im Doppelbett und auf der anderen Seite schlief der Nachbar.
Als wir dachten, dass der Nachbar eingeschlafen sei, fingen wir an, uns zu befummeln.
Wir küssten uns und streichelten uns und meine Hand tastete langsam zu seinem Schwanz. Dies hatte mich erschreckt. Die Größe kannte ich nur von meinem Franzosen, aber das, was ich in der Hand hielt, war ein Prachtexemplar. Wie der Sex funktionieren soll, war mir noch nicht klar.

Es funktionierte jedoch und es war wirklich ein sehr guter Sex.

Ab diesem Ausflug waren wir ein Paar.

Beim Kennenlernen seiner Familie hatte ich dann doch noch einmal Bedenken.
Er selbst verheimlicht seiner Mutter, dass er Kettenraucher ist. Seine Mutter macht jedoch einmal in der

Woche seine Wohnung sauber. Und sie merkt das nicht? Warum muss man dies verheimlichen?

Seine Schwester, zwei Jahre jünger als er, also ein Jahr jünger als ich, arbeitete bei Bosch am Band. Dagegen sprach grundsätzlich erst einmal gar nichts. Doch sie hatte ein gutes Abitur gemacht und keine Ausbildung absolviert. Das hatte ich nicht verstanden. Zudem kann sie einen nicht direkt anschauen, wenn sie spricht. Genau wie der ältere Bruder. Der war für mich ein Sonderling. Als Beamter völlig verhaltensgestört. Der schaute immer auf den Boden, wenn er etwas erzählte. Das heißt, wenn er überhaupt mal etwas erzählte. Seine Frau redete gar nicht und die Tochter war ein verzogenes kleines Mädchen.

Die Besuche in dieser Familie habe ich gehasst. Es wurde weder etwas erzählt, noch war es witzig, oder man hat mal gelacht.
    Das war wirklich schrecklich.

Die Mutter meines Freundes war mindestens genauso schlimm wie ihre Kinder. Sie sprach kein Wort und war in der Küche zu finden, wo sie sich beschäftigte mit Kuchen aufschneiden, Kaffee vorbereiten, für das Grillen alles rauszutragen. Sie fand immer etwas zu tun.

Sein Vater war schon lange tot. Man sprach nicht über ihn. Er existierte nicht.
    Dass er sich zu Tode gesoffen hatte, erfuhr ich erst viel später.

Die Mutter hatte einen Bekannten, den sie durch eine Anzeige kennengelernt hat. Er wohnte nicht bei ihr, aber er kam an den Wochenenden zu ihr. Da er auch ein ehemaliger Beamter war, hat er sich gut mit den anderen verstanden.

Als Witwer und Rentner aus dem gehobenen Dienst, hatte er eine sehr gute Rente und auch noch Vermögen, welches vorhanden war.

Mit ihm reiste meine Schwiegermutter um die Welt. Und da sie noch nie im Urlaub war, freute sich jeder für sie.

Die feste Clique meines neuen Freundes bestand aus vier seiner besten Freunde mit jeweils den Partnerinnen.

Es waren alle sehr unterschiedlich, so dass es nie langweilig wurde mit ihnen. Wir waren oft zusammen und unternahmen viel miteinander. Es hat immer großen Spaß gemacht.

Zu der Freundin seines bestens Freundes hatte ich eine besondere Beziehung. Wir verstanden uns auf Anhieb sehr gut, so dass wir enge Freundinnen wurden.

Es waren alles helle Köpfe, würde man sagen. Ein Computerexperte, der bestimmt jeden Computer hacken konnte.

Sein bester Freund war angehender Lehrer, so wie er es auch immer wollte. Nur mein Freund entschied sich für das höhere Lehramt und sein Freund für die Grundschule. Durch seine Wehrdienstverweigerung zog sich das Studium etwas hin. Auch er musste arbeiten, um sein Studium zu finanzieren.

Der zweitbeste Freund wurde auch mein Freund. Ihn möchte ich besonders gut leiden. Er war introvertiert, ein ruhiger Mensch mit Gelassenheit. Von Beruf war er Maurer und hatte vor einiger Zeit entschieden, sein Abitur nachzumachen und das Studium der Soziologie zu beginnen. Er schloss es auch in kurzer Zeit erfolgreich ab und fand einen guten Job bei der Stadt als Sozialarbeiter.

Der Letzte im Bunde war aus sehr reichem Haus und fing alles an, aber brachte es nicht zu Ende. Durch Papas Spritze landete er bei VW. Arbeitete am Band, aber war gerade in Begriff, sich hochzuarbeiten und dazu zu lernen. Er hatte eine Krankenschwester als Frau und zu der Zeit zwei kleine Jungs.

Dieser Typ war ein Draufgänger und ein Chaot. Er saß wegen Jugenddelikten im Knast. Wenn eine verrückte Idee aufkam, dann konnte sie nur von ihm sein. Doch angeblich soll er sich schon sehr zu seinen Gunsten verändert haben, seitdem er verheiratet ist. Und noch mehr, seitdem er die beiden Jungs hat.

Seiner Frau las er jeden Wunsch von den Augen ab. Na klar, machten wir uns auch mal lustig darüber, aber er wusste, wie wir es meinen.

Es kam, wie es kommen musste. Wir zogen zusammen.

Zuerst war es eine Wohnung im ersten Stock. Wir hatten leider eine alte Russin unter uns wohnen, die dachte, dass sie noch beim Zaren lebte. Sie lief im Winter mit Pelzmütze und Pelzmantel in der Wohnung herum. Sie heizte nicht. So wurde es bei uns in der Wohnung nicht warm. Das war eine so kalte Butze, dass wir wieder auszogen.

Wir fanden ein kleines Eckhäuschen mit Garten.

Freitags waren oft Leute da zum Kartenspielen oder für andere Spiele. Es war bei uns immer lustig. Wenn wir nicht bei uns waren, dann trafen wir uns bei einem von den anderen Freunden. Am Wochenende wurde immer etwas gemeinsam unternommen, oder gemeinsam gefeiert.

Wir besaßen ein Motorrad, jeder ein Auto und fuhren trotzdem mit einem Deutsche-Bahn-Freizeit-Ticket vier Wochen mit einem Rucksack durch Italien.

Das allein wäre schon eine Geschichte wert, weil es ein wirklich toller, interessanter Urlaub war. Wir haben viel gesehen und viele, nette Menschen kennengelernt.

Meine Eltern machten uns natürlich, wie konnte es auch anders sein, Vorhaltungen. Wie kann man denn mit der Bahn in den Urlaub fahren, wenn man die Möglichkeit hat, das eigene Auto zu nehmen.
 Dies gaben endlose Diskussionen und ich ärgerte mich oft über dieses Gespräch und dieses sture Gerede, vor allem von meinem Vater.
 Zum Glück ließ sich mein Freund von meinen Eltern weder bequatschen, noch beeinflussen. Er hielt nicht viel von Ihnen, da er das Genörgel von ihnen nicht ertrug. Oft nahm er mich in Schutz, wenn wieder einmal meine Eltern ihre Tiraden bei mir abließen, was ich wieder alles falsch gemacht hatte.

Ich freute mich auf unseren Urlaub. Mit Rucksack war ich noch nie unterwegs und von daher fand ich es aufregend, spannend und vor allem freute ich mich auf die Abenteuer.

Wir reisten von Braunschweig nach München. Dort war das Deutsche Museum angesagt, was mich wirklich völlig beeindruckt hat und was ich später mit meinen Kindern noch einmal besucht habe.

Von München nach Pisa. Das war der Hammer. Als ich den Schiefen Turm sah, war ich so begeistert, dass ich mich nicht mehr eingekriegt habe.

Damals konnte man noch ganz nach oben und sogar auf die Plattform, die kein Gitter hatte. Das habe ich allerdings nicht gemacht, da ich Angst hatte, dass ich das Gleichgewicht verlieren könnte und dann herunterfallen könnte.

Der schiefe Turm hat mich als Bauwerk so beeindruckt, dass ich das gar nicht beschreiben kann.

Viel später sollte ich noch einmal den schiefen Turm besuchen. Doch dieses Kribbeln und das Fantastische war nicht mehr vorhanden.

Von dort aus ging es kreuz und quer durch Italien bis runter nach Sizilien.

In Rom hatten wir noch ein sehr komisches Erlebnis. Als wir eine Bleibe suchten und zur Touristeninformation gingen, sprach uns ein älterer Römer an. Er vermittelte uns, dass er eine Wohnung besäße, in er Touristen aufnehmen würde. Für die kommenden zwei Nächte hätte er noch Platz und wir könnten bei ihm wohnen.

Ich war der ganzen Sache etwas skeptisch gegenüber, aber mein Freund war der Meinung, besser geht es gar nicht.

Dieser Mensch wollte uns auch am nächsten Tag in den Vatikan begleiten, ohne dass wir lange anstehen müssten.

Da mein Freund von diesem Angebot angetan war, bat ich ihn, zu fragen, ob es auch eine Dusche gäbe. Dieses wurde bejaht und somit war es klar. Wir blieben bei ihm.

Er nahm uns mit dem Bus mit zu seiner Wohnung. Mein Freund verstand ihn sehr gut, wie er mir sagte half sein großes Latium. Ob es spanisch, portugiesisch, oder italienisch war. Er verstand es und konnte sich immer verständlich machen.

Er zeigte uns das Zimmer und wir stimmten zu. Dann saßen wir mit ihm am Tisch und tranken Wein.

Des Öfteren habe ich mich vergewissert, ob ich alles verstanden habe, was er erzählte. Und ich drang darauf, dass mir die Dusche gezeigt wird. Es wurde immer davon abgelenkt, so dass ich nichts Gutes dachte.

Doch eine Dusche war auch vorhanden. Das beruhigte mich wieder etwas.

Später am Abend kamen dann noch zwei andere Touristen dazu und ein junges Paar war inzwischen auch eingetroffen. Gemeinsam saßen wir am Tisch und aßen Spaghettieis, die unser Vermieter für uns gekocht hatte.

Vom Wein trank ich nichts, da ich ihm nicht traute.

Als alle sich für das Zubettgehen fertig gemacht hatten, ging ich duschen. Wenn man das als Duschen bezeichnen konnte.

Es war eine Katastrophe. Die Dusche hielt an einer kuriosen Befestigung und die Wände waren entweder verschimmelt oder verdreckt. Für mein Befinden ekelhaft.

Trotzdem musste ich duschen. Also sah ich zu, dass ich nichts berührte und war froh, als ich fertig war.

Am nächsten Morgen weckte er uns früh, da er der Meinung war, dass wir früh losmüssten, wenn wir in den Vatikan wollten. Also gab es keinen Kaffee, kein Frühstück. Sondern eine rasche Fahrt in den Vatikan.

Dort war um diese frühe Zeit schon eine Menschenmenge versammelt. Hätten wir uns anstellen müssen, wäre ein halber Tags weg. Unser Vermieter brachte uns, ohne dass wir uns anstellen mussten, mit den Karten, die er besorgte, an einem Wärter am Nebeneingang in den Vatikan.

Natürlich dachte ich erst einmal nichts Gutes. Wir hatten unser gesamtes Gepäck bei ihm stehen. Wenn er sich jetzt an irgendwelchen Dingen bereichern würde, würden wir dieses nicht merken und heute Abend auch nicht feststellen.

An diesem Abend hatten wir Ausgang bis 0.00 Uhr. Dann sollten wir wieder bei ihm sein. Später ließe er niemanden mehr hinein. Das war schade, denn Rom hatte ja ein gutes Nachtleben. Aber wir hielten uns natürlich daran, denn wir wussten nicht, was sonst passiert wäre.

In der Nacht ging ich auf die Toilette und war völlig überrascht, als ich im Dunkeln ohne Licht im Flur den alten Sack vor dem Klo stehend vorfand, in das er gerade urinierte.

Das war ein Schreck für mich. Panisch lief ich zum Zimmer zurück und holte meinen Freund, der mich begleiten musste. Eins stand fest. Ich wollte auf jeden Fall am nächsten Tag abreisen.

Als wir nach dem Preis fragten, meinte er nur, wir sollen das abgeben, was wir für richtig erachten.

Mir kam das komisch vor, aber mein Freund erledigte das. Anscheinend zum Gefallen des alten Mannes, der sich bedankte und sagte, dass wir gern auf dem Rückweg, oder auch in einem anderen Jahr wieder kommen dürfen.

Das musste nicht sein, aber es war nett gemeint.

Von Rom nach Neapel, wo ich meine beste Pizza gegessen hatte. In einer Nebenstraße, die dunkel und unübersichtlich war. Im Reiseführer hatte ich gelesen, nicht in die Nebenstraßen zu gehen. Gerade nicht in Neapel. Dort sei die Kriminalität sehr hoch.

Doch ausnahmsweise hörte ich auf meinen Freund und konnte somit die größte, beste und schmackhafteste Pizza meines Lebens essen. Und dies für wenig Geld.

Neapel bestand aus Müll, Dreck und Armut. Was mir teilweise an Obdachlosen entgegenkam, war sehr unschön. Und ich hatte immer Angst, dass aus einer Seitenstraße jemand käme, um uns zu überfallen.

In der Nähe von Neapel, am Golf von Sorrent, fanden wir ein Bungalow mit direktem Strandzugang. Es war mir zwar ein Rätsel, wie wir von dem Bungalow, der oben auf einem Felsen stand, direkten Strandzugang haben könnten, aber wir nahmen das Angebot an.

Nach der ersten Nacht im Bungalow, einem spartanischen Frühstück, nahmen wir unsere Badeklamotten und suchten den Strand.

Immer den Schildern mit Zeichen zum Strand folgend.

Nach etwas suchen, fanden wir tatsächlich einen Fahrstuhl, der uns runter zum Strand brachte.

Einen Fahrstuhl, der mich zu diesem verdreckten, mit Steinen geschmückten Strand brachte. So etwas hatte ich bis dahin auch noch nicht erlebt.
Doch ein kleines Plätzchen zum Sonnenbaden hatten wir gefunden. Zum Baden war es ungeeignet. Zu viele spitze Steine im Wasser und viel zu flach.

Am nächsten Tag folgte Pompeji und der Vesuv. Diese Stätte hatte sich auf jeden Fall gelohnt.

Wir setzten am nächsten Tag mit einem Schnellboot nach Sizilien über.
Das fand ich schon aufregend. Mit Wellengang und Wind.

Auf Sizilien hieß es in unserem Reiseführer „wenige Schritte bis Taormina". Das war ein Hohn. Ohne Taxi war das Hinkommen zu diesem Campingplatz gar nicht gewährleistet.

Mein Freund wollte uns ein Taxi besorgen und ich ging in die Bank, um Geld abzuheben. Das Gepäck ließ ich bei meinem Freund.

In der Bank machte sich der Bankangestellte über mich lustig. Er wollte nicht glauben, dass ich das Mädchen auf dem Personalausweis wäre. Und er war fasziniert von meinen blonden Haaren.
Mir wurde das irgendwann zu bunt und ich wurde etwas ungehalten.

Endlich bekam ich dann mein Geld.

Als ich wieder bei meinem Reisebegleiter war, musste ich staunen, denn die Rucksäcke waren nicht mehr da.

Er hatte in der Zwischenzeit ein Taxi aufgetrieben, was jedoch bei der langen Wartezeit zwischendurch einen Auftrag annehmen musste. Somit war der Taxifahrer mit unseren Rucksäcken im Kofferraum unterwegs.

Das fand ich nicht sicher und überlegt und war von daher auch etwas aufgebracht.

Mein Freund beruhigte mich jedoch. Der Taxifahrer ist ein Freund vom Polizisten, dieser stand nicht weit von uns entfernt und dieser hätte sich für ihn verbürgt.

Der Taxifahrer kam wieder. Er brachte uns also zu unserem Campingplatz, wo wir einen Wohnwagen mieten wollten. Aber da hat mir nun gar nichts gefallen. Weder der Campingplatz noch die Lage, und schon gar nicht die Hygiene. Der Wohnwagen selbst war auch nicht das, was ich mir vorgestellt hatte.

Da blieb uns nichts anderes übrig, als uns ein Taxi zu rufen. Der Fahrer wiederum gab uns zu verstehen, dass seine Mutter im Moment die Wohnung seiner Schwester hüte, und die würde uns bestimmt bei sich aufnehmen für wenig Geld. Also machten wir das. So wohnten wir zwei Tage in der Wohnung einer sizilianischen Familie, die gerade mal ein paar Tage weggefahren war.

Alles, was ich wollte, war eine Dusche! Aber mit dem Duschen hatten die Italiener das nicht so. Entweder sie funktionierten nicht, oder der Abfluss war verstopft. Furchtbar für mich, die eine Dusche brauchte.

Auch in dieser Wohnung lief das Wasser nicht ab nach dem Duschen. Selbst am nächsten Morgen war das Wasser noch in der Dusche. Aber das war ja nicht unser Problem.

Wir fuhren dann mit dem Bus in das Gemeindebüro, um uns Tickets zum Ätna zu kaufen. Mein Reisegefährte war also im Büro und ich wartete draußen. Ehe ich mich versah, standen lauter Männer in meiner Nähe. Mehrmals fuhren die gleichen Autos an mir vorbei.

Irgendwie verstand ich das nicht. Obwohl ich es merkte, war mir nicht klar, dass dies meinetwegen geschah.

Als mein Mitreisender dann endlich herauskam, sagte er mir, dass ich hier auf Sizilien nicht allein an der Straße stehen könnte. Erstens mochten die Männer blonde Frauen und zweitens stand eine Frau nicht allein ohne Begleitung an der Straße.

Okay, nun war mir klar, warum ich die Männer so aufgescheucht hatte.

Am nächsten Tag fuhren wir dann zum Ätna. Es wurde schon schwierig, nach oben zu fahren, da der Ätna kurz vor dem Ausbrechen stand. Es hieß, er brodelt und wäre sehr aktiv. Viele meinten, man dürfe gar nicht hochfahren.

Dies hielt uns jedoch nicht ab. Zum Hauptkrater durften wir nicht, aber zu einem Nebenkrater. Selbst das war schon interessant. Durch ein Loch in der Erde konnte man die glühende Lava sehen. Und die Erde, auf der wir standen, war sehr heißt. Mein Schuh schmolz sogar etwas.

Es war schon sehr beeindruckend.

Als wir später zu Hause waren, hörten wir, dass der Ätna kurz nach unserem Besuch ausgebrochen sei.
Die Bilder im Fernsehen sprachen Bände.
Das war natürlich furchtbar für die Menschen dort, Doch wenn ich bedenke, dass ich noch dort oben stand, und jetzt spuckt er die Lava heraus. Dies war schon faszinierend.

Wir haben noch Korsika und Elba besucht, sowie einige andere Städte.
Es war ein sehr schöner Urlaub mit vielen Eindrücken. Nach Elba sind wir später noch einmal gefahren, weil uns diese Insel wirklich fasziniert hat.

Als wir wieder zu Hause waren, redete ich meinem Motorradfreak ins Gewissen, dass er doch unbedingt sein Studium zu Ende machen sollte. Es hatte mich so fasziniert, wie er mit seinem Latein die italienische Sprache verstand und sagte, dass er doch nicht in der Zeitung als Lektor verkommen darf.
Er tat es auch.

Da er das große Glück hatte, und nicht viel lernen musste, waren die restlichen Scheine schnell gemacht.

Wir hatten ein harmonisches Zusammenleben. Wir unternahmen auch viel, hatten Freunde und wir feierten auch gern. Wir luden gern Leute zum Essen ein und selbst gingen wir auch gern zum Essen. Wir waren beste Freunde.
Liebe empfand ich nicht. Jedenfalls nicht die tiefe Liebe aus dem Herzen.

Durch seine Intelligenz faszinierte er mich immer aufs Neue. Es gab nie schlechte Laune, selten einen Disput und wenn, dann regelten wir das sehr schnell wieder.

Unser Zusammenleben war eine Gemeinschaft, die absolut gut funktionierte. Sie war verlässlich und es gab Verständnis für den anderen.

Da wir über Silvester mal etwas anderes machen wollten, hatten wir uns für eine Busreise in die Türkei angemeldet. Dies waren die ersten Busse, die damals in die Türkei einreisen durften. Das Land war noch für Touristen aus Deutschland Neuland.

Es war sehr anstrengend die ganze Fahrt im Bus. Wir hatten Glück und lernten ein Paar in unserem Alter kennen, mit denen wir Jahre noch befreundet waren.

Endlich angekommen, mussten wir uns erst einmal davon erholen, dass bei den Temperaturen keine Heizung funktionierte. Es war also kalt und klamm in unseren Zimmern. Da wir auch nicht mit den anderen Leuten aus dem Bus im Hotel essen wollten, verließen wir die Hotelanlage zur viert und gingen in ein Lokal in der Seitenstraße.

Dort bestellten wir ein Vier-Gänge-Menü, was sich zum Zehn-Gänge-Menü entwickelte. Dazu tranken wir reichlich, auch diesen berüchtigten Raki, den wir zu Hause nicht kannten.

Wir tranken immer nacheinander, weil wir dachten, es wird uns etwas ins Glas getan. Aber nichts passierte.

Jeder hatte seine eigene Bedienung und wir wurden noch nie in einem deutschen Lokal so hervorragend bedient.

Als wir die Rechnung bestellten, hatten wir große Angst, dass wir das gar nicht bezahlen könnten. Unter uns rechneten wir uns aus, dass wir pro Kopf vielleicht 50 DM bezahlen müssten. Dann würden wir alle mit unserem Geld hinkommen und waren sehr gespannt darauf, was kommen würde.

Die Rechnung kam und wir zahlten insgesamt nicht mehr als umgerechnet 20 DM für alles Das konnten wir nicht glauben. Aber es war so.

Davon kann man heute in der Türkei nur noch träumen.

Bei einem Ausflug nach Istanbul, trennten sich unsere Freunde von uns. Wir gingen andere Wege als sie. Sie wollten unbedingt auf den Basar und ich wollten unbedingt in den orientalischen Teil von Istanbul.

Den besuchten wir dann auch.

Mein Weggefährte mahnte mich immer an, dass ich meine Tasche nicht aus den Augen lassen solle, niemanden vertrauen und mit niemanden sprechen sollte.

Wir wurden mehrmals angesprochen auf der Straße. „Sind Sie deutsch?" Und wir antworteten kaum und gingen weiter.

Das funktionierte auch meistens, doch ein Türke blieb hartnäckig und sprach mit uns und ging neben uns her.

Nachdem es ihm klar war, dass wir aus Deutschland kamen, wollte er die Stadt erfahren.

Auch wo wir geboren wurden und leben würden und alles, was man in kurzer Zeit erfragen an.

Als er uns dann freudig erzählte, dass er in dem Ort, in dem mein Freund geboren wurde, bei der Post arbeitete, war es um uns geschehen.

Er lud uns zu sich nach Hause ein und wir gingen sogar mit. Dort trafen wir auf seine Familie, die uns freudig erwartete und uns mit Köstlichkeiten verwöhnte.

Es gab noch ein Foto von uns allen, welches wir bitte seinem Bruder in Deutschland übergeben sollten. Dieser wohnte in meiner Geburtsstadt, in der wir heute lebten.

Leider haben wir das Bild nie dort abgegeben.

Weil uns Elba so gut gefiel, wollten wir über Pfingsten dort hinfahren. Als wir an der Fähre ankamen, wurde gestreikt und die Touristen wurden nicht übergesetzt.

Mein Weggefährte ging zu den Arbeitern am Pier und sprach sie an. Er verhandelte mit Ihnen.

Als er zurückkam, hatten wir einen Platz auf der Fähre, die eigentlich nur mit Einheimischen besetzt wurde.

Bei einem Treffen mit meiner Freundin erzählte ich ihr, dass ich jetzt so weit wäre, ein Kind zu bekommen.

Meine Freundin riet mir ab. Sie fand, dass man keine Kinder in diese Welt setzen müsse, und ich solle mir meine Freiheit bewahren. Und die bezweifelte, dass mein Freund der richtige Vater sei für mein Kind.

Für mich stand immer fest, dass ich eines Tages ein Kind bekommen möchte. Eigentlich wollte ich immer ein Kind ohne Mann. Mein Wunsch war es, mir ein Kind machen zu lassen von meinem Mann, den ich mir als Vater gut vorstellen könnte, aber der kein Vater sein wird, da ich es ihm nicht erzählen werde. Er muss gute Gene haben und alles weitere würde ich schon machen.

Doch es kam anders.

Nach drei Jahren, die ich nun mit meinem Freund zusammen war, wurde ich schwanger. Gewollt.
Wir freuten uns.

Eine Heirat kam für uns nicht infrage und so freuten wir uns einfach auf das Kind.

Wir wünschten uns beide einen Sohn

Meine Erinnerung daran, als ich erfahren hatte, dass ich schwanger war und mir das Ultraschallbild in die Hand gegeben wurde, war ich überglücklich.
Ohne irgendwelche Schwierigkeiten war ich schwanger geworden und das in kurzer Zeit.
Mit freudiger Erregung bin ich als erstes zu meinen Eltern gefahren. Ich wollte ihnen von meiner Freude der Schwangerschaft erzählen. Ihnen mitteilen, wie glücklich ich bin und ich dachte auch, sie würden sich freuen, endlich ein Enkelkind zu bekommen.

Doch die Freude war nur auf meiner Seite. Als ich ihnen das Ultraschallbild vorlegte und sagte, dass ich schwanger sei und ich mich riesig freuen würde, kam der Kommentar von meinem Vater als erstes.
Warum um Himmels willen ich so bescheuert wäre, ein Kind in die Welt zu setzen. Ich kann doch froh sein, dass ich frei bin, gutes Geld verdiene und mir Urlaube

leisten kann, wann immer ich es will. Und nun will ich mir meine Freiheit mit einem Kind versauen.

Meine Mutters Kommentar war auch nicht besser.

Enttäuscht und verunsichert fuhr ich nach Hause. Ich weinte im Auto und fragte mich, was denn so schlimm daran ist, ein Kind zu bekommen.

Ich war 29 Jahre alt und stand voll im Leben. Wenn ich noch länger warten würde, wäre ich für das Kind eine Oma.

Zum Glück freute sich mein Freund auf das Kind, so dass ich nicht lange mit negativen Gedanken herumlief.

Als es dann so weit war, hatte ich 30 kg zugenommen und Wasser in den Beinen.

Mein Frauenarzt hatte mich eingewiesen und war der Meinung, dass das Kind geholt werden müsse.

Am Abend wurde die Geburt eingeleitet.

Geboren wurde unser Sohn.

Wir waren glücklich und ich konnte es gar nicht fassen. Ein kleiner Mensch kam aus meinem Körper. Ein kleiner, blonder Junge mit ganz vielen Haaren. Es war unfassbar.

Leider konnte ich das kleine Würmchen nicht mit nach Hause nehmen, da er die Gelbsucht hatte.

Dazu kam, dass ich das Wochenbettfieber bekam und durch die Hormone leichte Depressionen mit Heulattacken.

Als ich nach Hause durfte, war ich froh. Zweimal am Tag musste ich die Milch abpumpen und diese ins Krankenhaus bringen, um meinen Sohn damit zu füttern.

Da durchlief ich ein Gefühlschaos.
Ich hatte mich so sehr auf mein Kind gefreut und nun war er nicht bei mir. Nicht zuhause.

Der Vater meines Sohnes hatte zudem gerade Besuch aus Kanada. Hier handelte es sich um einen Zwei- Meter-Mann mit roten Haaren, der gerne Milch trank und gerne Horrorfilme schaute.
Dies passte gar nicht zu meinem Gefühlschaos.

An dem Tag, als ich unseren Sohn aus dem Krankenhaus holte, reiste der Kanadier ab.
Es hatte also alles gepasst.

Natürlich war es mit dem Kind eine Umstellung, aber der Vater meines Sohnes kümmerte sich sehr innig um ihn und um mich.
Unser Sohn war recht wissensbegierig und lernte schnell.
Bei uns hatte er Narrenfreiheit. Er durfte alles tun, sogar die Videokassetten aus dem Videorekorder holen und auseinandernehmen.
In der Küche war jeder Schrank mit Kindersicherungen ausgestattet, da er sonst alles ausgeräumt hätte. Aber ein Schrank blieb offen für seine Kreativität.

Es war schön Mutter zu sein, aber den ganzen Tag nur Haushalt und Kind, wurde mir manchmal zu langweilig. Mein Inneres sagte mir, dass ich etwas machen musste, sonst würde meine Unzufriedenheit, den Haussegen schief hängen lassen.

Meine Laune war nicht die beste und genervt war ich auch.
 Also sah ich mich nach Möglichkeiten um, zu Arbeiten und Geld zu verdienen.

Nach neun Monaten Mamadasein hatte ich dann einen Job gefunden. Wie der Zufall es so will. In meiner Nähe befand sich eine Kaserne, die zu einem Asylantenlager umfunktioniert wurde. Dort wurden Sachbearbeiterinnen gesucht. Somit bewarb ich mich dort und bekam den Job. Von morgens um 7.00 bis 11.30 Uhr war ich beschäftigt und konnte dann mit Freude nach Hause zu meinem Sohn gehen.
 Das war auch ein Vorteil. Ich konnte zu Fuß gehen. Besser ging es nicht.

Vormittags erledigte der Vater meines Sohnes seine Arbeiten für die Uni von zu Hause, oder er nahm unseren Sohn mit.
 Wir aßen zu Mittag und er fuhr dann zur Zeitung, um seinen Job zu erledigen und ich kümmerte mich um unseren Sohn.

Als mein Sohn zwei Jahre alt wurde, hatte ich genug von diesem Job. Es war ein eintöniger Job, den man im Schlaf erledigen konnte. Mein Kopf musste gefordert werden, also suchte ich mir einen neuen Job.

Schneller als ich dachte, bekam ich einen Außendienstjob für einen großen Pharmakonzern mit Sitz in einer Großstadt in meiner Nähe. Dies hieß zwar, ich musste pendeln und war viel auf der Autobahn, doch es war eine einmalige Chance. Schon immer wollte ich in den Außendienst und dann noch dazu für eine so renommierte Firma.

Durch das viele Fahren auf der Autobahn gab der Vater meines Sohnes zu bedenken, wenn mir etwas passiert, was dann mit unserem Sohn wird.
Das hatte ich bis dahin nicht bedacht.
Doch recht hatte er.
Wenn mir etwas passieren sollte, würden meine Eltern auf keinen Fall zulassen, dass mein Sohn bei seinem Vater bleiben kann. Sie würden alle Hebel in Bewegung setzen, um das Kind zu sich zu holen.
Und das wollten wir beide nicht.

Noch einmal heiraten wollte ich nun wirklich nicht. Und ich liebte den Vater meines Sohnes auch nicht, dass ich nicht davon ausgegangen bin, dass wir bis an unser Lebensende zusammenbleiben werden.
Das meinte ich auch nicht böse, sondern äußerst realistisch.

Als am Wochenende drauf unsere Freunde kamen und uns erzählten, dass sie heiraten werden, weil sie Familienzuwachs planen, kam uns allen der Gedanke, doch eine Doppelhochzeit abzuhalten.
Dies schien uns eine gute Idee und wir wollten es auch nicht an die große Glocke hängen. Es sollte keiner aus unserem Kreise erfahren, dass wir heiraten werden.
Und so kam es dann auch.

Durch meinen guten Verdienst überlegte ich, ob wir uns ein Haus bauen sollten. Da ich bis zu diesem Zeitpunkt keine Ahnung hatte, was ich bedenken musste und vor allem, welche Kosten auf mich zukommen würden und vor allem wieviel ich investieren muss, ließ ich mich von einigen Hausanbietern beraten.

Nicht weit von meinem Zuhause war ein Anbieter, den ich zuletzt kontaktierte.

Den Termin mit mir nahm der Chef persönlich wahr, da sein Vertriebsleiter verhindert war.
Es war ein sehr interessantes Gespräch, aber eine Entscheidung hatte ich nicht gefällt.

Aus den ganzen Gesprächen habe ich dann festgelegt, kein Haus zu bauen. Die Kosten waren zu hoch und ewig binden wollte ich mich auch nicht. Und dass nur wegen eines Hauses.
So sagte ich den Anbietern, mit denen ich Gespräche geführt hatte, ab.

Der Chef der Firma, die nicht weit von meinem Zuhause ist, rief mich eines Tages an und war der Meinung, dass ich die richtige Vertriebsleiterin für ihn sei.
Ob ich mir das vorstellen könnte, war seine Frage.

Wir trafen uns zu einem Gespräch, obwohl ich ihm sagte, dass ich mir das überhaupt nicht vorstellen könne. Ich hätte keine Ahnung von Hausbau und von Technik.
Doch er war der Meinung, das bräuchte ich auch nicht. Ich hätte eine einzigartige Aura und ein herzliches, offenes Wesen mit Humor und Verstand, was bei den Kunden mehr wert sei als technisches Verständnis.

Jedenfalls redete er so lange und überzeugend auf mich ein, bis ich den Job annahm.

Das sollte mein Leben komplett verändern. Nur wusste ich es da noch nicht.

Der Job machte mir absoluten Spaß. Die Herausforderung nahm ich an und war dabei sogar erfolgreich. Die nötigen Details und die Kalkulationen wurden mir beigebracht und eh ich mich versah, war ich die Vertriebsleiterin von 5 gestandenen Männern, die mir nichts zutrauten. Doch sie lernten im Laufe der Wochen dazu. Zumal ich mir nichts gefallen lies und mich durchsetzen konnte.

Hier konnte ich meine Kreativität ausleben. Einen neuen Katalog von Häusern wurde erarbeitet. Eine Menge Arbeit tat ich mir da an, aber sie war einfach passend für mich und erfüllte mein Leben.

Vor allem aber musste ich nicht mehr auf die Autobahn. Sondern konnte morgens meinen Sohn in die Kita bringen und holte ihn nach dem Essen wieder ab. Gegen 14.00 Uhr waren wir zu Hause und gegen 16.00 Uhr fuhr ich noch einmal ins Geschäft. Manchmal auch nicht und manchmal holte auch der Vater meines Sohnes ihn aus der Kita ab. Doch das passierte sehr selten.

Also für mich war das optimal und ich war ausgeglichen und zufrieden. Mein Ehrgeiz wuchs und ich freute mich, wenn ich auf der Rennliste auf Nummer eins stand. Das hieß, ich habe den meisten Umsatz gemacht.

Was ich nicht bedacht hatte und auch erst schleichend merkte, war, dass ich immer mehr arbeitete.

Mein Tag hatte keine 8 Stunden mehr, sondern viel mehr. Das Ritual, meinen Sohn zur Kita zu bringen und auch wieder abzuholen, hielt ich bei. Doch ich kam abends später nach Hause. Meistens so spät, dass wir nicht gemeinsam zu Abend essen konnten, sondern ich meinen Sohn nur noch ins Bett brachte. Ab und an badete ich ihn und brachte ihn danach zu Bett. Mehr Zeit blieb mir nicht.

So kam es, dass mein Mann sich mit unseren Nachbarn anfreundete, die dann des Öfteren zu uns kamen zum Feiern. Das war auch kein Problem. Jedenfalls zu Beginn.

Es wurde nur immer häufiger und immer häufiger wurde während meiner Abwesenheit gefeiert und das Kind vernachlässigt.

Oft war der Vater meines Sohnes schon angetrunken, wenn ich nach Hause kam. Der Nachbar saß dann auch noch bei uns herum und das Kind tobte mit dem Nachbarskind durch Haus, oder manchmal auch noch draußen, ohne zu Abend gegessen zu haben.

Zu Beginn fiel es mir nicht auf, aber mit der Zeit nervte es mich und auf der Autofahrt vom Job nach Hause bekam ich schon einen Hass auf meinen Mann und den Leuten, die wieder einmal bei uns zum Saufen waren.

Nach einer gewissen Zeit gesellten sich andere Nachbarn auch noch dazu. Er war Polizist und sie bei der Staatsanwaltschaft. Sie hatten einen Sohn, der etwas älter war als unser Sohn, aber die Jungs spielten gut zusammen.

Mit dieser Nachbarin konnte mein Mann schon am frühen Nachmittag eine Flasche Cognac leeren, ohne dass beide irgendwelche Spuren des Alkohols zeigten.

Unser Nachbar fand das genauso wenig gut wie ich es gut fand.

Wir machten Spieleabende, bekochten uns gegenseitig und sahen uns sehr oft. Da mein Nachbar durch seinen Job Schichtarbeit hatte, war er nicht immer dabei, aber dafür verstanden sich mein Mann und meine Nachbarin umso besser.

Wenn ich bei schönem Sommerwetter nach Hause kam und mich auf meinen Garten freute, musste ich leider feststellen, dass er mit meinem Mann und der Nachbarin besetzt war.

Das konnte mich nerven und reizbar machen.

Nach einer gewissen Zeit sagte ich das meinem Mann und er meinte, dass er dies zu meiner Zufriedenheit ändern könnte.

Leider geschah nichts.

Auf eines der Feiern unseres Nachbarn lernte ich den Bruder unseres Nachbarn mit seiner Frau kennen. Der Bruder war nun schon einmal ein Hingucker. Seine Muskeln waren beeindruckend. Sein Gesichtsausdruck war finster und ernst, doch wenn er mal lachte, ging es bis ins Herz.

Seine direkte und unkonventionelle Art faszinierte mich. Seine Frau irritierte mich, weil sie zwar gut aussah, aber wirklich dummes Zeug von sich gab.

Leider sah ich ihn nicht oft, aber wenn, dann war ich hoch erfreut. Dieser Typ faszinierte mich. Warum auch immer. Er war nicht viel größer als ich, hatte schulterlange Haare, dunkel und gelockt. Ein breites Kreuz, einen kleinen Popo und dünne Beine. Cowboystiefel an und was mich richtig faszinierte, waren seine Hände. Es waren Pranken, keine Hände. Zu diesen Händen waren die kurzen, dicken Finger. Das erinnerte mich sehr an meinen Vater.

Ich liebte raue Männerhände und hasste Schreibefinger. Das erste Mal seit langem, dachte ich bei ihm an Sex. Warum auch immer, aber ich stellte mir Sex mit ihm unheimlich spannend, prickelnd und erotisch vor.

So ein dummes Zeug. Wie konnte ich nur. Aber es war so.

Seinen Witz und seine Heiterkeit, auch die manchmal zu direkte Art machte mich an. Normalerweise hasse ich solche primitiven Sprüche und auch manchmal diese kleinen Sticheleien und Unarten bei Tisch ist nicht unbedingt meine Liga.

Aber sein Gang, wie Django im Western. Von da an hieß er in meinem Kopf nur noch Django.

Nebenbei erfuhr ich, dass er mit seiner jetzigen Frau eine Tochter hatte und dass er mit seiner ehemaligen Lebensgefährtin noch zwei weitere Kinder hatte. Das sich alle gut verstehen würden und es keine Probleme zwischen den Kindern und den Frauen geben würde. Eine große, heile Familie.

Unsere Firma expandierte durch die Grenzöffnung zum Osten. Somit fuhr auch ich des Öfteren mit dem Verkaufsleiter, oder einem anderen Mitarbeiter in den Osten.

Irgendwann fuhr ich nur noch mit dem Chef gemeinsam. Das hatte sich ergeben. Er meinte, dass wir die Zeit auf der Fahrt nutzen könnten, um uns auszutauschen und viele Dinge besprechen könnten, die wir verändern müssten bzw. im Osten anders machen müssten. Es gab dauert etwas Neues zu regeln und zu bereden. Wir waren ein gutes Team. Wir sprachen die gleiche Sprache, hatten beide gute Ideen, die ich meistens umsetzen konnte. Ein neuer Katalog entstand so mit neuen Hausideen. Angepasst für den Osten. Preis und Leistung mussten umgestellt werden. Es war eine große Herausforderung, die richtig viel Spaß machte.

So kamen die Büros in Magdeburg und Potsdam zustande.

Das Geschäft lief sehr gut und wir expandierten.

Eines Nachmittags kamen wir aus dem Osten zurück. Das Wetter war herrlich und wir fuhren offen im Cabrio.

Mein Chef lud mich zum Kaffee ein und wir saßen dort in der Sonne, genossen den Kaffee und plötzlich sagte mein Chef zu mir, dass er in mir nicht nur die Vertriebsleiterin sah, sondern auch die Frau, die dahinter steht.

Durch meine schlagfertige Seite antwortete ich ihm, dass ich nicht nur meinen Chef in ihm sähe, sondern auch den Mann, der dahintersteckt. Und ich gucke ihm auch auf den Popo, den ich sehr knackig finde.

Über meine offene Redensart lachte er herzhaft. Damit hatte er nicht gerechnet.

Bis zu diesem Tag hatte ich ihn mir so gar nicht als Mann vorgestellt. Für mich war er einfach der Chef und nicht der Mann dahinter. Dies sagte ich einfach nur so unkompliziert heraus.

Nachdem wir das Weihnachtsfest hinter uns gebracht haben und ins neue Jahr gefeiert haben, ging es wieder ins Büro.

Nach dieser, doch längeren Zeit, sah ich meinen Chef zum ersten Mal ins Büro kommen mit einem angehenden Bart. Und seine Haare waren auch länger als normal.

Etwas erstaunt und irritiert schaute ich ihn an.

Plötzlich sah er so ganz anders aus. Irgendwie auch interessant.

Bis zu diesem Zeitpunkt hatte ich ihn nicht wahrgenommen als Mann. Schließlich war er ein verheirateter Mann und Vater von vier Kindern. Seine Frau hatte ich auch schon einmal kennengelernt. Sie war sehr attraktiv und passte hervorragend zu ihm.

Eines Tages rief er mich an und fragte mich, ob ich ihn nach Lüneburg begleiten würde.

Selbstverständlich sagte ich ihm zu, denn ich dachte als erstes daran, dass er bestimmt eine neue Expansionsidee hatte, die er mit mir besprechen wollte.

So fuhr ich mit ihm im Cabrio nach Lüneburg.

Wir hielten zwischendurch für eine Zigarettenpause an und dann passierte es.

Er nahm mich in den Arm und küsste mich. Die Küsse waren so voller Leidenschaft und Zärtlichkeit, dass ich mich gar nicht weigern konnte.

Ich ließ es geschehen und freute mich sogar darüber.

Die Küsse landeten auf meinen Hals und meinem Gesicht. Dabei drückte er mich an sich und ich fühlte plötzlich seine Erektion. Ein Gefühl der Lust kam auch bei mir hoch.

Doch als er mich losließ, gab ich ihm zu verstehen, dass wir das lieber nicht tun sollten. Wir sollten lieber zurückfahren.

Wir fahren jetzt in die Stadt und ich kaufe dir etwas Schönes, sagte er zu mir. Das lehnte ich vehement ab. Auf keinen Fall will ich Geschenke, denn dann wäre ich mir wie seine Geliebte vorgekommen, die unbedingt an sein Geld will.

Das kam auf keinen Fall in Frage.

Auf dem Rückweg hielten wir noch in einem Gasthaus und aßen eine Kleinigkeit. Er umschmeichelte mich mit schönen Worten und Ausdrücken, die mir sehr guttaten. Doch ich nahm das alles nicht völlig ernst.

Irgendwie dachte ich immer, morgen wache ich auf und dann war alles nur ein Traum.

An diesem Abend fuhr ich völlig entspannt und amüsiert nach Hause. Dieser Vorfall machte mich sogar frei und fröhlich und entspannte mich sehr. Mein Verhalten zuhause war aufgeschlossen und fröhlich.

Nach ein paar Tagen fragte mich mein Chef, ob wir uns treffen könnten, er müsste mit mir reden. Unbedingt allein und an einem anderen Ort.

Was wir auch taten.

Und an diesem Tag besprachen wir, dass wir unsere Partner betrüben würden. Wir wollten uns im Hotel treffen und dann wollten wir uns körperlich lieben.

Ungezwungen sprechen und uns alles erzählen.
Das hörte sich verlockend gut an, so das sich zustimmte.

Es war an einem Freitagmittag, als wir uns zum ersten Mal in einem Hotel trafen.
Dies war schon eine komische Angelegenheit. Mein Bauchgefühl sagte mir, ich solle es nicht tun, aber meine Neugierde war größer.

Verliebt war ich nicht, aber es beeindruckte mich, wie er mich verwöhnte mit Worten und Gesten. Wie sehr er in mich verliebt war und es mir auch zeigte. Das hat mich wohl am meisten angemacht.

Ins Hotel zu fahren, an der Rezeption vorzugeben, dass mein Mann ein Zimmer gebucht hätte und er später käme, nahm uns doch auch niemand ab. Doch egal. So passierte es eben.

Als ich den Schlüssel in der Hand hielt und die Tür aufschloss, war mir schon ein wenig komisch in der Magengegend.
So richtig wusste ich nicht, wie ich mich verhalten sollte, doch als es dann klopfte, er vor der Tür stand, ging alles von ganz allein.
Wir küssten uns, ich ließ ihn ins Zimmer, er holte eine Flasche Champagner hervor, wir stießen an und dann nahm alles seinen Lauf.

Wir duschten erst, berührten uns dabei und dann gingen wir zum Bett.
Seine Zärtlichkeit war unglaublich. Seine Küsse waren erotisch und er machte ich total an. Bis es zum ersten

Sex kam und der war wirklich wie eine Ektase. Ich hatte selten so einen guten, einfühlsamen, erotischen Sex.

Wir ruhten uns danach aus, erzählten viel von der Firma, auch von uns privat ein paar Dinge. Wobei er mehr fragte nach privaten Dingen als ich.

Für mich war klar, dass dies entweder eine einmalige Sache ist oder wir von mir aus auch regelmäßig Sex haben können, denn ich wollte nichts anderes von ihm.

Später hörte ich ab und zu, dass mir unterstellt wurde, ich hätte mit ihm ein Verhältnis angefangen, weil ich auf sein Geld aus war. Dem war nicht so. Auf gar keinen Fall.

Ich lebte gut, verdiente gut, hatte einen guten Ehemann und ein fantastisches Kind. Mein Job machte mir Spaß und ich brauchte niemanden, der mir teure Klamotten kaufen sollte.

Davon war ich weit entfernt.

Mir gefiel eher das Gespräch mit ihm. Wir ergänzten uns sehr gut und er hatte sehr gute Ideen, die ich umsetzen konnte.

Wir als Team waren unschlagbar.

Nach dem Duschen fuhr ich nach Hause. Er wollte noch etwas bleiben und meinen Geruch genießen, wie er sagte und fuhr dann später auch nach Hause.

Zuhause angekommen, verschwendete ich keinen Gedanken an das, was ich gerade erlebt hatte. Es war weg aus meinem Kopf.

Ich fühlte mich sehr gut. Fröhlich, ausgeglichen und freute ich mich auf das Wochenende.

Für mich und meiner Familie hatte sich nichts geändert.

Zu Beginn unserer Liaison trafen wir uns einmal die Woche, was sich dann jedoch ausbreitete. Es waren mal zwei, auch mal drei Mal in der Woche.

Einmal verreisten wir sogar.

Ich gab an, auf einem Seminar zu sein und er gab an, auf Geschäftsreise zu sein. Wir fuhren nach Italien und es war einfach eine fantastische Zeit zusammen und eine fantastische Reise.

Völlig sorglos und egal wie teuer irgendetwas war, wir haben das gemacht, was wir wollten und woran wir Spaß hatten.

Niemand von uns verschwendete einen Gedanken an die Familie. In ein paar Tagen sind wir wieder zu Hause und dann ist der Traum Italien vergessen. Bis zur nächsten Reise.

Für mich hätte das noch Jahre so weitergehen können.

Es gab keinen Gedanken daran, die Familien zu verlassen.

Oder irgendetwas zu ändern. Für mich war das einfach Zeit, die ich mit ihm verbrachte, in denen ich entspannen konnte. Ich fühlte mich begehrt und sexy. Was wollte ich mehr?

Dann kamen die Urlaubszeit und ich fuhr mit meiner Familie nach Italien. Das waren 14 Tage, ohne miteinander zu sprechen, zu vögeln, zu hören und auch ohne Zärtlichkeiten auszutauschen.

Das verlangte auch viel von mir, da er mir fehlte. Bewusst war mir das zu Hause nicht, aber hier war es so.

Einmal wollte ich ihn anrufen, aber als ich seine Stimme hörte, legte ich auf.

Das war meinem Ehemann gegenüber unfair. Das durfte nicht sein.

Gespannt war ich natürlich darauf, was ist, wenn wir uns nach dem Urlaub das erste Mal wiedersehen würden.
　　Wie reagiert er? Hat er mich vermisst? Hat er auch mal an mich gedacht?
　　Dann ließ ich diese Gedanken wieder verschwinden und überlegte mir, ob ich mit meinem Ehemann vielleicht mal reden sollte. Wir müssen etwas ändern, wenn wir uns nicht ganz verlieren wollen.

Mein Chef und ich hatten ein gemeinsames Postfach. Hier tauschten wir uns, wenn wir uns nicht sehen konnten, z. B. am Wochenende, oder wenn er mit seiner Familie im Urlaub war.

Also bin ich nach dem Urlaub zur Post gefahren und habe in das Postfach geschaut.
　　Als ich das Postfach öffnete und einen DIN-A4-Umschlag in den Händen hielt, der nicht gerade dünn war, ahnte ich nicht, was ich darin fand.
　　Er hatte jeden einzelnen Tag beschrieben, den wir uns nicht gesehen hatten. Voller Herzschmerzstimmung und mit viel Gefühl und Liebe. Wie sehr er mich vermisst hat, stand da. Wie traurig er sei, mich nicht zu sehen, zu hören, oder zu schmecken. Dass ich ihm so sehr fehlte und er gar nicht mehr wüsste, wie er den Tag überlebt, wenn er mich nicht sieht.
　　Das berührte mich natürlich immens. Meine Beine waren ganz weich und ich fieberte dem Montag entgegen, meinem ersten Arbeitstag nach dem Urlaub.

Er nannte dieses Manuskript „Ich habe mich in dir verloren, K." Meine Zeit ohne Dich".

Als ich in die Firma kam, war er schon da. Ich sah sein Auto auf seinem Platz.

Nachdem ich kurz in meinem Büro war, ging zu ihm nach oben, um mich zurückzumelden. Kaum war ich durch die Tür, kam er um den Schreibtisch, nahm mich in den Arm, hielt mich fest und er weinte vor Freude und Liebe.

Wann hatte ein Mann um mich, oder mit mir geweint. So etwas hatte ich noch nie erlebt und das nahm mich emotional sehr mit.

Seine Wärme, seine Zärtlichkeit und Liebe hatte auch mir gefehlt.

Von nun an trafen wir uns zweimal in der Woche. Einmal zum Essen gehen und einmal in einem Hotel, um unsere Gedanken auszuleben. Wir hatten inzwischen ein Stammhotel, wo jeder der Angestellten wusste, um was es ging bei uns. Das war auch gut so.

Es war die Geborgenheit und die Zärtlichkeit, die ich vermisst hatte. Seine Gefühle zu zeigen, seine Gesten und seine Liebe, die er mir entgegenbrachte, hatte ich vermisst. Ja, man konnte sagen, sie hat mir gefehlt.

Trotzdem wäre ich niemals auf den Gedanken gekommen, von ihm zu verlangen, mit mir zusammenzuleben. Dieser Gedanke war ganz weit weg.

Ich wollte den Moment erleben, die Kraft einziehen und mit dieser Kraft über die Woche kommen und damit mein anderes Leben mit meiner Familie zu leben.

Dass er meinen Sex liebte und meine Art und Weise, das wusste ich. Er sagte es mir dauernd. Dass er erst so alt werden musste, um diesen Sex zu haben. Auch das fand ich sehr gut.

Zuhause blieb das alles nicht unentdeckt. Man sprach nur nicht drüber. Dafür trank mein Mann mehr als üblich und mehr und mehr Leute kamen zum Saufen in unser Haus. Selbstverständlich hatte ich ein schlechtes Gewissen meinem Mann gegenüber, aber von einem erwachsenen, intelligenten Mann erwarte ich, dass er mich darauf anspricht und nicht mit den Nachbarn seinen Kummer ersäuft.

Es war inzwischen vor Weihnachten, als ich einen Anruf von meinem Chef erhielt.
Ohne Umschweife sagte er mir, dass er aus seinem Zuhause ausgezogen sei und im Hotel wohnen würde und ohne mich nicht leben möchte. Er kann und will nicht ohne mich sein und schon gar nicht Weihnachten mit der Familie und ohne mich feiern. Ich müsse jetzt was tun.

Damit hatte ich nun bei weitem nicht gerechnet.

Für mich kam es nicht infrage, die Familie zu verlassen.
Irgendwie war ich geschockt und wusste nicht, wie ich damit umgehend muss. So verabredete ich mich mit ihm.

Wir trafen uns im Park und gingen etwas spazieren.
Dann kam es aus mir heraus. Mit aller Macht machte ich ihm klar, oder versuchte es zumindest, dass er doch

nicht einfach seine Familie verlassen könnte. Er kann doch vor Weihnachten dann auch noch einfach ausziehen.

Und er kann auch nicht ich damit hineinziehen. Es heißt nicht, dass ich das genauso mache wie er.

Er kann doch nicht einfach die Kinder und seine Frau im Stich lassen.

Als er mich anschaute, liefen ihm die Tränen über das Gesicht. Er könne nicht ohne mich sein. Keinen Tag länger will er ohne mich sein. Und ohne mich leben.

Es wurde Zeit, dass ich mit meinem Mann sprach. Jetzt musste offen und ehrlich gesprochen werden. Entweder haben wir dann noch eine Chance und unsere kleine Familie wird wieder eine Familie oder wir gehen getrennte Wege.

Das ist genau das, was ich nicht wollte.

Wie dumm und naiv ich war. Auf der einen Seite wollte ich gern meinen Spaß, meine Aufmerksamkeit, die Zärtlichkeiten und genoss das Anhimmeln, doch auf Kosten meiner Familie.

Mein Sohn und mein Mann waren meine Familie. Das konnte und wollte ich nicht aufgeben. Doch eine Aussprache musste jetzt her.

Kaum war ich zu Hause, suchte ich das Gespräch mit meinem Ehemann und ich erzählte ihm alles, so wie ich es empfunden habe und hatte.

Ich entschuldigte mich und versicherte ihm, dass ich unsere Ehe nicht aufgeben möchte.

Es war seine Entscheidung mir zu sagen, ob wir neu beginnen wollen, oder ob er keinen Sinn mehr darin sieht.

Wie leichtfertig ich das alles aufs Spiel gesetzt habe und das es mir unendlich leidtun würde.

Eine Antwort habe ich nie darauf bekommen. Ab diesem Tag sprach er kein Wort mehr mit mir.

Einen Tag vor Heiligabend sagte ich ihm dann, wenn er nicht mit mir reden würde, würde ich am 28.01. nächsten Jahres ausziehen.

Das war ein Tag nach dem Geburtstag meines Sohnes.

Das Einzige, was er gesagt hat, ist, dass unser Sohn so lange bei ihm bleiben solle, bis ich eine endgültige Bleibe für ihn und mich gefunden hätte.

Da mein Ehemann ein fürsorglicher Vater war und mir dieser Vorschlag entgegenkam, willigte ich ein.

Das war mein größter Fehler, den ich je gemacht habe.

Einen Tag nach dem Geburtstag meines Sohnes packte ich meine Sachen und ging.

Ohne ein schlechtes Gewissen meinem Sohn gegenüber verließ ich ihn. Und ich fand das auch noch sehr entgegenkommend und für meinen Sohn hielt ich das für das Beste.

Er war die meiste Zeit des freien Tages mit seinem Vater zusammen. Die beiden waren wie Pech und Schwefel und mein Ehemann war der beste Erklärbär der Welt.

Mein Sohn würde das Aushalten, bis ich etwas gefunden hatte für uns.

Mit Tränen verließ ich das Haus und setzte mich in mein Auto.
Wir hatten gesagt, dass ich meinen Sohn alle 14 Tage über das Wochenende von Freitag bis Sonntag holen dürfte.
Diese Zusage reichte mir erst einmal.

Wie sehr mir jedoch mein Sohn fehlte, ist mir erst nach ein paar Tagen klargeworden und es war furchtbar für mich. Diese Sehnsucht nach ihm und das permanente schlechte Gewissen.

Am Geburtstag unseres Sohnes hatte ich das letzte Mal versucht, mit meinem Ehemann zu reden.
Dafür bekam ich eine kräftige Ohrfeige und somit stand für mich der Auszug fest.

Am Tag des Auszugs fuhr ich meinen Sohn in den Kindergarten, fuhr nach Hause und belud mein Auto. Außer meinen persönlichen Klamotten nahm ich nichts mit.

Eine Entscheidung die mein Leben veränderte.

Mein Chef hatte ein Ferienhaus in einem Erholungsgebiet gemietet, in das wir gemeinsam einzogen.

In der Nacht vom 27. auf den 28. Februar wurden die Reifen unserer Autos zerstochen und eine Gehwegplatte aus unserem Garten landete in der Schaufensterscheibe der Firma meines Chefs.

Wir mussten nicht lange überlegen, wer denn der Täter ist. Das war klar. Mein Chef wollte keine Anzeige erstatten, aber er war der Meinung, die Wogen müssten sich glätten und wir müssten meinem Mann etwas Zeit geben.

Er müsse die ganz Sache verdauen und ich würde sehen, auch er würde sich beruhigen.

Mein Wunsch war es, ihn anzuzeigen. So etwas kann man doch nicht durchkommen lassen.

Doch das wurde nicht gewünscht.

Nachdem ich mehrmals vergeblich versucht hatte, meinen Sohn am Wochenende zu mir zu holen, stand ich wieder dort vor der Tür.

Die Tür ging auf und ein veränderter Ehemann stand vor mir. Im Kampfanzug der Bundeswehr. Ein Messer am Gürtel, Springerstiefel an und eine Glatze.

Das die Wände schwarz gestrichen waren, sah ich von draußen.

Mein Sohn kam auf mich zugelaufen und freute sich, mich zu sehen und um mit mir mitzufahren. Doch sein Vater verhinderte das.

Wieder musste ich flehen und betteln. Wenn ich Glück hatte, gab er nach, wenn nicht, dann bedrohte er mich.

Dieses Mal durfte ich ihn mitnehmen mit der Drohung, wenn ich ihn nicht pünktlich zurückbringen würde, er mich kalt macht.

Ein weiteres Mal, als ich meinen Sohn abholten wollte, trafen wir uns bei einer Nachbarin. Ich sah inzwischen zu, dass wir nicht allein waren. Ich hielt ihn für unberechenbar und hatte höllische Angst vor ihm.

Meistens hatte er eine Alkoholfahne. Oft zitterte er am ganzen Körper.

Dieses Mal musste ich mit meinem Sohn zum Auto laufen, da sein Vater hinter uns herlief und mir drohte, mich umzubringen.

Wir fuhren in das Ferienhaus.

In dieser Nacht ging es meinem Sohn nicht gut und er musste sich übergeben, sodass ich bei ihm im Bett geschlafen hatte. Das Fenster war ein wenig geöffnet.

Trotzdem hatte ich nicht mitbekommen, dass wieder die Reifen zerstochen wurden, obwohl ein Fahrzeug direkt unter dem Fenster stand.

Nun bekam ich sogar in den eigenen vier Wänden Angst.

Mein Chef sagte mir, dass er vorübergehend wieder bei seiner Frau einziehen würde, und ich sollte im Hotel wohnen, bis sich die Wogen geglättet hätten.

Nun fühlte ich mich nicht nur allein mit meiner Angst, ich fühlte mich hilflos und Elend, ausgenutzt und dumm.

Weinen wollte ich nicht vor meinem Sohn, aber in jeder ruhigen Minute weinte ich mir die Seele aus dem Leib.

Niemand war für mich da. Niemand hatte für mich Verständnis.

Warum auch? Schließlich hatte ich an dieser ganzen Situation selbst schuld.

Das Wochenende verbrachten mein Sohn und ich im Hotel. Am Sonntag sollte ich meinen Sohn bei den Nachbarn abgeben. Mein Ehemann würde ihn dort abholen.

Froh war ich, dass ich ihm nicht begegnen musste. Meine Angst vor ihm machte sich auch bemerkbar, in dem ich zitterte, nichts mehr essen konnte, Gespenster sah, wo keine waren. Ich traute niemanden und am schlimmsten war es, dass ich ganz allein war.

Als ich mit meinem Sohn an einem Wochenende meine Eltern besuchte, erzählte ich, was vorgefallen war. Das ich ausgezogen sei und meinen Sohn alle 14 Tage sehen könne, bis ich eine eigene, feste Bleibe hätte.
Das ich Angst vor dem Vater meines Sohnes habe und mich hilflos fühle.

Die Antwort war klar. Sie gaben mir die Schuld an dieser Situation und wollten nichts damit zu tun haben. Ich sollte sehen, wie ich damit fertig werden würde.
Und dies sagten sie mir, obwohl sie ständig Telefonterror erlebten vom Vater meines Sohnes. Das verstand ich nicht.

Als ich bei den Nachbarn war, um meinen Sohn abzugeben, rief ich von dort aus meine ehemalige Schwiegermutter an. Sie war involviert und inzwischen zu meiner besten Freundin geworden.
Sie war so entsetzt von dem, was ich erlebt hatte, dass sie ohne zu zögern meinte, dass sie sich eine Zugverbindung heraussuchen würde und mich gleich zurückrufen würde, um mir zu sagen, wann sie ankomme.

Einige Stunden später holte ich sie vom Bahnhof ab und war froh und glücklich, jemanden in meiner Nähe zu haben.

Meine ehemalige Schwiegermutter nahm auch kein Blatt vor den Mund, um mir zu sagen, dass mein Chef eine feige Sau sei. Wie könne er es wagen, mich allein zurückzulassen. Und dann auch noch bei seiner Frau einzuziehen, fand sie unverschämt und feige. Noch weniger verstand sie die Frau meines Chefs. Wie dumm muss diese Kuh denn sein, dass sie dieses Schwein wieder aufnimmt.

Nachdem sie ihren Frust abgelassen hatte, entschuldigte sie sich dafür. Sie wusste ja, dass dieser Mensch mir sehr am Herzen lag und das ich Vorhaltungen in Moment nicht gebrauchen konnte.

Als sie dann auch noch sah, wie abgeschieden ich wohnte, hätte sie meinem Chef am liebsten links und rechts eine Ohrfeige verpasst. Wie kann man so etwas verantworten?

Ständig hatte ich Angst und ständig machte ich mir Sorgen um mein Kind. Ich telefonierte mit dem Jugendamt, mit der Nachbarin und dabei wurde ich immer zittriger.

Mein Gewicht nahm ab, ich trank viel zu viel Rotwein und rauchte wie ein Schlot. Meine Nerven waren nicht die besten. Ich zitterte oft am ganzen Körper.

Die Kindergartenleitung rief mich an. Tom möchte nicht zu seinem Vater, lieber zu seiner Mutter. Der Papa wäre böse und würde ihn hauen und hätte ihn in den Bauch getreten.

Das war alles zu viel für mich, doch ich musste funktionieren. Mit meiner Schwiegermutter im Schlepptau fuhren wir zum Jugendamt, zur Anwältin, zum Kindergarten und konnten gar nichts erreichen.

Viele Wege erledigte meine Schwiegermutter für mich, während ich arbeiten musste.

Wenn ich sie nicht gehabt hätte, weiß ich nicht, wie ich da durchgekommen wäre.

Eines Abends rief mich im Büro die Nachbarin meines Mannes an. Sie wollte mir mitteilen, dass unsere Jungs im Krankenhaus seien, da sie eine Spritze gefunden hätten und sich damit verletzt haben. Sie müssten jetzt auf HIV untersucht werden. Sie sei da und ich solle mir keine Sorgen machen. Und ich solle auf keinen Fall zum Krankenhaus kommen. Das würde nur unnötigen Ärger mit dem Vater meines Sohnes geben. Dieser konnte zu diesem Zeitpunkt wegen Alkohol kein Auto mehr fahren, darum sei sie mit ihrem ältesten Sohn ins Krankenhaus gefahren.

Ich musste noch arbeiten und konnte nicht weg. Meine Gedanken kreisten um meinen Sohn. Ich hatte Angst und ich wusste einfach nicht, was ich noch machen sollte, um das Kind von seinem Vater wegzuholen.

Weinen konnte ich schon gar nicht mehr. Es fehlte die Tränenflüssigkeit bei den vielen Tränen, die in der letzten Zeit geflossen sind.

Es war die Hölle für mich.

Zum Glück rief mich wenig später die ehemalige Nachbarin noch einmal an, um mir zu sagen, dass alles gut ausgegangen wäre und sie jetzt meinen Sohn nach Hause fahren würden.

Meine Schwiegermutter und ich waren gestresst.

Wir zweifelten an dem Rechtsstaat, vor allem an dem Jugendamt. Die Anwältin war genauso inkompetent und die Ratschläge waren so etwas von unrealistisch, dass ich völlig verzweifelt war.

Eines Abends kamen wir in dem Ferienhaus zurück und ich hatte ein ungutes Gefühl. Ich sagte zu meiner Schwiegermutter, dass sie nichts anfassen solle, oder einen Schalter berühren solle. Mein Gefühl sagte mir, es war jemand im Haus.

Bewaffnet mit einem dicken Stock, den wir aus dem Wald mitgebracht hatten und der hinter der Tür stand, durch das Haus geschlichen.

Mein Herz pochte so laut, dass müssen die Nachbarn gehört haben.

Es war niemand da, aber das Schlafzimmerfenster war auf.

Mein Gefühl hatte mich nicht getäuscht. Ich hatte es sofort gemerkt. Er war im Haus. Meine Gedanken kreisten in meinem Kopf. Was hatte er hier gewollt. Was hatte er für mich an Überraschung geplant? Sollte ich explodieren in diesem Haus? Jagt er die Kaffeemaschine in die Luft?

Oder wollte er uns einfach nur Angst machen?

Voller Angst und Panik suchten wir das Haus ab.

Wir fanden nichts, aber der Gedanke, dass er im Haus war und uns durch das offene Fenster Angst eingejagt hatte, machte mich noch nervöser und zittriger.

Eines Tages rief mich meine Mutter an. Sie hatten meinen Sohn über Ostern mit zum Ferienhaus genommen.

Sie sagte mir, dass sie sich beschweren würde beim Jugendamt. Das Kind wäre schlecht gekleidet, schmuddelig und mein Sohn hätte ewig Hunger. Er würde augenscheinlich nichts bekommen bei seinem Vater.

Viele Male war ich beim Jugendamt gewesen. Mal allein, mal in Begleitung meiner Schwiegermutter.
Niemand hat sich für mein Anliegen interessiert.
Der Vater meines Sohnes wäre schließlich Pädagoge und ich dagegen nur eine schon einmal geschiedene Frau, die in ihrer zweiten Ehe ein Verhältnis begonnen hatte.
Anschließend den Vater mit dem Kind alleingelassen hatte und somit hatte ich einen Stempel auf und niemand hörte auf mich.

Die Chancen, das Kind zu bekommen, waren sehr gering, wenn ich überhaupt welche hatte.

Wieder einmal brachte ich meinen Sohn am Wochenende nach Hause. Er stieg direkt ins Auto zu seinem Vater und der Prostituierten, die sein Vater inzwischen vom Puff freigekauft hatte. Sie fuhr mit meinem Sohn in den Urlaub auf einen Bauernhof, wie ich dort erfuhr.
Vorne am Schaltknüppel stand eine große Flasche Wein, die nur noch halb voll war.

Diese Situation war furchtbar und tat entsetzlich weh.
Sollte ich auf Konfrontation gehen? Das wäre eskaliert. Sollte ich das Risiko eingehen?
Sie fuhren die Straße hoch und ich saß im Auto und heulte.

Diese Zeit hätte ich ohne meine Schwiegermutter nicht durchgestanden.

Zum Glück war sie die meiste Zeit bei mir. Das gab mir Kraft.

Das Jugendamt ordnete einmal in der Woche einen Termin für ein Paargespräch an. Was ich nicht wollte, aber machen musste, sonst hätte ich meinen Sohn gar nicht mehr gesehen.

Mein Ehemann riss sich sehr zusammen, wenn wir dort waren, aber einmal – und das musste ja mal kommen – war er alkoholisiert und man roch dieses schon am Eingang.

Dazu verlief das Gespräch sehr ruppig und aggressiv, sodass die Dame vom Jugendamt ihn darauf hinweisen musste, nicht mehr in diesem Ton mit mir und vor allem mit ihr zu reden.

Ich denke, dass auch sie zum ersten Mal erkannt hatte, dass der Pädagoge auch durchaus anders sein konnte.

Für mich beschloss ich, nicht mehr an diesen bescheuerten Sitzungen teilzunehmen.

Meine Anwältin war machtlos, wie sie mir sagte. Und die Richterin sagte mir, ich sollte das Kind einfach nehmen und untertauchen. In den meisten Fällen würden sich die Väter nach einem Jahr wieder beruhigen.

Sie sagte mir nicht, wie das gehen soll.
Wovon sollte ich dann leben?
So einen Schwachsinn benötigt niemand in Not.

Inzwischen waren mein Chef und ich in ein anderes Ferienhaus in einem anderen Gebiet gezogen. Es war vor Ostern und ich hatte meinen Sohn am Wochenende bei mir.

Es ging ihm nicht gut, sodass ich in der Nacht zum Notarzt fahren musste.

Am nächsten Tag rief mich der Lebensgefährte meiner jetzigen Schwiegermutter an.

Das war schon verdächtig, da er mich noch nie angerufen hatte.

Er teilte mir mit, dass mein Ehemann im Krankenhaus sei und anschließend in die geschlossene Abteilung gebracht werden würde, da er versucht hätte, sich umzubringen.

Da war kein Gefühl des Mitleids oder irgendeine Regung meinerseits. Noch nicht einmal Mitleid hatte ich.

Meine Forderung kam wie aus der Pistole geschossen.

Morgen ein Treffen am Haus. Sämtliche Sachen von meinem Sohn würde ich abholen und wünsche keine Gespräche oder dergleichen. Damit sei für mich das Kapitel beendet.

Der Anruf musste erst einmal sacken. Irgendwie hatte ich das alles gar nicht so realisiert.

Doch eins wurde mir klar. Das war es jetzt mit Sorgerecht für ihn. Das hatte er sich damit selbst vergeigt.

Noch nicht einmal eine Stunde waren seit dem Anruf vergangen, da rief mein Ehemann aus der Klinik an und sagte mir, dass er einen Suizidversuch unternommen hätte. Es hatte jedoch nicht funktioniert.

Für mich war es gut und das sagte ich ihm auch. Und ich sagte ihm, dass er vielleicht jetzt Hilfe bekäme und wieder ein normaler Mensch werden könnte.

Wenn er es denn will.

Und so kam es auch. Ich hatte Glück im Unglück, aber das Sorgerecht erst einmal.

Es waren schwere Zeit mit viel, viel Ärger und Laufereien zu den Ämtern.

Unterstützung fand ich bei meinem Chef nicht. Eher das Gegenteil war der Fall.

Er war nicht begeistert, dass mein Sohn jetzt auch noch bei uns leben würde. Dies war von ihm nicht gewollt. Sein Bestreben war es, mit mir allein zu leben. Und nun das.

Er war der Meinung, dass wir uns beide von unseren Partnern getrennt hätten, um zusammenzuleben. Ohne Kind/Kinder.

Wie ein Vater von vier Kindern nicht an seine Kinder denken kann und ohne sie leben kann, ist mir ein Rätsel. Wie herzlos das war und dann auch noch mir zu sagen, dass er mich will, aber ohne mein Kind.

Er ist ein Arschloch, aber das sah ich noch nicht so zu diesem Zeitpunkt.

Mein Ehemann saß in der Geschlossenen und ich musste zum Gespräch seines behandelnden Professors.

Dieser rief mich vorher an, um mit mir zu klären, ob ich bereit sei, ein Gespräch mit ihm und dem Patienten zu führen.

Das lehnte ich vehement ab.

Gern komme ich zu einem Gespräch, jedoch nicht mit dem Patienten zusammen. Er sicherte mir zu, dass dies kein Problem sei.

Unter vier Augen riet selbst der Professor mir dazu, unseren Sohn nicht mehr zu ihm zu geben und auch nicht die Adresse bekannt zu geben, wo wir in Zukunft leben würden.

Da mein Ehemann sowieso schon einen Detektiv engagiert hatte, wäre es sicherlich kein Problem für diesen, das herauszufinden. Doch solche Dinge sollte ich vermeiden. Solange er in dieser Einrichtung säße, könne mir nichts passieren, jedoch möchte er mich warnen.

Dauernd bekam ich irgendwelche Rechnungen von Sachen, die er auf Rechnung gekauft hatte und die ich bezahlen sollte. Was ich nicht tat, aber es machte mir zusätzlich viel Arbeit und Ärger.

Meine Eltern hatte er telefonisch terrorisiert und bis zu vier Stunden ununterbrochen am Tag angerufen. Das Gleiche auch bei der Ehefrau meines Geliebten.

Niemand sagte jedoch irgendetwas.

Als ich eines Tages ins Büro kam, sagte man mir, dass die Ehefrau unseres Chefs mich dringend sprechen möchte.

Also rief ich sie an.

Das Erste, was sie sagte, war, dass ich ihr doch bitte ihren Mann wieder geben sollte. Daraufhin erwiderte ich, dass ich ihn gar nicht haben wollte. Sie könnte ihn gerne wieder haben. Er wollte mich und ich nicht ihn.

Das sah sie alles anders, aber ich klärte sie auf. Sie war völlig überrascht, dass ich seit Monaten mit ihrem Mann zusammenlebte, denn sie ging davon aus, dass er sich in einer der Zweigstellen seines Büros aufhielt. Sie wusste auch nichts von unseren gemeinsamen Urlauben.

Sie dachte wirklich, dass ihr Ehegatte seine Hemden selbst bügelte. Dabei kannte sie ihn seit 25 Jahren.

Er hatte noch nie ein Hemd gebügelt. Ich übernahm das für ihn.

Er hatte also seiner Frau nichts erzählt von uns. Das er ausgezogen ist meinetwegen, wie er mir erzählte, stimmte gar nicht. Also fuhr er zweigleisig. Falls das eine nicht klappen würde, hätte er ja noch die andere Variante und könne zu seiner Frau zurück.

Arschloch.

Es kam, wie es kommen musste.

In Grunde war ich zu selbständig und machte mein eigenes Ding. Ich tat, was ich für richtig hielt, und hörte nicht auf die Sachen, die er von mir wollte. Außer es ging um die Firma.

Manches Mal wollte er mir etwas befehlen. Das konnte er allerdings mit mir nicht machen. Ich ließ mir nichts befehlen.

Auf der einen Seite reizte es ihn, dass ich selbständig war und machte, was ich wollte, und auf der anderen Seite hasste er meine Eigenständigkeit.

Die Bestrafung war dann Nichtachtung und nicht mehr mit mir reden.

Und wenn er mich dann richtig treffen wollte, zog er mal wieder zu seiner Frau. Mal nur über das Wochenende, mal auch ein paar Tage, so wie er es für richtig hielt.

Die Variante, die er seiner Frau erzählte, warum er wieder zu Hause einzog, ist mir bis heute nicht bekannt.

Natürlich sah ich, wie hin- und hergerissen er zwischen seiner Familie und mir war. Und dann sagte ich mir, dass ich diese Situation so nicht wollte. Er hatte mich unter Druck gesetzt und ist ausgezogen. Nun musste er auch mit den Konsequenzen leben.

Wenn ich ihm sagte, dass wir auch getrennte Wege gehen könnten, lehnte er das ab. Er wolle mich auf keinen Fall verlieren, waren dann seine Worte.

Manchmal wusste er – glaube ich – selbst nicht, was er wollte.

Doch mir tat das ewige Hin und Her auch weh. Ich kam mir vor wie eine böse Hexe aus dem Märchen. Alles hatte ich zerstört und darum musste ich jetzt darunter leiden. Dabei war ich doch diejenige, die mit offenen Karten gespielt hat. Ich hatte doch meinen Mann verlassen und hatte dieses nicht nur vorgespielt.

Eines Tages kam er nicht mehr in unser Zuhause. Er blieb einfach weg.

Ich wusste, was das bedeutete. Er war wieder bei sich zuhause eingezogen.

Das tat mir weh und ich kam mir gebraucht vor und abgelegt.

Am Wochenende fuhr ich mit meinem Sohn nach Hamburg zu meiner ehemaligen Schwiegermutter. Wir unternahmen viel und mein Sohn kam auf andere Gedanken. Im Haus meiner Schwiegermutter wohnte auch ein Junge im gleichen alter wie mein Sohn, mit dem konnte er spielen.

Er wollte gar nicht mehr nach Hause. Am liebsten wäre er in Hamburg geblieben.

Während meiner Abwesenheit kam ein Fax ins Büro. Es war eine Einladung für mich zum Frühstück auf der Rickmer Rickmersen von einem Bekannten meiner Schwiegermutter.

Dieses Fax hatte die Wirkung, dass mein Chef mit mir ein persönliches Gespräch führen wollte, das lehnte ich jedoch ab.

Daraufhin teilte er mir mit, dass der Mietvertrag vom Wochenendhaus nur noch 2 Monate Gültigkeit hätte. Dann müsste ich dort ausziehen.

Das war ein Hammer in die Magengegend.

Doch das wollte ich mir nicht anmerken lassen und sagte nichts dazu.

Vielleicht war es auch besser so. Dann konnte ich mich voll und ganz auf meinen Sohn und mich konzentrieren.

Ein wenig ausgenutzt und abgestellt fühlte ich mich schon.

Da ich nichts aus meiner Ehe mitgenommen hatte, musste ich von vorne anfangen.

Ich hatte nichts, außer mein Auto und meine persönlichen Klamotten.

Und das Wichtigste: Meinen Sohn.

Mein Sohn war über das Wochenende bei meinen Eltern und ich war in Hamburg zum Frühstück eingeladen.

Als ich mitten in der Nacht bei meiner Schwiegermutter ankam, erzählte sie mir, dass sich mein Chef schon mehrmals bei ihr gemeldet hätte. Er würde mich suchen und wollte unbedingt ein Gespräch mit mir.
Ich sollte in, egal um welche Zeit, zurückrufen.
Das hörte ich gern, aber ich tat es nicht.

Am Sonntag erreichte er mich dann telefonisch und sagte mir, dass er heute Abend vorbeikäme und mit mir zu reden hätte. Es sei wichtig und würde unser Leben verändern.

Also war ich mal gespannt.

Er kam, holte mich ab und wir fuhren zu unserem Lieblingsitaliener. Dort sagte er mir, dass er ohne mich nicht leben könnte, aber drei Bedingungen hätte.

Die erste Bedingung war, dass ich ein Kind von ihm bekommen sollte.
Die zweite Bedingung war, dass wir heiraten müssten. Sowie er geschieden sei.
Und die letzte und dritte Bedingung war, dass ich seinen Namen tragen müsste.

Etwas verunsichert war ich schon, aber ich freute mich.

Wir unternahmen jetzt offiziell Unternehmungen, oder Urlaubsfahrten mit seinen Kindern.

Wenn wir abends spontan in die Stadt gingen, blieben wir in der Wohnung über der Firma. Wir hatten großartigen Sex, alkoholisierte Nächte und viel, viel Spaß.

Es war ein ungezwungenes, wohliges Gefühl. Es war ein Ankommen und sich aufgehoben fühlen. Er war mein Halt und wenn er mich in dem Arm hielt, fühlte ich mich auch sehr sicher. Was konnte schöner sein?

Wir hatten sehr oft Sex an Stellen, oder bei Anlässen, wo man es nicht erwartet hätte. Zum Beispiel spontan unter dem Birnbaum vor dem Büro. Selbstverständlich hätten wir auch hochgehen können in das Büro, aber wir zogen es draußen vor.
 Im Auto auf der Rückfahrt eines Weinfests. Kurz an die Seite fahren und erst einmal gevögelt.
 Im Regen offen mit seinem Auto durch die Stadt fahren.
 Es war alles so leicht und einfach. Wir genossen diese Unternehmungen hemmungslos.

Einmal waren wir bei einem Italiener. Draußen war es warm und schwül, so dass wir nach drinnen gegangen sind.
 Plötzlich bekam beim Chef einen Schwächeanfall und sollte dringend an die Luft. So brachte ich ihn raus und versorgte ihn erst einmal mit Wasser. Dann wollte ich hineingehen, um dem Kellner mitzuteilen, dass wir draußen sitzen, da kam dieser schon raus und war völlig böse und ungehalten.

Er warf uns vor, einfach rausgegangen zu sein, ohne Bescheid zu geben. Da könnte er denken, dass es sich um Zechpreller handeln könnte. Das wäre sehr unhöflich von uns gewesen.

Der Kellner war noch nicht ganz fertig mit seiner Tirade, da fiel mein Chef ihm ins Wort. Er machte ihm unverständlich klar, wenn er sich nicht sofort entschuldigen würde, hätte er seinen Job verfehlt.
Erst fragen, dann meckern, sagte er zu ihm.
Wenn mein Chef Lust hätte, würde er dafür sorgen, dass er seinen Job loswird. Er solle mal darüber nachdenken.
Das Essen werden wir mitnehmen und seinem Chef solle er von ihm grüßen. Er legte eine Visitenkarte auf den Tisch und wir gingen zum Auto.

Mein Chef kannte den Besitzer und rief ihn am nächsten Tag an, um ihn zu erzählen, was passiert war.
Beide lachten, da beide der Meinung waren, dass der Kellner einfach mal eins auf die Mütze haben musste, damit er wieder in die Spur kam, wie sie es nannten.

Dann folgte der Urlaub in die Türkei mit seiner jüngeren Tochter und meinem Sohn. Das war ein Luxusurlaub in einem Klub der Nobelklasse. So einen Urlaub hatte ich bis dahin auch noch nicht erlebt. Darum genoss ich auch die Zeit dort und nahm so viel wie möglich an den Angeboten teil. Zum Beispiel machte ich meinen Surfschein. Ein Kurs mit Bauchtanz hatte ich absolviert. Gymnastik selbstverständlich. Segeln war ich. Eben alles, was ich zu Hause nicht machen konnte. Das Gute daran war, dass mein Sohn im Kinderclub war, was ihm Spaß machte. Also war er behütet, bekam zu Essen und Trinken und konnte mit den Kindern spielen. Somit konnte ich wirklich mal nur an mich denken. Und natürlich an meinen Chef, der verwöhnt werden wollte.

Wir machten einen Ausflug mit einem Inlandsflug nach Istanbul. Die Stadt kam mir schon ganz anders vor als noch vor einigen Jahren, als ich das erste Mal dort war.

Wir waren in einem Ledergeschäft. Mein Chef ließ sich dort einen Ledermantel anfertigen. Er kaufte sich Schuhe und anderes überflüssiges Zeug.

Mit einem Anwalt freundeten wir uns. Er hatte seine Frau und seinen Sohn, der etwas jünger war als mein Sohn, dabei.

Wir mein Chef erfahren hatte, war der Urlaub für die Familie gedacht, wieder zusammen zu finden, da der Anwalt eine Geliebte hatte und dies herauskommen sei.

Was auch herauskam, er hatte die Geliebte immer noch und telefonierte mit ihr regelmäßig. Mein Chef machte den Anwalt darauf aufmerksam, dass er darauf achten soll, wenn die Abrechnungen nach jeweils 5 Tagen aufs Zimmer kommen, er diese dann schnell an sich nehmen sollte. Dort sind auch die Telefonate aufgeführt.

Er war im dankbar dafür.

Es war sehr angenehm mit denen einen Auto zu mieten und durch das Land zu fahren. Wir haben viel erlebt und viel Spaß gehabt.

Einmal ging es meinem Sohn nicht gut und ich verabschiedete mich frühzeitig an der Bar. Ich lag schon im Bett, als mein Chef ins Zimmer kam. Er war erstaunt, dass seine Tochter noch nicht da war, und ich sagte spontan, dass ich noch einmal in die Disco gehen würde, um nach ihr zu sehen.

Als ich in der Disco war und sie ansprach, sagte sie mir, dass sie noch bleiben würde.

Gut, ich war ja nicht ihre Mutter und konnte ihr nichts vorschreiben. Also blieb ich auch noch.

An der Bar lernte ich den Tennis- und Tauchlehrer kennen. Wir tranken etwas zusammen. Er tanzte dann mit mir und ich vergaß die Zeit.

Plötzlich sah ich meinen Chef oben über die Mauer schauen. Sofort hatte ich ein schlechtes Gewissen und verabschiedete mich von dem Tennis- und Tauchlehrer und ging zu ihm. Nachdem ich mich entschuldigt hatte, antwortete er mir, dass seine Tochter schon vor einiger Zeit ins Zimmer gekommen ist.

Das war peinlich.

Er holte von der Bar einer Flasche Rotwein und führte mich zum Strand. Dort tranken wir dann ein paar Gläser von dem leckeren Rotwein und fingen dann an zu knutschen und zu fummeln.

Der Strand wurde ständig bewacht vom Wachpersonal, der uns zusehen konnte. Das amüsierte meinen Chef umso mehr.

Spontan zogen wir unsere Klamotten aus und schwammen nackig zu der Badeinsel.

Dort liebten wir uns dann völlig ungehemmt. Mit viel Romantik, Leidenschaft und Sex.

Als wir genug hatten, schwammen wir zurück, zogen uns an und gingen auf unser Zimmer. Es war kein Zimmer im normalen Sinn, es war eine Suite mit 2 Zimmern, einem Flur und einem großen Badezimmer, sowie einem großen Balkon.

Wir saßen noch kurz auf dem Balkon und ich war mir sicher, dass wir auf dieser Badeinsel unsere gemeinsame Tochter gezeugt haben.

Das Entsetzen kam dann nach dem Urlaub. Der Vater meines Chefs hatte seinen Sohn als Geschäftsführer abgesetzt und hatte selbst die Macht übernommen.

Jetzt war die Firma weg, die tägliche Aufgabe war weg und seine Macht.

Nur sein Geld war nicht weg. Das lag in einem Koffer im Kofferraum seines Autos. Es handelte sich um Schwarzgeld. Doch das wusste niemand.

Mein Chef musste sich jetzt eine neue Aufgabe suchen und ich auch, denn mich hatte er entlassen.

Einen Job in dieser Branche zu bekommen, war erst einmal für mich schwierig, da es sich herumgesprochen hatte, dass ich mit dem Chef einer großen Hausbaufirma zusammen sei.

Und für meinen Chef war es am bequemsten aus seinem Büro, seiner Bleibe wieder bei sich zu Hause einzuziehen.

Seine Ehefrau hat ihn gerne wieder aufgenommen.
Die Dumme war ich.

In dieser Zeit suchte er nach einem Haus zur Miete, in dem er mit mir und meinem Sohn leben wollte.

An einem Wochenende fuhr ich wieder zu meiner Freundin nach Hamburg und nahm sie gleich mit zurück nach Braunschweig. Sie wollte beim Umzug helfen, was mir sehr entgegenkam.

Durch meine plötzlichen Unterleibsschmerzen fuhr ich mit ihr zum Frauenarzt und der bestätigte mir, was ich schon vermutete. Ich war in der siebten Woche schwanger.

Nachmittags hatte ich mich hingelegt und mein Chef kam vorbei. Da das Treffen nicht abgesprochen war, erstaunte es mich etwas, aber es gab mir auch die Gelegenheit, mit ihm zu sprechen.

Zum Reden kam ich nicht. Er packte die Blumen aus, den Champagner und die Pralinen. Das war etwas ungewöhnlich.

Wir feierten irgendetwas, aber niemand wusste, was.

An diesem Tag erwähnte ich meine Schwangerschaft nicht. Erst später erfuhr ich, dass mein Chef seine Macht in der Firma wiederbekommen hatte.

Das war also der Grund zum Feiern.

Wir lebten noch im Ferienhaus und es gab ein ewiges Hin und Her zwischen uns.

Am liebsten hätte ich alles hingeschmissen.

Noch hatte ich keinen Job mehr, keine Einnahmen, war schwanger und lebte mit einem Mann zusammen, der mich im Moment wie Dreck behandelte. Auf der einen Seite, als wäre ich der Fußabtreter, und wenn es ihm in den Kopf kam, war ich seine überaus geliebte Frau, ohne die er nicht leben wollte und konnte.

Er war launisch und vor allem gefühlsmäßig immer am Schwanken. Nie wusste man, wie er drauf war und was einen erwartete.

An meinem Geburtstag 1993 zogen wir dann in unser gemietetes Haus

Normalerweise war mein Chef aufmerksam und selbstverständlich bin ich davon ausgegangen, dass mein Geburtstag etwas Besonderes sei.
Doch weder Blumen noch ein Geschenk, oder irgendeine Aufmerksamkeit von ihm zu erhalten, hätte ich nicht gedacht.

Das enttäuschte mich zuerst, aber als ich dann abends doch noch zum Essen ausgeführt wurde, freute ich mich.
Da war aller Ärger vom Tage verflogen.

Seine spontanen Dinge liebte ich an ihm sehr.
Mal eben zum Spazierengehen in den Wald fahren. Oder mal eben zum Eisessen nach Lüneburg fahren. Das war nicht um die Ecke. Einfach in eine andere Stadt zum Essen. Dabei konnte er so sein, wie zu Anfang. Gefühlvoll, so voller Liebe und Zärtlichkeit.
Doch seine Schwankungen sollte ich noch genug fühlen und kennenlernen dürfen. Das wusste ich bis dahin noch nicht.

Die meisten Unternehmungen machte ich allein mit meinem Sohn. Gemeinsam machten wir nur etwas, wenn sein Sohn am Wochenende bei uns war.

Das Beste an dieser Beziehung war nicht nur die Geburt meiner Tochter, sondern auch der Sex.

Wir hatten immer super Sex miteinander, wobei ich ihm, glaube ich zumindest, mehr beigebracht hatte, als er es eingestand. Und das, obwohl er angeblich so ein guter Liebhaber war und so viele Frauen schon vernascht hätte. Dazu war er 10 Jahr älter als ich und hatte somit Vorsprung.

Seine Wärme, die er ausstrahlte, seine weiche Haut und seine behaarte Brust. Einfach alles liebte ich an ihm.

Wir zogen gemeinsam in ein großes Haus und wohnten trotzdem getrennt.

Mein Sohn und ich wohnten unten und er wohnte oben.

Die Tage liefen immer gleich ab.

Folgenden Satz hatte ich mir damals eingeprägt:

„Liebe ihn, um ihn ertragen zu können."

Für ihn war es nicht ganz einfach. Ich war ein ganz anderer Typ als seine Frau. Man konnte schon sagen, dass ich ruhelos und rastlos war. Dauernd wollte ich etwas unternehmen, oder mich mit Freunden treffen, reden, diskutieren, auf jeden Fall etwas machen.

Er wollte das nicht. Nach dem Büro wollte er seine Ruhe haben.

Ruhelos nannte er mich. Dabei hatte er mir versprochen, sein Leben zu ändern. Es nicht mehr so langweilig zu belassen.

Doch es ist nichts passiert.

Er fuhr morgens vor mir ins Büro.

Ich kam hinterher, da ich erst meinen Sohn in den Kindergarten fahren musste. Meistens blieb ich bis zum frühen Nachmittag. Das war auch von der Kinderfrau abhängig, wie lange sie Zeit hatte an den einzelnen Tagen.

Dann holte ich meinen Sohn vom Kindergarten wieder ab und fuhr nach Hause. Meistens war ich vorher einkaufen und zuhause kochte ich etwas, wenn unsere Kinderfrau nicht schon etwas gekocht hatte.

Wenn mein Chef dann nach Hause kam, gab es eine kurze Begrüßung und dann zog er sich um und ging nach oben in sein Fernsehzimmer. Manchmal, wenn ich nicht gekocht hatte, machte er sich selbst seine Brote und ging damit dann nach oben.

Diese Zeit verbrachte ich mit meinem Sohn, oder las ein Buch. Bis er zu Bett gehen musste.

Danach ging ich hoch und guckte auch Fernsehen, oder ich blieb in der Küche und trank einen Wein und las mein Buch weiter, oder schrieb in mein Tagebuch.

Tagein, tagaus das Gleiche.

Unsere Tochter wurde im Mai geboren und ich war überglücklich.

Auch mein Chef war überglücklich. Er war noch nie bei einer Geburt seiner Kinder dabei. Doch bei unserer Tochter war er anwesend.

Das war für ihn sehr aufregend und emotional.

Den Namen suchte er sich aus. Sie sollte heißen wie seine Großmutter.

Das sollte nicht das Problem sein, denn es war ein sehr schöner Name.

Zur Geburt bekam ich ein Collier, welches bestimmt sehr teuer war, einzigartig und handgefertigt. Klar, ich freute mich darüber, doch wichtig fand ich es nicht.

Da es eine normale Geburt war, durfte ich nach fünf Tagen nach Hause mit dem Baby.

Mein Chef hatte in der Zeit das Zimmer für unsere Tochter hergerichtet und es war das schönste Kinderzimmer, was ich je gesehen hatte.

Für seine kleine Prinzessin nur das Beste, wie er immer zu sagen pflegte.

Nun dachte ich, es wird sich alles ändern. Jetzt werden wir eine kleine Familie.

Dem war leider nicht so.

Das Leben ging genauso weiter wie vorher.

Nur, dass ich jetzt das Baby hatte und nicht in die Firma fuhr und somit auch kein Geld verdiente. Jetzt war ich auf das monatliche Geld von meinem Chef angewiesen.

Das machte die Sache nicht leichter.

Manchmal, wenn er einen guten Tag hatte, bekam ich mein Geld für den Haushalt zum Monatsende. Wenn er nicht so gut drauf war, bekam ich es erst vier bis fünf Tage später.

Mein Eindruck war, dass es eher an mir lag. Wenn ich etwas Falsches gesagt habe, wurde ich bestraft. Wenn ich alles richtig gemacht hatte, kam das Geld pünktlich.

Manches Mal wusste ich nicht, was ich falsch gemacht hatte, und sprach ihn auch nicht darauf an.

Dementsprechend war der Kühlschrank auch mal leer.

Wenn ich ihn darauf ansprach oder mich überwinden musste, nach dem Haushaltsgeld zu fragen, bekam ich die Antwort, dass es keine böse Absicht von ihm gewesen wäre. Er hätte es einfach nur vergessen.

Ich könne ihn jederzeit fragen.

Er genoss es, mich zu erniedrigen, oder mich zu erziehen, wie er es manchmal formulierte. Nur zu gut wusste er, wie schwer es mir fiel, ihn nach Geld zu fragen.

Doch ich konnte auch anders sein. Gerade wenn unsere Tochter weinte und auf ihre Flasche gewartet hat. Wenn er dann zufällig gerade nach Hause kam, sagte ich ihm, dass sie Hunger hätte, aber nichts im Hause sei.

Das war im sehr peinlich.

Immer war ich eine selbstständige Frau und nun war ich von ihm abhängig. Auf ihn angewiesen.

Das hat er sehr gut hinbekommen.

Um das Baby kümmerte er sich nicht. Weder hatte er Ahnung vom Windeln wechseln noch vom Füttern.

Dies hätte ich bei einem Vater von vier Kindern nicht gedacht. Das kam mir nicht in den Sinn.

Um meinen Sohn bemühte er sich gar nicht. Er existierte nicht für ihn. Nur wenn sein Sohn zum Wochenende kam, dann sah er auch meinen Sohn und redete auch mal mit ihm. Ansonsten war er Luft für ihn.

Wie soll ich mich damit gefühlt haben?

Ich fühlte mich allein gelassen und war ständig traurig. Oft dachte ich an dem Moment mit meinem ersten Mann und die Situation, in der ich an Selbstmord gedacht habe.

Zum Glück hatte ich meine Kinder. Sie waren mein Ein und alles. Beide Kinder hatte ich mir gewünscht und mir war bei beiden Kindern klar, dass, wenn ich sie bekomme, immer für sie allein sorgen können muss. Wenn ich mir darüber klar bin, kann ich Kinder in die Welt setzen. Und genau so war es!

Meine Kinder haben nur mich und ich bin für sie verantwortlich und ich lasse es nicht zu, dass ihnen weh getan wird, oder dass sie ungerecht behandelt werden. Sie müssen immer das Gefühl haben, dass ich für sie da sein werde, wenn sie mich brauchen.

Und ich denke., sagen zu können, dass ich das mein Leben lang eingehalten habe.

Eine gute Idee fand ich, als mein Sohn in den hiesigen Fußballverein eintreten wollte. Zwei seiner Freunde von der Schule seien dort auch und er würde das auch gern tun.

Das sollte sich auch für mich als gut erweisen, da ich selbstverständlich mit Kinderwagen mit zum Training ging und somit nette Leute kennenlernte.

Eine Mutter hatte auch ihren Sohn im Fußballverein. Dieser war im Alter von meinem Sohn. Aber was noch besser war, ihr zweiter Sohn lag genau wie meine Tochter noch im Kinderwagen. Sie waren nur zwei Monate auseinander.

Mit ihr freundete ich mich an und wir haben viel gemeinsam unternommen mit unseren Kindern.

Auch bei den Pfingstturnieren war ich dabei mit dem Baby.
Meinen Chef hatte ich gefragt, ob er nicht vielleicht auch einmal mitkommen würde, doch er lehnte ab.
Es war zu erwarten.

Es kam auch einmal vor, dass ich Leute zu uns einlud. Wir hatten den meisten Platz. Dieser ist nie genutzt worden. Beim ersten Mal hatte ich ihn gebeten, dabei zu sein. Was ein großer Fehler war.

Mein Chef redete kein einziges Wort und durch seine Mimik sagte er uns allen, was er von uns hielt. Gar nichts hielt er von uns.
Und dann ging er ohne ein Wort in seine Gemächer.
Das war nicht nur peinlich, sondern sehr ärgerlich für mich.
Ich machte mich lächerlich und innerlich war ich so wütend.
Die Leute fragten, was denn mit ihm sei, ob er krank sei, irgendwelche Probleme hätte, aber ich konnte das nur verneinen.
Meine Antwort war die Ehrlichkeit. Dass er nichts von Besuch hielt und schon gar nicht von gewöhnlichen Menschen. Dass ich es mal versuchen wollte, aber wie alle gemerkt hätten, macht es keinen Sinn.

Wenn Sie also mal wiederkommen möchten, was ich hoffe, dann werden wir ohne ihn feiern.

Es war sehr peinlich für mich.

Zum Glück hat mir das niemand übelgenommen. Wahrscheinlich habe ich ihnen leidgetan. Doch sie sind immer wieder zu mir gekommen. Ohne den Chef.

Ihm hatte ich auch nie bescheid gegeben.

Wenn er dann vom Büro nach Hause gekommen ist und wir auf der Terrasse saßen, begrüßte er uns kurz und ging dann in seine Gemächer.

Besser war das auch!

Eines Tages wagte ich es dann, ihn darauf anzusprechen, dass ich wieder arbeiten möchte.

Dass wir uns wieder ein Kindermädchen nehmen könnten, die dann auch für uns kochen könnte und somit auch eine Erleichterung sein würde.

Davon war er aber zu Beginn gar nicht angetan. Eine Mutter hätte sich um das Kind zu kümmern und müsste nicht arbeiten gehen.

Irgendwie konnte ich ihn überreden.

Da meine Bedingung war, dass ich nicht in seiner Firma wieder anfangen würde und ich am Wochenende, wenn ich Dienst hätte, auch seine Unterstützung bräuchte, nahm er diese an.

An einem Sonntag, ich hatte Dienst im Musterhaus, rief ich ihn an, bevor ich nach Hause fuhr und fragte, ob ich etwas zu Essen mitbringen solle.

Er willigte ein, meinte jedoch, dass ich mich beeilen müsse, da unsere Tochter unruhig sei.

Es dauerte alles etwas länger und somit kam ich nach Hause und hörte schon unten das Geschrei unserer Tochter.

Ich setzte das Essen in der Küche ab und lief nach oben.

Mein Chef völlig aufgelöst vor dem Baby auf der Erde. Er schaute mich hilflos an. Sein Gesicht ganz bleich.

Nachdem ich alles abgefragt hatte, wie z. B., ob er sie gewindelt hätte. Was verneint wurde. Ob er ihr die Flasche gegeben hätte. Was auch verneint wurde, war ich sehr sauer.

Wie kann man denn die Flasche vergessen. Diese war überfällig. Er wusste weder, dass die vorbereitete Flasche unten im Flaschenwärmer stand, noch dass er auf den Gedanken kam, seine Tochter könnte Hunger haben.

Als kurze Zeit später dann der Vorschlag von ihm kam, dass ich doch wieder in seiner Firma arbeiten sollte, nahm ich das Angebot an.

Er war der Meinung, meine Fröhlichkeit und meine Power würden in der Firma völlig fehlen.

Und ich müsse nicht mehr in den Verkauf, sondern würde jetzt seine Buchhaltung übernehmen. Die Bauakten führen und seine Sekretärin sein und mit ihm auch die anderen Zweigstellen besuchen. Ein anderes Büro beziehen auf seiner Etage.

Das hörte sich gut an und ich nahm das Angebot auch an.

Es gab noch einen weiteren Zwischenfall an einem Sonntag. Wir wollten mit dem Baby im Kinderwagen spazieren gehen.

Mein Chef stand schon in Hut und Mantel auf dem Trittstein vor der Tür und musste sich unbedingt eine Zigarette anzünden.

Es kam, wie es kommen musste.

Der Kinderwagen kam ins Rollen. Er rollte die Treppenstufen hinab und überschlug sich.

Das Kind knallte mit dem Kopf auf den Boden und zog sich Schürfwunden im Gesicht zu.

Völlig überfordert stand er da und schaute auf den Kinderwagen.

Sofort hatte ich reagiert und nahm erst einmal das Kind hoch. Nachdem ich es beruhigt hatte, machte ich ihm Vorwürfe.

Wie kann eine Zigarette wichtiger sein als das Kind?

Die einzigen netten Momente hatten wir nur, wenn sein jüngster Sohn, der inzwischen alle 14 Tage zu uns kam, über das Wochenende bei uns war. Dann unternahmen wir etwas gemeinsam. Wir fuhren in den Zoo, wir machten Radtouren, gingen ins Kino. Das waren dann die Ausnahmen. Leider nur alle 14 Tage.

Mein Chef gab mir sehr wohl täglich zu verstehen, dass er sehr sauer auf mich ist, weil mein Sohn bei uns lebt, und das passte ihm gar nicht. Am liebsten hätte er gern auch seinen Sohn bei sich, doch dem hätte seine Frau nicht zugestimmt.

Seine Aufgabe war es, mir dieses täglich aufzuzeigen. Wie er meinen Sohn links liegen ließ. Ihn manches Mal nicht beachtete. Er sprach nicht mit ihm und dabei hatte mein Sohn ihm nichts getan.

Das nannte sich dann aus Liebe zu mir ertrug er mein Kind.

Wie sollte ich mich dabei fühlen?

Dann gab es wieder Momente, da zweifelst Du an seinem Verstand.

Mit sehr guter Laune, völlig aufgelöst und heiter kam er nach Hause. Meine Eltern waren gerade da. Meinte nur, es gebe einen guten Grund und wir müssten jetzt alle anstoßen.

Meine Mutter ließ nicht locker und wollte den Grund erfahren.

Schließlich erzählte er uns, dass er heute geschieden wurde und nun ein freier Mann sei.

Wir fanden das alle als einen Grund zum Feiern.

Jetzt konnte bald die zweite Bedingung erfüllt werden. Zu heiraten, wie es sein Wunsch war.

Es stellte sich nach ein paar Wochen durch einen Zufall heraus, dass er nicht geschieden war.

Das war der Chef. Er erzählte und feierte irgendetwas, was es nicht gab. Warum, weiß kein Mensch.

Meine Eltern wollten es nicht glauben, aber so war er nun einmal.

Mein Vater war inzwischen der beste Freund vom Chef. Sie hatten die gleichen Interessen. Sport und vor allem Fußball.

Mein Vater fuhr oft mit dem Firmenwagen in die Filialen, um etwas hinzubringen, oder um kleine handwerkliche Sachen zu erledigen. Sie kamen auch mal, um die Kinder zu hüten, wenn wir ohne Kinder verreist sind.

So weit war hier alles in Ordnung.

Der Vater meines Sohnes hatte sich das 14tägige Besuchsrecht für seinen Sohn erstritten.

Und so fuhr ich seinen Sohn oft freitags zu ihm und holte ihn sonntags wieder ab.

Es lief ruhig ab. Bis es wieder passierte. Und sich der Idiot wieder nicht im Griff hatte.

Erst hatte mein Chef in seiner Windschutzscheibe ein kleines Löchlein, was man mit einem Nagel und Hammer anrichten kann.

Wer sollte das sein?

Wer wohl?

Doch wieder sollte keine Polizei hinzugezogen werden. Wir konnten es auch nicht beweisen.

Der Säufer machte einen Fehler.

Mein Vater, der ab und zu meinen VW-Bus nahm, um in die Filialen zu fahren, fuhr an diesem besagten Tag mein Auto. Auf der Autobahn hörte er Geräusche, die sonst nicht zu hören waren. Er hielt an, um nachzusehen.

Und was stellte er fest?

Ja, die Radmuttern waren lose!

Als er mir das sagte, ging ich zur Polizei und zeigte den Vater meines Sohnes an.

Ich mochte mir gar nicht vorstellen, was passiert wäre, wenn ich gefahren wäre. Wahrscheinlich hätte ich es gar nicht gehört und dann hätte ich einen Satz mit meinen Kindern gemacht.

Das habe ich dem Idioten nicht verziehen.

Niemanden erzählte ich, dass ich bei der Polizei war. Im Endeffekt kam heraus, dass sich der Vater meines Sohnes nicht mehr unserem Haus nähern durfte. Immer 500 m Abstand.

Das ging manchmal gut, manchmal auch nicht. Oft kam direkt an die Tür und ab und zu stellte er auch einen Fuß zwischen die Tür, damit ich diese nicht zuschlagen konnte.

Alles geschah in dem Haus, in dem auch mein Chef wohnte, der oben in seinen Gemächern thronte und ich ihm unten egal war. Vor allem war ihm egal, was unten passierte und mit mir passierte.

Eines Tages rief mich in der Firma meine erste Schwiegermutter und beste Freundin aus Hamburg an.

Sie war der Meinung, irgendetwas wäre mit ihrem Sohn nicht in Ordnung.

Er ginge nicht ans Telefon und hätte sich bei den letzten Telefonaten sehr komische verhalten. Sie hätte ein ungutes Gefühl und fragte mich, ob ich nicht einfach einmal hinfahren könnte, um nach ihm zu sehen.

Ich dachte mir eine Geschichte für meinen Chef aus und fuhr sofort zu ihm.

Wie ein Zufallsbesuch sollte es aussehen.

Meine erste große Liebe ließ mich herein und freute sich mich zu sehen. Inzwischen war er ein zweites Mal geschieden und hatte aus dieser Ehe einen Sohn. Das Sorgerecht hatte die geschiedene Frau und kämpfte mit allen Mitteln dagegen an.
Das waren meine Informationen.

Sein Sohn war gerade bei ihm zu Besuch und meine große erste Liebe hatte ein neues Bett gekauft und wollte dieses gerade zusammenbauen.
Wie selbstverständlich half ich ihm dabei und sein Sohn schaute uns zu.

Wie mir meine große Liebe erzählte, erwartete er am nächsten Tag die Dame vom Jugendamt, die festlegen wird, ob sein Sohn öfter als nur alle 14 Tage zu ihm darf, oder ob er vielleicht später auch das Sorgerecht bekommen wird.

Auf mich wirkte er völlig nervös und steif. Nicht so locker wie sonst. Er machte sich viel zu viele Gedanken, ob alles gut laufen wird und ob er alles richtig vorbereitet hat. Er dachte einfach viel zu kompliziert.

Das Kind machte auf mich den Eindruck, dass es sehr an seinem Vater hängen würde. Immer wieder ging das Kind zu ihm und drückte ihn. Er lachte viel und war aufgeschlossen und fröhlich.

Wir aßen dann gemeinsam zu Mittag und ich fuhr mit einem guten Gefühl nach Hause.

Ein weiteres Mal fuhr ich auch auf Anraten meiner Schwiegermutter zu ihm und es spielte sich alles ungefähr gleich ab. Nur hatte ich dieses Mal meinen Sohn dabei. Meine Tochter war bei meiner Mutter, die mit meinem Vater in unserem Haus waren, damit mein Vater handwerkliche Dinge verrichten konnte.

Dieses Mal holte die Mutter das Kind am Nachmittag ab. Es klingelte also und das Kind versteckte sich hinter einer Tür.

Er wollte nicht zu seiner Mutter. Mit schreien und treten wehrte er sich dagegen.

Doch niemand konnte etwas daran ändern.

Es war schrecklich mitanzusehen. Als das Kind dann weg war, fiel mein erster Mann innerlich in sich zusammen. Er war hilflos und den Tränen nahe.

Er erzählte mir, dass sein Sohn Neurodermitis hätte, und er könne sich denken, dass dieses ganze Theater daran schuld sei.

Das war mir nun auch klar.

Bei der Verabschiedung sagte ich ihm noch, dass wir auch einmal etwas Gemeinsames mit den Kindern machen könnten. Die Idee fand auch er gut.

Abends rief ich dann seine Mutter an und erzählte ihr die Geschichte. Sie war froh, dass alles bestens lief.

Jedenfalls schien es so.

Tage später erfuhr ich dann, dass das Jugendamt sich gegen den Vater ausgesprochen hatte, weil der Vater völlig steif und unbeholfen gewirkt hätte.

Eine Woche später rief mich meine Schwiegermutter wieder im Büro an und fragte mich, ob ich schon die Zeitung gelesen hätte.
Nein, ich hatte sie überflogen. Auf was hätte ich denn stoßen sollen?
Mein erster Mann wollte sich und das Kind umbringen und hatte es selbst überlebt, aber sein Sohn nicht. Das Haus wäre leer gewesen und das ersparte Geld, welches sich im sechsstelligen Bereich befand, wäre dem SOS-Kinderdorf vermacht worden.

Das waren entsetzliche Nachrichten. Ich konnte es gar nicht glauben. Eher war ich fassungslos.

Ein Mann, ein Vater will sich und sein Kind umbringen und er überlebt das. Wie kann er damit leben? Ich fing sofort am Telefon an zu heulen und konnte es nicht glauben.
Am nächsten Tag reiste sie dann mit dem Zug an. Sie kam bei ihrer Schwester unter. Ich fuhr sofort hin und wir beredeten erst einmal, was wir für ihren Sohn, meinen ersten Ehemann nun tun könnten.

Es war nicht leicht.
Vor allem, das zu verstehen.
Wie sich herausstellte, wollte er sein Kind nur betäuben und sich selbst umbringen. Jedoch hatte er sich in seiner Rausch-Phase auf das Kind gelegt und es war dann erstickt.

Das war eine so furchtbare Geschichte, aber eines wusste ich, er hat es nicht mit Absicht getan und er brauchte dringend Unterstützung und Hilfe, um dass, was geschehen ist, was er selbst getan hat, zu kapieren.

Natürlich ist es auch entsetzlich für die Mutter.
Gar keine Frage.
Jedoch hatte ich zu ihr kein Verhältnis und dass da etwas Schreckliches passiert war, an dem mein erster Ehemann Schuld hat, ist mir auch klar, doch ich konnte es nicht glauben. Ich habe es nicht verstanden. Innerlich wusste ich, dass er es nicht mit Absicht getan haben kann. Er konnte doch seinem Kind nichts zu leide tun. Das passte gar nicht zu ihm.

Ich kannte ihn besser und für mich war er nicht schuldig.

Also fuhr ich in die Untersuchungshaft, um mit ihm zu sprechen.

Selbstverständlich hatte er es nicht leicht im Knast, denn ein Kindermörder ist unter den Knackis das Schlimmste, was es gibt.

Man hatte schon gleich zu Beginn versucht, ihn aufzuhängen, leider – wie er es sagte – hatte er auch das überlebt.

Im Gefängnis ging es ihm sehr schlecht. Er wurde auf die Krankenstation gebracht, was für ihn sicherheitstechnisch besser war.

Ich habe meine Schwiegermutter, die um ihren Sohn kämpfte, zu sämtlichen Behörden und Anwälten gefahren und natürlich zu Ärzten.

Ihr Sohn musste psychologisch betreut werden und darum musste ein guter Arzt her. Den fand sie auch und dieser wohnte auch noch in meiner Nähe, so dass ich oft zu ihm konnte, um etwas zu fragen, oder auch Pillen zu holen, oder auch nur ein Rezept.

Es kam, wie es kommen musste. Er wurde verknackt. Und er litt unter seiner Tat.

Ich besuchte ihn auch später im offenen Vollzug und versuchte, ihm Hoffnung zu geben. An ihn zu glauben.

Doch meistens lief es immer ähnlich ab. Meinen Sohn, den ich auch mit nahm bei den Besuchen im Gefängnis, nannte er ab und an so, wie sein getöteter Sohn hieß.

Meistens weinte er und das konnte ich schlecht meinem Sohn zumuten. Also ließ ich ihn oft bei einem Freund.

Die Zeit verging sehr schnell. Ehe ich mich versah, wurde er entlassen.

Meine Schwiegermutter und ich fuhren ihn abholen und meine Schwiegermutter nahm ihn erst einmal mit nach Hamburg.

Seine Idee, einen Secondhand-Laden zu eröffnen unterstützte ich. Ich bürgte für ihn und half ihm eine Wohnung zu finden, den Laden einzurichten und er schaffte sich einen Hund an.

Eigentlich lief es sehr gut, doch diese positive Energie verwandelte sich im Laufe der Tage in eine Depression.

Über den Verlust des Kindes kam er nicht hinweg. Zur Grabstelle durfte er nicht, das hatte die Mutter des Kindes gerichtlich erwirkt.

Er hatte eine zweite Grabstelle neben dem Originalgrab gekauft, damit er dort trauern konnte.

Dass er das nicht einfach verkraften konnte, war mir klar. Wie er damit leben konnte, war mir überhaupt nicht klar.
Und ich denke, ihm auch nicht.
Wie sollte er mit dieser Schuld leben?
Er kam nicht klar.
Er zog sich dann zurück.

Er lebte über Jahre auf einem Campingplatz von Sozialhilfe. Was aus ihm geworden ist, weiß ich nicht.
Aber er lebt noch, soviel weiß ich.

Bevor ich also wieder in die Firma meines Geliebten einstieg, sollte es anders kommen.

Mein Geliebter erlitt einen Herzinfarkt. Er musste ins Krankenhaus.
Ich flehte ihn an, dem Arzt zu sagen, dass er mich anrufen sollte, wenn die OP erledigt wäre.
Was er mir versprach.
Da er noch verheiratet war, würde seine Frau die Nachricht erhalten und nicht ich. Darum war es mir wichtig.

Ich saß also zu Hause in dem großen Haus und wartete auf eine Nachricht, die ich nicht bekam.

Ich rief im Krankenhaus an und man sagte mir, dass man mir, da ich nicht die Ehefrau sei, keine Auskünfte geben könnte. Und die Ehefrau hätte man schon benachrichtigt.

Ich weinte, was das Zeug hielt. Ich telefonierte mit meiner Freundin und meinen Eltern, um mich abzulenken.

Als ich am nächsten Tag ins Krankenhaus kam, erfuhr ich, dass seine Frau gerade vor mir gegangen war.
Ich habe mich superelend gefühlt.
Nicht nur allein gelassen und vergessen, sondern es tat auch verdammt weh, dass er mich total vergessen hatte.

Aus dem Krankenhaus raus, fuhr er nach ein paar Tagen in die Reha. In dieser Zeit ist mein Sohn eingeschult worden.

Wenigstens hatten wir einen schönen Tag bei der Einschulung. Meine Tochter im Kinderwagen, meine Eltern, der älteste Bruder meiner Mutter und ihre älteste Schwester waren dabei. Auch der Vater meines Sohnes war anwesend.

An meinen Chef hatte ich gar nicht gedacht, denn wenn er nicht zur Reha gefahren wäre, wäre er auch nicht hier dabei. Wahrscheinlicher ist es, dass er die Zeit bei seiner Frau bringen würde. Von daher habe ich ihn nicht vermisst.

Nach zwei Wochen Reha fuhr ich ihn besuchen über das Wochenende. Meine Eltern hüteten das Haus und die Kinder.

Wir gingen ins Hotel und wir hatten nach längerer Zeit endlich einmal wieder Sex. Etwas vorsichtig, denn niemand wusste, ob es ihm und vor allem seinem Herzen guttat.

Doch die Sorge war unbegründet. Es war wie immer ein sehr großer Spaß und es war auch wieder fantastisch zärtlich und gierig.

Nach der Reha nahm er sich eine Auszeit.

Wir flogen dann allein in den Urlaub.

Die Kinder blieben bei meinen Eltern, die in unser Haus gezogen waren.

Das war für meine Eltern immer ein Erlebnis. Gern wohnten sie in unserem Haus und gern behüteten sie meine Kinder. Sie hatten eine Aufgabe und das erfüllte sie total.

Der Urlaub war nicht besonders gut für uns. Ich hatte mir mehr davon versprochen. Wir kamen uns auch nicht näher. Das hatte ich so sehr gehofft.

Und dann musste ich nach unserer Rückkehr auch noch feststellen, dass sich meine kleine Tochter nicht mehr an mich erinnerte.

Mein Fazit war, dass ich auf jeden Fall nie mehr so lange ohne meine Kinder und schon gar nicht ohne meine kleine Tochter wegfahren würde.

Mein Geliebter überließ die Firma seinem Vater und meditierte täglich bis zu sechs Stunden am Tag auf seinem Sofa. Er überlegte, wie er sein Leben ändern könnte. Wie er die Firma zum Expandieren bringen könnte. Und irgendwie tat er sich selbst leid.

Ich ging in dieser Zeit mit meiner neuen Freundin und den Kindern zum Fußball, zu Ausstellungen, in Vergnügungsparks und zu allen möglichen Veranstaltungen, die man mit Kindern besuchen konnte.

In unserer Beziehung entfernten wir uns mehr und mehr.

Nach einem Jahr hatte ich genug und ich trennte mich von ihm.

Er war erstaunt, aber machte keinen unglücklichen Eindruck auf mich.

Es tat mir so leid und so weh, aber allein konnte ich diese Beziehung nicht retten.

So blieb mir nichts anderes übrig, als mir eine Wohnung zu suchen.

Ein neuer Job musste her und ein Neubeginn, wieder einmal. Unsere Tochter war gerade neun Monate alt und ich fand es furchtbar für meine Kinder, aber was sollte ich tun.

Gespräche hatten wir genug geführt. Doch ich glaube, er hat mich einfach nicht verstanden.

Nun war ich wieder auf mich allein gestellt mit zwei Kindern. Doch als Kämpfernatur würde ich das schon schaffen.

Von ihm hatte ich keine Unterstützung zu erwarten. Ich hätte es mir gewünscht, aber leider kam da nichts.

Nach nur vier Monaten hatte er mich wieder überredet, zu ihm zurückzukommen.

Also suchten wir uns wieder ein neues Haus. Mir war von Anfang an nicht gut bei dem Gedanken, aber ich tat es für unsere Tochter. Sie war doch noch so klein und ich fand es von mir nicht in Ordnung, nur an mich zu denken.

Es reichte mir so schon, dass mein Sohn kein vernünftiges Familienleben hatte. Sollte ich das meiner Tochter auch antun? Ich wollte es noch einmal versuchen. Das tat ich auch.

Doch genau nach einem Jahr waren wir dort, wo wir schon einmal waren.

Inzwischen nahm ich schon die Beruhigungstabletten meiner Mutter. Die Kilos purzelten nur so herunter und ich wurde immer nervöser.

Es war Weihnachten. Das Fest der Liebe und der Familie.

Den Heiligabend haben wir mit meinen Eltern verbracht.

Mein Geliebter hatte vielleicht zwei Worte mit uns gewechselt, ansonsten schwieg er.

Es war grausam. Ich fühlte mich so allein und unverstanden. Alles hätte ich getan, wenn ich nur gewusst hätte, was er wirklich will. Was mache ich falsch? Ist es so schlimm, selbständig zu sein und seine Meinung zu haben? Anscheinend ist dem so.

Erst sprach er nicht, was auch sehr unangenehm gegenüber meinen Eltern war. Dann war er sauer und enttäuscht, dass sich unsere Tochter mehr über das Geschenk der Oma freute als über seines.

Sie ist doch noch ein Kind.

Was hatte er denn erwartet?

Sie bekam von meiner Mutter einen kleinen Puppenwagen aus Korb. Den liebte sie gleich. Von ihrem Vater bekam sie eine Standküche. Die war auch interessant, aber der Puppenwagen war halt das Größte für sie. Das ließ er uns spüren.

Es war ein schrecklicher Abend und ein furchtbares Weihnachten.

Später dann, als meine Eltern weg waren, legte er sich auf sein Sofa und glotzte in den Fernseher und ich trank im Esszimmer meinen Wein und weinte innerlich.

Am nächsten Tag kamen seine Kinder und er war wie ausgewechselt. Da stand für mich fest: „Das will ich nicht mehr."
Abends, als die Kinder wieder weg waren, sagte ich ihm, dass ich mich trennen und ihn um Unterstützung bitten möchte.
Seine Antwort war nur, dass er mich nicht unterstützen könnte, aber er würde mir für unsere Tochter den Unterhalt für ein Jahr im Voraus geben.
Ich nahm es an und suchte mir wieder eine Wohnung.

Natürlich saßen wir abends noch zusammen und sprachen miteinander.
Er weinte auch oft und sagte mir, dass er nicht wollte, dass ich und auch nicht seine Tochter ausziehen sollen, aber ich blieb hart.
An dem Tag, als ich dann wirklich auszog, zog nachmittags schon sein Sohn ein.
Sein Sohn war auf Drogen und hatte die x-te Entgiftung hinter sich. Besser war es, wenn er unter Aufsicht gestellt wurde. Ob es eine richtige Entscheidung war, bei meinem Geliebten zu leben, bezweifelte ich.

Ich bin einmal völlig ausgeflippt, als ich die Kinder baden wollte und in meinem Badezimmer eine CD-Hülle fand, die als Tablett für die Drogen gedient hatte. Eine Spritze im Papierkorb und solche Dinge.

Wenn ich das ansprach, kam immer nur zurück, dass ich es nicht so dramatisieren sollte. Es sei doch alles nicht so schlimm.

Ein weiteres Mal kam sein Sohn zu uns. Er war schon voll zugedröhnt mit großen, glasigen Augen. Es war draußen ungefähr 35 Grad und er hatte einen dicken Ledermantel an und fror immer noch. Das ging genau drei Stunden gut. Danach wurde er nervös und musste dringend weg.

Ja, wohin nur?
Und natürlich mit dem Geld seines Vaters in der Tasche.

Ein weiteres Mal hatte sich mein Geliebter mit seinem Sohn vor unserem Urlaub getroffen.

Am nächsten Tag rief die Ehefrau meines Geliebten an und sagte ihm, dass man ihren Sohn in die Klinik gebracht hätte mit einer Überdosis.

Ich hatte ihm Vorhaltungen gemacht, weil er diesem Kind nicht einfach Geld geben durfte. Er wollte es jedoch nicht wahrhaben. Also war es im Endeffekt so, dass wir ihn mit in den Urlaub nach Dänemark nahmen.

Es lief auch alles gut mit ihm. Meines Erachtens war er auch nicht auf Droge. Als ich mal abends mit ihm in der Küche saß und eine Zigarette rauchte, fragte ich ihn, wie er das hier im Urlaub schaffte. Er sagte mir klar und deutlich, dass es ja nur eine Woche wäre. Wenn er zurück sei, wäre es das Erste, was er machen würde. Sich Stoff holen.

Da mein Geliebter die Angewohnheit hatte, sein Geld immer offen und locker herumliegen zu haben, möchte ich nicht wissen, wie viel sich sein Sohn inzwischen eingesteckt hatte.

Ich zog mit meinen Kindern in eine große Altbauwohnung in der Stadt im dritten Stock und musste meine Freiheit erst einmal verstehen und vor allem damit umgehen lernen.

Selbstverständlich fühlte ich mich verlassen und allein, nutzlos und überhaupt nicht glücklich. Anders als ich es mir vorgestellt hatte. Es beruhigte mich, dass es meinem Geliebten genauso erging.

Wir hatten zu Beginn ein Ritual.

Freitags, wenn unsere Tochter im Bett war und mein Sohn nicht zu Hause war, kam er zu mir. Wir tranken dann eine Flasche Rotwein, aßen etwas Leckeres, was ich geholt hatte, und anschließend vögelten wir uns die Seele aus dem Leib. Er blieb auch bis zum frühen Morgen und bevor unsere Tochter wach wurde, ging er.

Diese Situation empfand ich als sehr angenehm.

Zudem war ich mich sicher, dass ich nicht ohne ihn leben kann. Ich liebte ihn total, obwohl ich wusste, dass wir nicht zusammenleben können. Aber ihn so ganz aus meinem Leben wegzudenken, war für mich in dieser Zeit noch nicht möglich.

Von daher war es eine feine Sache, sich ab und an mal sehen und auch zusammen zu schlafen, das fand ich gut.

Jeder von uns wusste, dass dies eines Tages ein Ende hat, aber wir genossen diese Abende.

Später, als er eine Annonce aufgegeben hatte, dass er eine Frau suchte, gingen wir die ganzen Briefe mit Bildern auch gemeinsam durch.

Sogar seine jetzige langjährige Lebensgefährtin hatte er so kennengelernt und ich habe ihren Bewerbungsbrief gelesen.

Es war schon witzig zu dieser Zeit.

Auch als er bei einer Frau sein Unikat von Uhr hat liegen lassen. Er rief mich nachts an und erzählte mir, dass er 35.000 DM (seine Uhr) auf dem Nachttisch liegen gelassen hätte und es ihm peinlich wäre, jetzt zurückzufahren. Nur wegen der Uhr.

Ich fragte ihn, ob er noch ganz normal wäre. Er sollte gefälligst zurückfahren und sich die Uhr holen.

Er tat es dann auch.

Ich arbeitete für zwei Bauträger und verdiente gut.

Wenn ich das Musterhaus besetzen musste, konnte ich die Kinder mitnehmen. Beim anderen Bauträger gab es nur einen Baucontainer, der nur einmal in der Woche und am Wochenende zu bestimmten Zeiten besetzt werden musste, was ich auch gut mit den Kindern vereinbaren konnte.

Wenn ich auf Seminare fahren musste, waren meistens meine Eltern da.

In meiner jetzigen Wohnung hatte ich dann auch endlich einen eigenen PC mit Internetanschluss. Das war für mich völlig neu und ich surfte und bekam ständig E-Mails, das fand ich schon superfantastisch

Durch eine Kollegin kam ich auf eine Singleplattform und lernte superviele nette Leute von überall her kennen.

Unter anderem lernte ich auch einen Schweizer kennen. Der kam mich dann auch besuchen und wir waren danach etwas inniger zusammen. Er schickte mir sogar ein Flugticket in die Schweiz und ich besuchte ihn auf seiner Alm.

Als er das erste Mal zu mir kam in meine Wohnung, war ich natürlich gespannt und guckte aus dem Fenster. Als wir uns dann persönlich ausgetauscht hatten und er mich anschließend zum Essen einlud und ich eine Flasche Wein getrunken hatte, sah die Welt wieder rosarot aus.

Er war ein liebenswerter Mensch. Eigentlich hatte ich ihn gar nicht verdient. Ich fand ihn zwar ganz okay, aber ich war nicht verliebt in ihn. Meine Gefühle waren noch immer bei meinem Geliebten.

Selbstverständlich wusste ich, dass es eine Zukunft nicht geben wird mit dem Vater meiner Tochter, aber mein Herz ließ einfach nicht los.

Als ich meinem Schweizer erzählte, dass ich den Gedanken gefasst hatte, gegebenenfalls auf das Land zu ziehen, um mir dort eine Doppelhaushälfte zu kaufen, bestärkte er das Ganze.

Das war klar, denn dort, wo er lebte, war wirklich eine Alm. Drei Häuser und die Berge.

Bei mir war es mitten im Geschehen. Es war sehr laut in der Innenstadt und es war immer etwas los.

Er gab mir auch das benötigte Eigenkapital, welches ich ihm monatlich zurückzahlen konnte.

Ich arbeitete jetzt für einen neuen Bauträger. Der stellte Fertighäuser her, die ohne Bodenplatte und ohne Keller gebaut wurden. Den Kellerbauer hatte ich mir vor Ort gesucht. Genau dieser trat an mich heran und fragte mich, ob ich nicht jemanden kannte, der eine Doppelhaushälfte auf dem Dorf kaufen möchte. Es fiel mir niemand ein, dann plötzlich dachte ich an mich.

Von dem Ort hatte ich zuvor noch nie gehört, geschweige denn, dass ich wusste, wo er lag.

Eines Sonntags fuhr ich dann mit meinen Kindern in das Dorf und schaute mir die Doppelhaushälfte an.

Ich fragte meine Kinder anschließend, ob sie sich vorstellen könnten, hier zu wohnen, und es wurde sofort bejaht.

Aber die Bedingung wäre, einen Hund und ein Meerschweinchen oder einen Hasen zu haben. Hasen hatten wir sowieso schon, also konnte ich mit dem Hund auch leben. Ich versprach es und so kam der Kauf zustande.

Meinen 40. Geburtstag feierte ich noch in meiner Wohnung. Mit ein paar Freunden hatte ich in den Geburtstag hinein gefeiert. Dazu hatte ich noch Übernachtungsbesuch. Wir haben so furchtbar gefeiert, dass es mir am nächsten Tag sehr schlecht ging. Und ich hatte einen Vertragstermin an meinem Geburtstag um 16 Uhr. Dass ich diesen schaffen würde, war mir um 13 Uhr noch nicht klar.

Aber ich habe ihn eingehalten. Diszipliniert war ich schon immer. Den Vertragstermin hatte ich erfolgreich überstanden. Als ich zurück war, bin ich mit meinem Besuch und den Kindern noch zum Chinesen gefahren.

Da war die Welt dann wieder in Ordnung.

Bevor wir nun in das Haus ziehen konnten, hatte ich an Urlaub mit den Kindern gedacht und wir haben uns die Türkei ausgeguckt.

Zwei Tage vor Abflug bin ich mit den Kindern ins Schwimmbad gefahren und mit meiner Tochter von der Kinderrutsche gerutscht. Im Wasser bin ich auf dem Boden so kompliziert aufgekommen, dass ich mir einen Sehnenriss zuzog.

Die Tränen über den Schmerz konnte ich gut verbergen, da wir im Wasser waren. Mir war zu diesem Zeitpunkt noch nicht klar, wie ich aus dem Wasser kommen sollte uns schon gar nicht, wie wir nach Hause fahren können.

Es war eine Qual und eine Tortour. Als wir das Auto erreichten, stieg ich ein und fuhr direkt zum Krankenhaus. Dort wurde es zur quälenden Warterei dafür, dass der Arzt mir sagte, es wäre ein Sehnenriss und er könnte nichts dagegen tun. Es würde von allein heilen. Alles bräuchte seine Zeit.

Somit war mein Sohn gefordert. Er musste sich im Urlaub um das Gepäck kümmern. Und im Wasser konnte ich nur auf einem Bein hüpfen. Das war ätzend.

Vor Antritt des Urlaubs habe ich meinen Sohn gefragt, ob er das Übernehmen kann, da ich es nicht schaffen kann. Oder ob ich den Urlaub lieber absagen sollte.

Doch er entschied sich für Urlaub und Kofferschleppen.

Als wir aus dem Urlaub zurück waren, stand der Termin zum Einzug fest. Alle freuten sich schon darauf und ich beschloss: Kein Mann mehr in meinem Haus!

Von meinem Schweizer trennte ich mich. Eine Freundin von mir fragte mich einmal, warum ich diesen lieben Mann denn laufen ließ. Er las mir doch jeden Wunsch von den Augen ab. Meine Antwort war ehrlich: Ich konnte ihn nicht riechen. Und das stimmte.

Als ich im Jahr darauf mit meiner Freundin und ihrer Tochter sowie meinen Kindern in den Urlaub fuhr, gestand sie mir vorher, dass sie jetzt mit dem Schweizer zusammen wäre und ob ich ihr das übel nehmen würde?

„Warum sollte ich? Jeder kann doch machen, was er will."

In dem neuen Haus wollte ich auch einen Neuanfang wagen. Alles sollte anders werden.

Mein Sohn sah seinen Vater regelmäßig alle zwei bis drei Wochen.

Ich brachte ihn hin und holte ihn ab.

Sein Vater hatte noch nie einen Pfennig Unterhalt gezahlt. Sogar seine Arbeitsstelle als Lehrer hatte er aufgegeben, damit er keinen Unterhalt zahlen musste. Somit bekam ich für ihn Unterhaltsvorschuss und für meine Tochter auch.

Auch ihr Vater zahlte keinen Unterhalt. Er war der Meinung, ich mache das schon.

So hatte ich mir das nicht vorgestellt.

Mir war von Anfang an klar, als ich mich für die Kinder entschieden hatte, dass ich selbst für sie sorgen musste. Nie hatte ich im Hinterkopf, dass die Väter für ihre Kinder zahlen müssten. Es war meine Entscheidung, beide Kinder zu bekommen. Also bin ich der Meinung, ist es auch meine Verantwortung, für die Kinder zu sorgen.

Selbstverständlich sollte es auch für einen Vater so sein, dass er für sein Kind oder seine Kinder sorgt. Doch damit rechnen durfte man nicht. Und zum Glück habe ich das auch nicht.

Trotzdem hat es mich manchmal sehr traurig gemacht.

Kein Vater hat jemals Verantwortung für sein Kind übernommen.

Das sollte sich auch nicht ändern.

Zum Einzug ins Haus kam der Vater meiner Tochter mit einem großen Blumenstrauß.

Er wollte sich nach meinem Befinden erkundigen, wie er sagte.

Das Thema war aber eher, ob wir unsere Sexbeziehung aufrechterhalten wollten.

Ich lehnte ab.

Klar konnte ich es mir vorstellen, aber ich wollte ja schließlich neu anfangen.

Ich musste nach meinem 41. Geburtstag mein Auto in die Werkstatt bringen.

Somit beschloss ich, mit dem Auto und den Kindern in die Stadt zur Werkstatt zu fahren und von dort aus mit der Straßenbahn in die Innenstadt zum Weihnachtsmarkt.

Er war immer etwas Besonderes, unser Weihnachtsmarkt in der Stadt. So groß und so schön, so bunt und immer gut besucht. Viele Leckereien und Karussells.

Wir freuten uns alle drauf.

Also machten wir uns auf zum Weihnachtsmarkt.

Nachdem wir die erste Runde getätigt hatten und die ersten Würste vertilgt hatten, trafen wir an einem Los-Stand den Bruder meines ehemaligen Nachbarn, den ich so geil fand.

Er erkannte mich und teilte mir in unserem Gespräch mit, dass er mit seinen Kindern auch hier sei und dass ihn seine Frau verlassen hätte.

Bei der Erzählung sagte ich ihm, dass ich im Dorf neben ihn wohnen würde und er mich mal besuchen kommen könnte.

Mein Herz raste etwas und ich war sehr nervös.
Was war das nun wieder?
Hatte ich nicht genug von den Männern?

Er kam mich tatsächlich besuchen.

Am Heiligabend rief er mich an und ich lud ihn für den ersten Feiertag zum Essen am Abend ein.

Ich war völlig aufgeregt und hatte Herzklopfen.

Es wurde ein lustiger Abend. Auch die Kinder fanden ihn in Ordnung und wir haben viel gelacht. Mit Begeisterung habe ich ihm beim Essen zugesehen. Was er alles vertilgen konnte und wie fröhlich er war.

Als die Kinder dann im Bett waren, unterhielten wir uns über Gott und die Welt.

Er konnte es gar nicht fassen, dass ich hier allein mit meinen Kindern lebte.

Wenn ich ihn ansah, klopfte mein Herz.

Eigentlich wollte ich mich nicht verlieben und ich wollte auch nicht, dass mein Herz klopfte, aber es klopfte einfach weiter.

Ich glaube, ich habe mich an diesem Abend in ihn verliebt.

Da er etwas jünger war als ich, musste ich das zur Sprache bringen und druckste so gequält vor mich hin.

Als es dann endlich gesagt wurde, gab er mir zu verstehen, dass er damit keine Probleme hätte.

Jedenfalls verliebte ich mich in ihn und wollte ihn unbedingt wiedersehen. Er kam auch noch zwei Mal zwischen Weihnachten und Neujahr und erzählte mir dann, dass er Silvester bei sich zu Hause feierte mit einer Freundin und einem Freund.

Da ich selbst bei uns mit meiner Freundin, deren Tochter und ihrem Bruder und seiner Frau Silvester feiern wollte, hatte ich damit kein Problem.

Wir hatten eine gute Stimmung am Tisch. Wir aßen, lachten und spielten.

Meine Gedanken waren oft bei ihm, meiner neuen Liebe und dann klingelte es.

Da stand er.

Etwas angetrunken mit seinem verschmitzten Lächeln und wollte nur mal so vorbeischauen, um zu sehen, wer denn mit mir feierte.

Er blieb eine Stunde und fuhr dann wieder zu seiner Party in seinem Haus.

Wie er mir später erzählte, schlief seine Freundin auch bei ihm und da er jedoch keine Lust auf Sex mit ihr hatte, trank er mehr als er wollte. Sie wusste, dass es bei Alkohol keinen Sex gab.

Dann kam um Mitternacht eine SMS von ihm. Er schrieb mir, dass er mich lieben würde. Das war eine Aufregung in meinem Bauch und meinem Herzen. Natürlich schrieb ich ihm das Gleiche auch zurück.

Am Neujahrstag kam er dann mit seinem Sohn. Sein Sohn war im Alter von meinem und die beiden hatten sich gleich angefreundet und gut verstanden.
Vater und Sohn schliefen dann auch bei mir.
In dieser Nacht liebten wir uns auch zum ersten Mal.
Nun, für mich war es etwas anders als gedacht und anders als ich das kannte.
Meine neue Liebe war kein Ficker, sondern ein Wichser.
Das war für mich zu Beginn etwas gewöhnungsbedürftig, aber er konnte mich zum Höhepunkt bringen und das schaffte nicht jeder.
Es war eine großartige Zeit. Wir hörten oft abends laute Musik, wir tanzten dabei, wir tranken viel und lachten vor allem sehr viel.

Sein bester Freund war meistens von Freitag auf Samstag auch dabei. Es hat auch mit ihm immer viel Spaß gemacht.
Wir haben gemeinsam viel unternommen, zu Veranstaltungen fuhren wir, in Discos tanzten wir gemeinsam, aber auch mit den Kindern unternahmen wir immer etwas. Das war mir neu.

Er selbst lebte von seiner Frau getrennt und hatte eine schwere Zeit.

Seine Frau hatte ihn des Kindesmissbrauchs bezichtigt und angezeigt.

An dem Tag, als seine Tochter vom Jugendamt abgeholt wurde, wurde sie abends von ihrer Mutter aber wieder zu ihm gebracht.

Sie hatte etwas vor an diesem Abend und könnte sich nicht um die gemeinsame Tochter kümmern.

Das kam mir schon merkwürdig vor.

Ich würde doch meine Tochter nicht zu dem Mann bringen, den ich bezichtige, meine Tochter angefasst zu haben.

Zumal das Jugendamt seine Tochter erst am Vormittag abgeholt hatte.

Was sollte ich davon halten?

Seine Tochter war sein Ein und Alles. Sie war seine jüngste Tochter und er liebte sie über alles und vergötterte sie. Er verwöhnte sie und passte immer auf sie auf.

Die anderen beiden Kinder waren von einer anderen Frau. Mit dieser Frau war er nicht verheiratet.

Die Kinder aus der ersten Beziehung waren wie auch deren Mutter oft bei seiner jetzigen Frau und seiner Tochter. Es war ein zwangloses Treffen. Die Kinder konnten auch immer zu ihm kommen, wann immer sie wollten. Das Verhältnis zwischen dieser Patchwork-Familie war sehr gut.

Die Mutter seiner jüngsten Tochter machte mir Probleme. Mir gefiel das gar nicht, wie sie mit meiner neuen

Liebe umging. Sie wusste, dass er alles für seine Tochter machen würde, und nutzte das schamlos aus.

Das wiederum versuchte ich, ihm verständlich zu machen, was dann ausartete, und er war der Meinung, ich wäre eifersüchtig.

Das fand ich lächerlich.

Wir waren vom Wesen sehr unterschiedlich und hatten auch andere Ansichten, doch warum sollte ich auf diese Frau eifersüchtig sein? Ich wusste doch, wer ich war.

Jeder Mann konnte sich glücklich schätzen, wenn ich mich für ihn entschied. Davon war ich immer überzeugt.

Ich hatte ein gesundes Selbstbewusstsein und ich hielt mich für intelligent, witzig und lustig.

Warum sollte ich auf seine Frau eifersüchtig sein?

Es gab keinen Grund. Wir lebten aber auch nicht mehr in der Steinzeit. Man behandelte sich mit Respekt und Liebe.

Zu dieser Zeit hielt ich mich für eine starke Persönlichkeit und überhaupt für den Nabel der Welt.

Wenn mein Lover der Meinung war, er müsste mit ihr und sie mit ihm wieder zusammen sein, dann war das so.

Doch diese Frau hatte böse Absichten. Nur erkannte ich nicht, was der Sinn und der Zweck sein sollten. Was wollte sie also von ihm?

Sie hatte sich doch schon des Öfteren von ihm getrennt.

Er hatte immer um sie gekämpft und immer kam sie zurück.

Nun hatte er mich kennengelernt und kämpfte nicht mehr um sie. War es das?

Das musste es sein, denn sonst hatte ich keine Erklärung für das Verhalten.

Jedoch war dieses erst der Anfang. Es sollte schlimmer kommen.

Es wurde ein Gutachter bestellt, der beweisen sollte, dass meine neue Liebe seinem Kind nie zu nahegetreten war.

Das Gutachten belegte es auch eindeutig, aber es hatte niemanden vor Gericht interessiert. Das Jugendamt nicht und auch die Richterin nicht.

Da ich dieses Jugendamt-Theater bereits kannte vom Vater meines Sohnes, konnte ich ihm da Glauben schenken. Mir kam es auch gar nicht in den Sinn, etwas anderes zu denken.

Meine Kinder waren oft mit ihm allein, vor allem auch meine Tochter. Unsere beiden Töchter spielten auch des Öfteren zusammen.

Als ich mit meiner Ex-Schwiegermutter aus Hamburg in den Urlaub nach Griechenland flog, wohnte er mit meinen Kindern allein in meinem Haus.

Ich hatte meine Kinder gefragt, ob ich meine Eltern einziehen lassen sollte, oder meine neue Liebe für sie da sein sollte.

Sie entschieden sich für ihn.

Was ich bis dato nicht kannte, war die permanente Überwachung.

Mein Lover hatte immer das Gefühl, ich machte alles hinter seinem Rücken und würde ihm nicht alles erzählen.

Natürlich erzählte ich ihm nicht alles. Es gab wichtig und unwichtig Dinge. Es gab Begebenheiten aus meinem Leben, die musste ich ihm nicht erzählen, weil er davon keine Ahnung hatte, und ich der Meinung war, niemanden eine Rechenschaft schuldig zu sein. Ich war ein erwachsener Mensch mit Verantwortung und ich wusste, was ich tun und was ich lassen sollte. Und ich musste auch nicht lügen oder die Unwahrheit sagen. Dennoch musste ich nicht alles erzählen. Wozu? Jeder ist ein Individuum und weiß, was er tut.

An dem Tag, als ich nach Kos flog, hatte ich vormittags mit dem Vater meiner Tochter gemailt. Er wollte mich treffen. Ich sagte jedoch ab, da ich ja in Urlaub wollte. Diese ausgedruckte Mail zerriss ich und schmiss sie in meinen Papierkorb. Ich konnte ja nicht ahnen, dass meine neue Liebe während meiner Abwesenheit den Papierkorb durchwühlen und mir eine Szene am Telefon machen würde.

Es artete dann so weit aus, dass er mir sogar ein Fax ins Hotel schickte.

Er zweifelte meine Liebe an. Das war ein Drama.

Und ich kam mir wie im Kindergarten vor.

Als er mich dann vom Flughafen abholte, sagte ich ihm völlig ungehalten, dass er das nicht noch einmal machen sollte, wenn er mich nicht verlieren wollte.

Wir könnten diese Beziehung aber auch sofort beenden. Ich brauchte niemanden, der mir hinterherspionierte und dann auch noch daran zweifelte, was ich ihm dazu sagte.

Allein die Frage schon und das Schnüffeln im Papierkorb wären doch krank.

Solche Sachen sollten wir noch häufiger erleben.

Es hat sehr lange gedauert, bis er mir vertraute.

Ich konnte zu dieser Zeit auch nicht wissen, was für Hörner seine Frau ihm in all den Jahren aufgesetzt hatte. Dass sie ihn immer wieder betrogen und belogen hatte. Doch ich war nicht sie.

Also musste er lernen, mir zu vertrauen. Es hat gedauert, aber es wurde immer besser.

Ostern hatte ich seine älteren Kinder mit ihrer Mutter zum Essen eingeladen.

Meine Eltern waren auch dabei und der Freund meiner neuen Liebe.

Es war ein gemütliches, leckeres Essen.

Als ich in der Küche mit der Mutter seiner beiden Kinder sprach, fragte ich sie, was sie zu dem Vorwurf des Kindermissbrauchs sagte.

Sie war ja mit dem Mann lange zusammen und hatte selbst zwei Kinder von ihm und sie war auch noch Pädagogin. Besser ging es nicht.

Sie sagte allen Ernstes zu mir, dass sie sich nicht sicher wäre und ihre Kinder auf jeden Fall befragt hätte.

Da war ich erst einmal geschockt.

Dann fragte ich den besten Freund meiner neuen Liebe, was er zu dem Vorwurf sagte.

Schließlich hatten die beiden viele Jahre zusammengelebt. Er kannte ihn am besten.

Er guckte mich irritiert an. Wie ich an so etwas denken könnte? An dieser Beschuldigung wäre nichts dran. Rein gar nichts.

Er musste es wissen und mein Gefühl hat mich auch nie getäuscht. Von Anfang an nicht.

Die beiden Männer lebten in einer WG über Jahre und das Witzigste ist, dass meine neue Liebe die Frau seines Freundes kennen und lieben gelernt hatte.

Zwar ist die Beziehung zwischen ihm und ihr auseinandergegangen, jedoch ist eine WG-Freundschaft aus den Männern geworden.

Ich wollte das Gesagte nicht verdrängen und es plagte mich auch etwas.

Nach ein paar Tagen, als wir mal allein waren, sagte ich ihm, dass die Frau seiner beiden älteren Kinder mein Haus ab jetzt nicht mehr betreten darf. Und schon gar nicht während meiner Abwesenheit.

Sie könnte die Kinder bringen und auch abholen. Aber bei mir bekäme sie keinen Kaffee. Sie setzt sich nie wieder an meinen Esstisch.

Erstaunt fragte mich meine neue Liebe, warum ich diese Meinung hätte. Daraufhin erzählte ich ihm, dass eine Frau, die denkt, dass er seine eigene Tochter missbraucht hätte und sich nicht sicher wäre, ob er nicht sogar ihre beiden Kinder missbraucht hätte, hier nicht ins Haus kommt.

Er wiederum dachte, ich wäre eifersüchtig auf diese Frau.

Ich versuchte, klarzustellen, was die Aussage dieser Frau bedeutete.

Wenn sie genau so dachte wie seine Ehefrau, dann hatte sie hier nichts zu suchen. Und dann hatte sie auch ihre Kinder hier nicht abzugeben, wenn ich nicht zu Hause war.

Doch meine neue große Liebe war so sehr mit dem Sorgerecht seiner Tochter beschäftigt, dass er auf meine Ansage nicht hörte.
Diese Zeit mit der Bezichtigung des Missbrauchs und dem Sorgerechtsstreit war eine harte Zeit für ihn.
Einmal habe ich erlebt, wie er in sich zusammengefallen ist.
Er schluchzte wie ein Kind.
In meinen Armen tröstete ich ihn. Der harte Mann war einfach zusammengefallen.
Das tat mir sehr leid und auch sehr weh.
Diese Frau konnte ihn fertigmachen.
Jetzt musste ich aufpassen auf ihn.

Wir waren zwar absolute Gegensätze, aber wir verstanden uns gut.
Und ich war glücklich mit ihm. Die Begeisterung war auch da, weil er sich auch um meine Kinder kümmerte. Er las mir jeden Wunsch von den Augen ab.
Er war einfach zuverlässig und immer für mich da. Und für meine Kinder.
Die Gegensätze waren für alle zu sehen.
Ich die Geschäftsfrau mit schicken Klamotten und immer gestylt. Ich hatte meinen eigenen Kopf und ich sagte, was ich wollte oder auch nicht wollte.
Er, der Handwerker, der die breitesten Hände hatte, die ich je gesehen habe. Und die ich so sehr liebte.

Er hatte alles, was ich an einem Mann gut fand: Den typischen Westerngang wie Django, etwas längere dunkle Haare und war Motorradfahrer, was eine gewisse Männlichkeit ausstrahlte.

Gut, er hatte dünne Beine, aber dafür einen superkleinen Knackarsch.

Er hatte schöne Füße und überhaupt einen sehr ansprechenden Körperbau und viele Muskeln und wenn er wollte, sah er aus wie Popeye.

Auf Klamotten legte er keinen Wert, was mich auch nicht störte.

Wenn ich mal etwas sah, was nicht ging, sagte ich das, aber ansonsten nahm ich ihn so, wie er war. Er war Kettenraucher und ich fand ihn unheimlich männlich.

Ein Jahr später zog er bei mir ein.

Kurze Zeit später machte ich ihm einen Heiratsantrag, den er annahm.

Mein Wunsch war es, in Las Vegas zu heiraten, aber dahin haben wir es nicht geschafft.

Meine neue Liebe war permanent bankrott, berufsunfähig und auch sonst nicht zum Arbeiten geboren.

Ab und an wollte er hier mal etwas tun, aber es musste nicht regelmäßig sein.

Es lag alles auf meinen Schultern. Wenn ich also der Meinung war, wir sollten mal in den Urlaub fahren, dann musste ich es auch bezahlen können. Er konnte für sich bezahlen, aber nicht für uns, geschweige denn für die ganzen Kinder.

Doch auch damit arrangierten wir uns.

Was mir zu schaffen machte, war seine krankhafte Eifersucht.

Ich hatte nach wie vor ein gutes Verhältnis zum Vater meiner Tochter.

Wir trafen uns ab und an auf einen Kaffee.

Mehr war da nicht.

Meistens ging es um die Firma.

Wir konnten einfach gut darüber reden. Über alles, was das Geschäft anging.

Es tat mir auch immer gut, mit ihm zu reden. Der Austausch war einfach ein anderer als zwischen meinem Liebsten und mir. Und es war auch immer positiv.

Aber meine neue Liebe kontrollierte nach wie vor den Mülleimer und durchwühlte Fotos, fuhr mir nach und durchsuchte ständig auf meinem Schreibtisch herum. Er war neugierig und hatte immer Angst, es könnte hinter seinem Rücken etwas passieren. Das war aus meiner Sicht völlig krank, aber manchmal auch durchaus verständlich, wenn man so verarscht wurde wie er.

Oft konnte ich damit nicht gut umgehen und rastete meistens aus und wollte immer gleich die Beziehung beenden.

Diese ganze Streiterei wegen dieser Lächerlichkeiten waren anstrengend und unnötig. Das Spionieren und das Hinterherfahren waren krankhaft. Es sollte auch noch länger dauern.

Einmal habe ich mich mit dem Vater meiner Tochter getroffen.

Man kann nicht sagen, dass es heimlich war, aber ich hielt es nicht für nötig, vorher darüber zu reden, da ich wusste, was für ein Theater herauskommen würde. Und dann hätte er mir wieder den Tag und das Treffen versaut.

Wir saßen im Büro vom Vater meiner Tochter und da platzte er herein.

Wie ein Stier kam er herein und beleidigte alle Anwesenden, beschimpfte mich und verließ wie ein Hammel das Büro.

Diese Situation fand ich so peinlich und unnötig, dass ich in dem Moment die Sache abwinkte, doch innerlich kochte ich. Seine primitive Wortwahl und sein Androhen von Schlägen waren irgendwie lächerlich.

Mit einem Freund zusammen hatte ich ein Partnerinstitut für die Vermittlung von Frauen aus dem östlichen Europa.

Die Anfragen liefen sehr gut. Wir hatten viel zu tun.

Das Problem bei mir war meistens, wenn ich die Herren aufsuchte, dass sie mir sagten, die Frauen, die sie suchten, sollten so sein wie ich.

Das war nicht einfach für mich. Aber es machte Spaß.

Einmal war ich nach einer durchzechten Nacht auf dem Weg zu einem älteren Herrn, der unbedingt eine Frau kennenlernen wollte. Als ich mit meinem Brauseschädel in seinem Esszimmer saß, erzählte er mir, dass er sich einen neuen Massagesessel gekauft hatte und ob ich ihn mal ausprobieren möchte.

Ausprobieren wollte ich ihn eigentlich nicht, aber ich sagte natürlich: „Selbstverständlich gern."

Der Blutdruck stieg und ich hatte ein ungutes Gefühl.

Als er mich in das Zimmer führte, in dem der Sessel stand, stand auch noch eine Kamera aufgebaut und eine Fototapete dahinter. Das war schon sehr ungewöhnlich, aber ich war mutig. Ich setzte mich in den Sessel und er erklärte mir, wie er funktionierte.

Es war sehr harmlos, aber ein wenig Schiss hatte ich doch.

Dabei erfreute er sich einfach nur über seinen getätigten Kauf und war so stolz darauf, dass er es mir vorführen wollte.

Das zweite Mal war ich bei einem selbstständigen Elektriker, der gut aussah und ein schönes Haus hatte, und ich fragte mich: „Warum bekommt er auf dem normalen Weg keine Frau?"

Das war für mich unverständlich. Doch er gab mir zu verstehen, dass er unbedingt eine Frau aus Bulgarien kennenlernen wollte.

Er wurde auch erfolgreich vermittelt.

Zum Dank lud er mich später zum Essen ein und schenkte mir Parfüm, was ich als sehr unangebracht empfand, denn Parfüm kann man nur verschenken, wenn man den Partner kennt. Und ich war nicht seine Partnerin.

Jedenfalls telefonierte ich mit ihm des Öfteren und er sagte mir, dass er eine deutsche Frau auch nehmen würde, wenn sie so wäre wie ich.

Wie schmeichelhaft.

Er lernte dann eine Frau kennen, die er auch noch in Bulgarien heiratete. An der Grenze wurde diese jedoch verhaftet, da sie auf einer Liste von politischen Extremisten stand. Also kam er wieder nach Hause, ließ sich von Deutschland aus scheiden und fuhr ein weiteres Mal nach Bulgarien. Dann lernte er eine Frau mit Kind kennen, die ihm später sogar noch ein eigenes Kind schenkte.

Es war schon schön.

Viele Vermittlungen liefen gut und oft kam es zur Hochzeit. Einige Dankesbriefe habe ich heute noch.

Leider hatte mein Institutspartner zu der Zeit auch persönliche Probleme und war dazu noch schrecklich verliebt. So blieben die Wochenenden bei mir hängen, was ich auf Dauer auch nicht wollte, und so einigten wir uns, das Institut zu schließen.

Mein neuer Job bei der Bausparkasse machte mir keinen Spaß. So wechselte ich in die Bank. Das war noch schlimmer.

Als mich dann der Vater von meiner Tochter anrief und mich bat, bei ihm zu arbeiten, überlegte ich nicht, sondern schlug zu.
Das hätte ich mir schenken können. Es war ein Desaster.

Er schmeichelte mir und gab mir zu verstehen, dass er es einfach gut fände, wenn ich für ihn arbeitete und er mir so monatlich mein Gehalt zahlen könnte. Dabei würde er sich besser fühlen und er hätte dann das Gefühl, dass Mutter seiner Tochter Geld verdienen würde, um seine Tochter zu ernähren.

Zwei Monate später hatte ich kein Geld auf dem Konto. Ich sprach ihn deswegen an.
Es würde schon kommen, war seine Antwort.
Nach vier Wochen hatte ich immer noch kein Geld. Das war eine harte Zeit, denn ich hatte auch meine Verpflichtungen

Ich bin dann von heute auf morgen nicht mehr hingefahren. Am Telefon machte er mir Vorhaltungen, um dann zu sagen, dass er bankrott sei. Was für eine Scheiße!

Die Hochzeit mit meinem Mann meiner Träume hatte ich mir anders vorgestellt, als es dann kam.
Romantik, Liebe, Erotik sollte in der Luft liegen.
Doch das war leider nicht so.
Ich wollte zwar immer gern in Las Vegas heiraten, aber dafür hatten wir kein Geld. Es reichte jedoch für Sylt.
So organisierte mein angehender Ehegatte die Hochzeit und ich musste nur mit ihm dort hinfahren.
Morgens am Tag der Hochzeit fing es schon gut an.
Mein Ehegatte war so aufgeregt, dass er als erstes neben das Klo pinkelte und nachmittags schlief er im Bett ein und ich ging allein spazieren.
So hatte ich mir meine Hochzeit nicht vorgestellt.

Abends aßen wir in unserem Hotel, das sehr schön hergerichtet war, und der Hotelbesitzer hat uns sogar eine Flasche Wein geschenkt.
Nach dem Essen gingen wir auf das Zimmer und wollten Sex haben. Wir verkleideten uns in Lack und Leder und taten so, als ob wir vor Geilheit nicht wüssten, was zu tun ist.
Na ja, eher etwas kindisch, aber es war ganz nett. Ein netter Zeitvertreib.
Am nächsten Tag waren die Surfer am Strand und auch Leute vom Radio. Leider war kein Wind da und somit ging gar nichts. Die Surfmeisterschaften fanden nicht statt.

Also verbrachten wir den Nachmittag in der Sauna des Hotels sowie im Schwimmbad und anschließend vögelten wir, als ob es das letzte Mal wäre.

Nach über einem Jahr bekam ich Post vom Jugendamt. Dort stand drin, dass ich zu viel gezahltes Geld für den Unterhalt meiner Tochter zurückzahlen musste. Ich rief dort an und man sagte mir, dass ich ja verheiratet wäre und somit stünde mir das Geld für meine Tochter nicht zu. Ich vermittelte dem Menschen am Telefon, dass doch mein Ehegatte nichts mit meiner Tochter zu tun hätte, und ich nicht verstehen würde, dass ich kein Geld mehr für meine Tochter bekäme. Ich hätte doch sowieso schon fast kein Geld und jetzt das auch noch streichen, das konnte doch nicht wahr sein.

Der Vater meiner Tochter hatte noch nie gezahlt und nun zahlte das Jugendamt auch nicht mehr, obwohl mein Ehegatte Arbeitslosengeld kassierte. Das konnte doch alles nicht wahr sein!

Aber es war so.

Nicht nur, dass wir kein Geld mehr für meine Tochter bekamen. Nein, wir mussten auch noch Geld zurückzahlen. Wie doof war ich eigentlich? Hätte ich das alles gewusst, hätte ich nie geheiratet. Das war nicht gut.

Also stand ich wieder ohne Job da und suchte mir ein Institut für Finanzierungsvermittlung.

Das machte viel Spaß, brachte einen Haufen Arbeit und viel Geld.

Zu dieser Zeit ging meine Tochter für ein Jahr nach Amerika.

Wir fuhren meine Tochter zum Flughafen nach Frankfurt und ich heulte Rotz und Wasser beim Abflug, was meiner Tochter anscheinend gar nichts ausmachte, denn sie drehte sich noch nicht einmal um.

Das tat mir so furchtbar weh und ich war so hilflos. Ich musste sie nun ganz allein gehen lassen und konnte sie nicht mehr beschützen.

Dies war kein gutes Gefühl.

Ich fand es super, dass das mit dem Jahr in Idaho funktioniert hat. Sie hätte sicherlich eine bessere Gastfamilie haben können, aber dafür hatte sie eine neue Freundin kennengelernt, an der sie heute noch hängt und die sie ganz oft vermisst. Und sie hat sie inzwischen auch mehrmals besucht.

Sogar ich war inzwischen dort und konnte mich persönlich bei der Gastmutter bedanken, dass sie sich so um meine Tochter gekümmert hat und sie sogar aufgenommen hat, als meine Tochter so unzufrieden war mit der eigentlichen Gastfamilie.

Es war viel Geld für mich im Monat für meine Tochter. Dafür wurde ich finanziell von meinen Eltern mit 100 Euro monatlich unterstützt.

Angehört hat es sich in der Familie, als ob mein Vater monatlich 1000 Euro für meine Tochter ausgeben würde.

Und ich musste natürlich dankbar sein für die 100 Euro. Das war ich natürlich auch, aber meine Eltern sind keine armen Menschen und von daher hätten sie meiner Tochter ruhig etwas mehr geben können.

Vielleicht kam mir das auch alles so ungerecht vor, weil ich selbst zu dieser Zeit nicht genug Geld zur Verfügung hatte. Das weiß ich nicht mehr.

Dann kam die Zeit des Finanzamtes. Ich rechnete mir aus, dass ich auf meinem Provisionskonto einen Betrag von ca. 70.000 Euro angehäuft hatte. Diese forderte ich nun beim Eigentümer der Firma, für die ich tätig war, ein.

Der jedoch erzählte mir in einem ruhigen Ton, dass es stimmte, dass mir 70.000 Euro noch zustanden. Die sollte ich auch haben, aber nicht im Moment.
Im Moment hätte er das Geld angelegt und könnte es mir somit nicht geben.
Erst dachte ich, es wäre ein Scherz, aber weit gefehlt. Es war sein Ernst. Er hat also mein Geld angelegt und somit stand es für mich nicht zur Verfügung.
Dieses wäre schon eine Straftat, aber was solle ich tun?
Auf seine Güte war ich angewiesen.
Also bekam ich das Geld nicht.

So konnte das nicht weitergehen. Nach drei Jahren, in denen ich viel gearbeitet hatte, absolut zuverlässig war und den Juniorchef vertreten habe, war ich es leid, meinem Geld hinterherzulaufen. Ich war nicht nur enttäuscht, sondern auch wütend und fassungslos.

Was viel schlimmer war, dass jetzt Gründe gesucht wurden, mir gar nichts mehr zahlen zu müssen.
So kramte mein Chef Dinge hervor und behauptete, dass ich an der Firma vorbei gearbeitet hätte. Er erfand einfach irgendwelche Geschichten und zum Schluss sagte er mir, ich könne mein Geld einklagen.

Das war nicht nur schlimm, es war so enttäuschend und vor allem hatte ich kein Geld.

Zu dieser Zeit befand sich mein Ehegatte in Griechenland. Er war ein absoluter Griechenlandfan und sein Traum war es, dort Fuß zu fassen.

Diese Idee fand ich auch nicht schlecht, wobei ich gesagt hatte, dass ich nie ganz dort hingehen würde. Aber das machte ja nichts in der heutigen Zeit. Ein Flug dorthin kostete ja nicht mehr die Welt. So könnte man sich auch kurzfristig mal über das Wochenende sehen.

Eines Tages telefonierten wir und ich sagte ihm, was mir mit meinem Chef passiert ist.

Daraufhin brach er seine Reise nach Griechenland ab.

Er wollte eigentlich mehrere Monate bleiben, aber nach sechs Wochen war er wieder zurück.

Inzwischen hatte ich den Anwalt aufgesucht, der meine Provisionsansprüche einforderte. Natürlich hatte ich bis zu diesem Zeitpunkt keinen einzigen Euro verdient und es war auch nichts in Aussicht. Dadurch konnte ich meinen Verpflichtungen nicht nachkommen und so kam es, dass ein Anwalt eines Gläubigers mir die Pistole auf die Brust setzte.

Wenn ich nicht zahlen könnte, würde eben der Kredit gekündigt.

Das bedeutete für mich, dass es der Schufa gemeldet würde und das wäre für mein Arbeitsumfeld absolut nicht gut.

Denn niemand in meiner Branche nahm jemanden mit einer negativen Schufa.

Das war es dann für mich in dieser Branche.

Ich war natürlich verzweifelt und wurde immer verzweifelter. Kein Geld hieß für mich kein Bezahlen der Rechnungen.

Also lieh sich mein Ehemann Geld. Einmal von einem Bekannten und einmal von seinem Bruder. Das war nicht gerade eine fantastische Lösung, aber es half, wenigstens das Nötigste zu bezahlen.

Mein Ehemann war arbeitslos gemeldet und wir hatten nicht viel Geld. Jetzt war auch ich arbeitslos.

Ab und an konnte ich noch eine Finanzierung machen, aber nicht viel und der Versuch, mich einer Bank oder Bausparkasse oder freien Finanzierungsinstituten anzuschließen, gelang mir wegen der negativen Schufa nicht.

Die Bausparkassen und die Banken hätten mich gern genommen, denn ich war in diesem Job wirklich gut, aber alle hatten auch ihre Auflagen zu erfüllen und denen konnte ich leider nicht nachkommen.

Eine negative Schufa ist in meiner Branche tödlich.

So wurde ich immer verzweifelter. Ich weinte viel und mir stand das Wasser bis zum Hals. Jetzt konnte ich auch mein Haus nicht mehr regelmäßig bezahlen. Das war schon sehr schlimm für mich. Alles, was ich erreicht hatte, war plötzlich nichts mehr wert. Und ich sah keinen Ausweg. Keine Perspektive. Ich besaß auch keine Kraft mehr. Es war wirklich sehr tragisch und schlimm.

Täglich hoffte ich, dass es besser werden würde. In allen möglichen Job probierte ich mich, jedoch hatte ich draufgezahlt oder wurde gar nicht bezahlt, oder es war einfach ein Job, der mir nicht lag.

So fiel ich langsam in ein großes, schwarzes Loch.

Täglich wurde meine Traurigkeit schlimmer. Oft zog ich mich zurück und weinte und betete zum lieben Gott, dass er mir helfen möge.

Zu der Zeit machte mein Sohn seinen Führerschein und benötigte ein Auto.
Natürlich wollte ich ihn unterstützen, wie jede Mutter es tun würde. Es gelang mir jedoch nur dadurch, dass ich noch weniger Rechnungen bezahlte.

Zu dieser Zeit verstanden sich mein Ehemann und ich uns überhaupt nicht mehr. Ich gab ihm die Schuld an der Misere, weil er einfach mich nicht unterstützte. Er konnte sich zwar Geld leihen, aber nicht zurückzahlen. Er konnte nicht arbeiten und ich war völlig überfordert.
Da ich seine Bemitleidung satthatte, kümmerte ich mich selbst um die Angelegenheit.
So kaufte ich ein Auto von einem Autohändler, der mich richtig verarscht hatte.

Mein Sohn und sein Freund waren an einem Nachmittag unterwegs und eine Radmutter löste sich. Diese Radmutter sprang ab und zum Glück kam kein Auto entgegen bzw. auch kein Fußgänger.

Mir war heiß und kalt, als er mich anrief und mir das Desaster erzählte. Was hätte alles passieren können. Nur weil ein Arschloch von Autohändler mich hinters Ohr geführt hat.
Es war ein echtes Glück, dass den beiden Jungs nichts passiert ist.

Das hätte tödlich enden können. Das war unfassbar für mich und somit verklagte ich den Autoverkäufer und bei meinem Glück war es klar, dass ich die Klage verlor. Da ich nicht damit gerechnet habe, diese Klage zu verlieren, haute es mich doch vom Hocker.

Noch ein Schlag auf mein eingeknicktes Ego.

Das Fahrzeug wurde repariert und ich zahlte in Raten ab. Da ich von Anfang an nicht regelmäßig bezahlte, lief es dann über den Gerichtsvollzieher, der inzwischen bei uns ein- und ausging.

Mein Gemütszustand war nicht der Beste und ich fühle mich allein und einsam. Ausgenutzt, nicht verstanden und war auch wütend auf alle Ungerechtigkeiten.

So schlich es sich über Jahre hin und uns ging es immer schlechter.

Als wir einmal die Nachzahlung der Gas- und Stromrechnung bekamen, wandte ich mich ans Arbeitsamt und bat um die Übernahme der Kosten, die durch Ratenzahlung zurückgeführt, werden sollte. Doch auch das wurde abgelehnt.

Daraufhin rief ich alle möglichen Stellen der Gemeinde und Stadt an und niemand war bereit, uns zu helfen. Selbstverständlich machte ich das alles mit Bedacht und Vorsicht. Die Kinder sollten davon nichts mitbekommen.

Innerlich war ich völlig verzweifelt. Ich zog mich mehr und mehr zurück. Doch nach außen tat ich immer fröhlich und freundlich, aber nach innen war ich leer und es kreisten die ersten Gedanken des Selbstmordes.

Irgendwann sagte ich mir: „Es reicht jetzt. Ich werde dem Leben ein Ende setzen."

Dieser Gedanke kam mir inzwischen so oft, dass er sich schon eingebrannt hatte.

Meistens konnte ich den Gedanken verdrängen und nach hinten schieben. Den Gedanken, sich umzubringen, immer wieder verwerfen. Das war mein Motto zu dieser Zeit.

Mir das Leben zu nehmen kann ich jederzeit. So war es in meinem Kopf. Wenn nicht heute, dann eben morgen, oder auch übermorgen. Aber ich kann es tun. Ich bestimme!

Mich selbst töten konnte ich jederzeit. So war es in meinen Gedanken.

Zu dieser Zeit überredete mich mein Mann, doch bei einem Freund eine kleine Sexparty zu veranstalten. Meine Freundin und er und sein Freund und ich.

Da ich nicht verklemmt bin und auch Spaß an Sex habe, wäre die Idee auch okay gewesen. Der Zeitpunkt war einfach falsch.

Mit diesen ewigen Sexpartys, Sexspielen mit anderen und Fotografen dabei und was für irre Wünsche er hatte, ging er mir auf die Nerven.

Doch vielleicht empfand ich es auch als Ablenkung und willigte ein.

Innerlich dachte ich mir, dass ich ihm wohl nicht reichen würde, darum die dauernden Wünsche nach Sexpartner und Clubbesuchen. Es war enttäuschend und belastend für mich. Mein Mann war meine große Liebe und er hat mich schon so oft enttäuscht, aber ich wollte nicht ohne ihn sein.

Als die ersten Gespräche geführt wurden und er mir seine Wünsche erzählte, brach mir das Herz. Meine Gefühle so zu verletzen tat mir sehr weh.

Mir war nicht klar, wie er mich mit anderen teilen konnte. Mir war nicht klar, wie ich das hinbekommen soll, ihn teilen zu müssen. Zuzuschauen, wie er mit einer anderen Sexspiele durchführt, oder ich mit einem anderen. So etwas ging mir durch den Kopf. Es lenke mich von meinen dauernden Geldsorgen ab und gleichzeitig fragte ich mich, ob das wirklich jetzt sein muss und ob es nicht wichtigere Dinge gab, als Sex mit anderen zu haben.

Wir hatten an diesem Abend wirklich viel Spaß. Es reizte mich sogar zu sehen, wie mein Mann eine andere Frau vögelte. Und ich genoss den Sex mit seinem Freund, denn er war sehr zärtlich, aber auch zugleich fordernd und brutal.

Umgekehrt war es wohl auch so, denn ab diesem Abend verstanden wir uns wieder sehr gut und ich konnte in seinen Armen weinen.

Das erleichterte vieles. Ich konnte mir die Seele aus dem Leib weinen, denn es gab so vieles, worüber ich weinen musste. Die ewige Traurigkeit war nicht auszuhalten. Diese Hilflosigkeit. Es war eine sehr schwere Zeit für mich.

Zu der Zeit wurde meine Tochter 18 Jahre alt und wünschte sich ein Auto.

Das kreiste in meinen Gedanken. Natürlich wollte ich ihr den Wunsch gern erfüllen. Aber wie? Diese Gedanken kreisten nun auch noch in meinem Kopf.

Mein Sohn hatte sich zur Bundeswehr gemeldet und der Tag nahte. Mein Mann war selbst bei der Bundeswehr und sagte mir von Anfang an, dass mein Sohn das dort sowieso nicht schaffen würde. Er wäre ein Weichei, von Mama verwöhnt und er hätte kein Durchhaltevermögen und sportlich wäre er auch nicht.

Beim ersten Mal hatte er die Sportprüfung nicht bestanden, so animierte ich ihn zum Lauftraining. Wir liefen gemeinsam. Meine Ausdauer und das Durchhalten, war für mich Priorität Nummer eins.

Und er bestand die Aufnahme.

Ganze zwei Wochen hielt er durch. Das war furchtbar für mich. Natürlich auch für ihn, aber er konnte ohne seine Freundin und dem ewigen Drall bei der Bundeswehr nicht bestehen. Er musterte sich selbst aus.

Mir erzählte er, dass er durch die Knieverletzung ausgemustert wurde, aber dem war nicht so. Das wusste ich auch, aber es war für mich nicht mehr wichtig. Wenn er sich bei der Bundeswehr nicht wohl fühlte, musste er gehen.

Eines Abends saß ich mit meinem Mann in der Küche und er sagte zu meinem Sohn, dass er mich angelogen hätte. Er solle mir endlich die Wahrheit sagen.

Mir war nicht klar, worauf er hinauswollte, denn ich wusste, dass es nicht an der Knieverletzung gelegen hat. Dies war doch auch nicht wichtig. Mein Sohn ist alt genug und kann sein Leben selbst bestimmen.

Was sollte das also?

Mein Mann erzählte, dass er mit dem Vorgesetzten meines Sohnes beim Bund telefoniert hätte. Und so kam heraus, dass er keine Knieverletzung hatte, sondern aufgegeben hatte.

Ich war völlig aufgebracht und sauer darüber, dass er hinter dem Rücken meines Sohnes dort angerufen hatte. Das war nicht seine Aufgabe und das ging ihn auch nichts an.
Er hätte direkt mit meinem Sohn sprechen können, aber hinter dem Rücken dort anzurufen, das ging meines Erachtens zu weit.

Mein Sohn erklärte mir, dass er es mir schon noch erzählt hätte. Er wollte nur den Zeitpunkt abwarten, da er wusste, dass er mich enttäuscht hatte.

Er wusste, wie sehr ich gewollt hatte, dass er zur Bundeswehr ging. Schon als kleiner Junge hatte er in Bundeswehrklamotten Soldat gespielt.

In der Küche spitzte sich die Lage zu.
Auf die Antwort meines Sohnes mischte sich mein Mann in das Gespräch ein.
Er gab meinem Sohn zu verstehen, dass er seine Mutter belogen hätte und sich wahrscheinlich hinter meinem Rücken lächerlich darüber machte, wie blöde seine Mutter wäre, die ihm alles glaubte.
Ich sagte meinem Mann, dass er seinen Mund halten sollte, denn das ginge ihn gar nichts an. Daraufhin provozierte er meinen Sohn so sehr, dass dieser sagte, er werde ihm gleich auf sein Maul hauen.

Da sprang mein Mann auf und steuerte auf meinen Sohn zu. Er holte schon aus, noch bevor ich dazwischen springen konnte. Doch mein Sohn schlug meinem Mann auf die vorlaute Klappe und dieser fiel zu Boden mit einer geplatzten Lippe.

Dieser sprang sofort wieder auf und wollte zu meinem Sohn, aber ich ging spontan dazwischen und schrie ihn an, dass er seine Schnauze halten und meinen Sohn in Ruhe lassen sollte, ansonsten könnte er hier verschwinden.

Nachdem sich alles gelegt hatte, lagen sich die beiden in den Armen und jeder beteuerte, dass er den anderen doch liebte.

Aber da war der Bruch auch schon passiert.

Nicht lange Zeit später zog mein Sohn aus.

Nun zog ich mich noch mehr zurück und hasste meinen Mann innerlich.

Nicht jeder konnte so ein Kerl sein wie er. Nicht jeder war so geil auf die Bundeswehr und geil darauf, ein wahrer Mann zu sein. Männlichkeit hieß bei ihm Stärke, Schlägereien und eine große Fresse zu haben.
So war mein Sohn zum Glück nicht.

Innerlich hielt er meinen Sohn für eine Niete und alles, was er tat, war nicht gut genug für ihn. Das schmerzte mich sehr und in meinen Augen verlor meine große Liebe den Stellenwert, den er einst eingenommen hatte.

Es ging weiter den Bach runter.

Er hatte auch ab und zu Aufträge, aber leider konnte man gegen den Berg von Rechnungen nichts tun.

Das Geld, was hereinkam, war auch sofort wieder weg.

Manches Mal war der Kühlschrank leer.
Mit zehn Euro in der Tasche habe ich den Wochenendeinkauf getätigt.
Man konnte auch mit wenig zufrieden sein.

Wie ich es hinbekommen habe, dass meine Tochter zu ihrem Auto kam, weiß ich nicht, aber ich hatte es geschafft.

Natürlich wieder am falschen Ende gespart. Es musste ein Auto sein, das nicht teuer sein durfte, und was kaufte ich? Natürlich großen Mist.
Schon auf dem Weg nach Hause qualmten die Bremsen. Vorsichtig fuhr ich ihn dann zu einem Bekannten, der das Auto wieder fit machte.
Dazu benötigte ich nochmals Geld.
Mein Mann half mir dann, dass Auto so fertigzumachen, dass es am 18. Geburtstag bereit war und strahlte.
Und ich freute mich unendlich.

Meine Tochter freute sich zu Anfang gar nicht, aber am nächsten Tag, als sie dann das quietschgelbe Auto sah, war es doch in Ordnung für sie.

Davor war es der Führerschein. Dieser kostete inzwischen viel Geld. Wie ich das geschafft habe, weiß ich wirklich nicht mehr. Alles natürlich auf Kosten der liegen gebliebenen Rechnungen.

Mein Haus konnte ich jetzt gar nicht mehr bedienen und die Bank fand das jetzt auch nicht mehr lustig.

Jeden Tag aufs Neue war ich gefordert. Meine Nerven waren nicht die Besten und die Laune meistens im Keller.

Unsere Ehe lief nicht mehr so gut. Mein Mann nervte mich mit seinen Sexspielen und ich machte ihn dafür verantwortlich, dass mein Sohn ausgezogen war.

Mein Mann hatte einen schlechten Stand bei mir zu dieser Zeit.
 Manches Mal hasste ich ihn regelrecht.
 Was sollte ich tun?
 Was konnte ich tun?
 Und wie konnte ich was tun?
 Ich überlegte nun immer öfter, wie ich mich umbringen könnte.
 Ja, ich wollte nicht mehr leben. Es war keine Kraft mehr da. Der Kampfgeist lies nach. Mein Leben empfand ich als Desaster.

Als ich irgendwann dann die Provisionszahlung bekommen habe mit einem Vergleich, der mich 15.000 Euro kostete, waren die Rechnungen so hoch, dass das Geld weg war.
 Das Einzige, was ich mir gegönnt habe, war ein Urlaub an der Ostsee mit meiner Tochter und meinem Patenkind.

Das Schönste an diesem Urlaub war, dass ich nicht auf den Groschen gucken musste. Ich genoss es, einfach etwas zu kaufen, oder zu bestellen, was ich wollte. Ohne auf den Preis zu gucken.

Es war so schön!

Meine Eltern, die mich bestimmt unterstützt hätten bzw. die Kinder, hatten sich inzwischen wieder einmal neu eingerichtet und das Haus umgebaut.

Zu den Autos der Kinder gaben sie auch etwas dazu, das war sicherlich besser als gar nichts.

Sie zu fragen, ob sie mehr geben würden, brachte ich nicht über mein Herz und mein Stolz.

Was hätte ich mir anhören müssen?

Was für einen Versager ich als Mann hatte?

Wollte ich das wirklich hören? Nein.

Diesen Satz hatte ich schon öfter gehört von meinen Eltern.

Das mein Mann auf meiner Tasche liegen würde und er nichts auf die Reihe bekäme. Das war ein Fass ohne Boden.

Und ich sollte bei der Meinung fragen, ob bzw. um Geld bitten. Um eine Unterstützung? Nein, dazu war ich zu Stolz.

Irgendwie habe ich dann doch alles hinbekommen. Nur ich bin auf der Strecke geblieben. Für meine Kinder habe ich alles getan, was ich nur tun konnte.

Inzwischen hatte die Bank mir den Kredit gekündigt und mir freigestellt, mein Haus selbst zu verkaufen, oder die Bank würde es versteigern.

Mit der Dame von der Kreditabteilung der Bank hatte ich vereinbart, dass die Bank auf die Vorfälligkeitsentschädigung verzichtete und ich das Haus verkaufen würde.

Bei meinem Pech hatte die Dame vor der Protokollierung einen Autounfall und somit stand nichts von diesem Gespräch in den Akten, sodass es zur Zwangsversteigerung kommen würde, wenn ich nicht rasch das Haus verkaufen kann.

Das war für mich erst einmal ein Schock.

Jetzt fiel sogar mein Lebenstraum ineinander zusammen.

Das tat weh.

Daran hatte ich lange zu knabbern.

Wieder zog ich mich zurück und machte das alles mit mir aus.

Jetzt stand fest, ich könnte jederzeit vor den Zug springen, oder sonst einen Versuch unternehmen, um aus dem Leben zu scheiden, es ist jetzt sowieso alles egal. Dann wäre endlich Ruhe und endlich könnte ich aufatmen.

Ich war ausgelaugt, fertig, ohne Freude und ohne Spaß.

Aber eine Aufgabe hatte ich noch.

Meine Tochter hatte ihr Abitur gemacht, und zwar ein sehr gutes Abitur.

Jetzt sollte das Studium beginnen.

Sie bekam kein BAföG, da ihr Vater nicht in der Lage war, seinen Rentenbescheid im Studentenwerk einzureichen.

Bereut habe ich, dass ich ihn überhaupt als Vater angegeben habe. Ohne ihn hätte sie es viel, viel einfacher gehabt. Dann hätte sie das BAföG und ich könnte meine innerliche Ruhe genießen.

Mir kam es so vor, als ob mein Leben nur aus Kämpfen bestehen würde. Und nun war ich müde. Meine Kraft war am Ende und der Willen zum Leben nicht mehr da.

Mein Kind kann ich doch nicht hängen lassen. Das würde ich noch zu Ende bringen.

Mein Mann hatte sich wieder einmal unter der Gürtellinie bewegt.
Er hatte sich gegenüber meiner angehenden Schwiegertochter wieder einmal falsch verhalten. Auf die Frage von ihr, wie sie sich erkenntlich zeigen könnte, dafür, dass er ihr bei ihrem Auto geholfen hatte, kam die Antwort:
„Ficken, vielleicht?"
Daraufhin sagte sie nein.
Dann schrieb er ihr per SMS: „Auch dann nicht, wenn ich 30 Jahre jünger wäre?"
Worauf sie antwortete: „Auch dann nicht."
„Auch nicht, wenn ich 10 kg weniger wiegen würde?"
„Auch dann nicht", war die Antwort.
„Und wie wäre es mit einem Vollbad und ich wasche dir den Rücken?"
„Auch dann nicht.
Und bitte hör doch auf, mit solchen Sprüchen", kam es als Antwort von ihr.

Er sagte ihr das zu, aber er konnte es nicht lassen. So war er schon immer.

Immer den Bogen überspannen und nicht wissen, wann man aufzuhören hat.

Diese ganzen SMS zeigte sie meinem Sohn und der rief mich an.
Wir lasen die Sprüche auf dem Handy und er gab mir zu verstehen, dass er mit diesem Typen nichts zu tun haben möchte und er ab jetzt auch nicht mehr nach Hause käme.

Das tat weh.
Was sollte ich tun?
Mein Mann ist einen Schritt zu weit gegangen und das nervte mich. Warum tat er so etwas? Warum?

Also zog ich mich, nachdem wir wieder einmal eine Auseinandersetzung hatten, noch mehr zurück.

Es tat ihm leid, das glaubte ich ihm. Doch er hatte nicht begriffen, wie er anderen damit vor den Kopf gestoßen hatte. Er hatte einfach den Ernst der Lage nicht verstanden.

Und so lebte ich dahin …

Es beschleicht mich seit zwei Tagen wieder.
Es ist unfassbar.
Ich bin so traurig, voller Hass und furchtbar unausgeglichen.
Wie auch? Eine Frau, die mindestens zehn bis zwölf Stunden am Tag gearbeitet hat, hat keine Aufgabe mehr.
Ich habe alles verloren, wahrscheinlich selbst verspielt.
Hochmut, dann der Fall.
Dabei hatte ich mal richtig viel Geld verdient und trotzdem bin ich abgestürzt und eigentlich nur, weil ich mein Geld haben wollte, was ich selbst verdient hatte.

Mein Verdienst, es gehörte mir!

Aber das interessiert ja nicht.
Wie soll man sich denn an etwas erfreuen? Das habe ich verlernt.

Zu wissen, dass der Monat im Portemonnaie am zehnten Tag vorbei ist?
Wie soll man den Rest des Monats überstehen?
Wie die Rechnungen bezahlen?
Wie das Haus bezahlen?
Ich hasse alles um mich herum.
Mein Mann geht mir so furchtbar auf die Nerven!
Seit seinem Unfall ist er jeden Tag zu Hause!

Ätzend!

Am liebsten wäre ich allein und wünschte mir, wieder atmen zu können. Glück zu fühlen und keine Sorgen mehr zu haben.

Das wird mir hier in meinem eigenen Hause verwehrt.

Es nervte mich alles nur noch.

Dieser Langweiler wurde immer langweiliger.

Wenn ich eine Spritze oder eine Kapsel hätte, die hätte ich schon längst genommen. Endlich Ruhe. Endlich dieses alles nicht mehr ertragen zu müssen.

Nach kurzer Zeit stand fest, dass ich das Haus gut verkaufen kann. Das passierte auch sehr rasch.
  Zuerst tat es mir weh, aber auf der anderen Seite war ich auch froh, endlich diesen Ballast loszuwerden. Etwas Neues zu beginnen. Obwohl ich mir das mit meinem Mann gar nicht vorstellen konnte. So gut verstanden wir uns auch nicht, doch vielleicht bringt uns das wieder näher zusammen. Wer weiß das schon.
  Und für etwas Neues bin ich immer zu haben.

Mein Kopf, mein Körper fühlt sich leer an. Mein Akku ist leer, meine Kraft ist weg. Wie ich das schaffen soll, was jetzt vor mir liegt, weiß ich nicht. Es ist mir absolut unklar.

Gern würde ich an die Nordseeküste ziehen wollen, doch hier geht es schon wieder los. Mein Mann möchte seine

Werkstatt komplett mitnehmen. Mir würde eine kleine Wohnung reichen.

Meine Gedanken zogen mich immer wieder an die Küste. In die Nähe vom Meer, damit ich zu Fuß gehen kann und in ein paar Minuten am Wasser bin.

Oder noch besser wäre es, wenn ich irgendwo mit Meerblick wohnen könnte.

Vielleicht sollten wir getrennt wohnen, kam es mir in den Kopf.

Endlich allein.

Nun stellte sich die Frage, ziehe ich um in eine Wohnung, die ich auch bezahlen kann?

Oder gehe ich mit ihm in ein Haus, weil er eine Werkstatt braucht?

Macht das alles überhaupt noch einen Sinn?

Wir leben wie Bruder und Schwester.

Sex haben wir seit über einem Jahr nicht mehr.

Auf mich eingehen tut er nicht, warum also?

Weil wir uns lieben?

Ich weiß nur, dass ich ihn sehr geliebt habe.

Aber jetzt weiß ich nicht weiter.

Vielleicht bin ich einfach leer und ausgelaugt.

Ich habe es nicht getan.

Das Wasser wurde mir zu kalt.

Also nahm ich Sekundenkleber, schmierte ihn auf meine Wunde am Arm und verband das Handgelenk.

Das Leben ist schön!
Man muss das Beste daraus machen!

Es war noch kein neues Objekt in Sicht, aber wir waren auf der Suche. Und zwar an der Nordseeküste.

Es dauerte nicht lange und wir fanden in einem Vorort von Wilhelmshaven eine große Doppelhaushälfte mit Garten.

Hier lebten wir und unsere Hunde. Es war ein neuer Anfang.

Zuerst fing ich in einem Callcenter an, was mir sogar richtig Spaß machte. Meine Arbeit verrichtete im Schichtdienst, was für mich Neuland war. Mir aber sehr gut gefiel.

Dann las ich im Internet eine Stellenanzeige, die mir nicht mehr aus dem Kopf ging. Es waren nicht gerade meine Qualifikationen, die dort gefragt wurden, aber der Wille war da, etwas Neues, etwas Besonderes zu beginnen.

Nach der Bewerbung folgten das erste persönliche Gespräch und dann die Zusage für dieses Stellenangebot.

Das Blatt schien sich zu wenden, jedenfalls dachten wir das.

Auch mein Ehegatte hatte eine Anstellung bekommen und wir waren auf dem besten Weg, uns finanziell zu erholen.

Es dauerte nicht lange, da kam wieder etwas Unvorhergesehenes, was uns wirklich vom Hocker haute. Das Finanzamt wollte von uns eine Buchprüfung und das, obwohl wir gerade in unserem Heimatort eine Prüfung hinter uns hatten.

Da ich es nicht wusste und auch nicht der Meinung war, dass das Finanzamt Recht hatte, verhielt ich mich bockig. Wir hatten erst eine Menge Geld bezahlt und nun sollte wieder eine Prüfung erfolgen und alle Unterlagen hatte ich auch gar nicht mehr. Das würde alles noch schwieriger machen.

Da ich mich nicht kooperativ verhielt, kam gleich auch die Kontenpfändung.

Was hatten wir wieder einmal falsch gemacht?

Ein guter Freund meines Mannes lieh uns das Geld, ohne nachzufragen und ohne Auflagen.

Mit dem Finanzamt hatten wir heftige Auseinandersetzungen und für mich war klar, es musste ein guter Anwalt oder Steuerberater für uns tätig werden.

Der Chef meines Mannes empfahl uns einen guten Steuerberater, der die Verhandlungen mit dem Finanzamt aufnahm. Es kam zu einem annehmbaren Vergleich.

Da ich schon immer ein fleißiger Mensch war und durch meinen neuen Job sich neue Wege öffneten, sah ich rosig in die Zukunft.

Was konnte uns schon noch passieren? Wir hatten doch schon alles erlebt.

Das Haus, in dem wir wohnten, entpuppte sich als Kältefalle. Also suchten wir weiter und jetzt wollten wir auch dichter an die Nordsee.

Es vergingen zwei Jahre und mein Ehemann fand das schönste Haus, das ich je gesehen und in welchem ich je gelebt hatte.

Jetzt hatten wir alles, was wir uns nur wünschen konnten.

Mein Ehemann hatte inzwischen noch einmal den Job gewechselt und nun hatte er auch Verantwortung zu tragen, was ihm sehr guttat.

Ein Haus so wunderschön, dass ich mich sofort verliebt hatte. Es besaß eine Doppelgarage mit Fußbodenheizung, eine kleine zweite Garage und im Keller eine Sauna mit Ruheraum. Ein ausgebautes Studio und auch sonst war es sehr schön eingerichtet.

Die Terrasse, die wie eine große Muschel geformt war, war der Hit.

Ansonsten bestand das Haus aus viel Elektrik und überflüssigem Luxus.

Nun waren wir angekommen.

Oft saßen mein Mann und ich in der Küche und redeten über unsere Arbeit, die Kollegen, die Nachbarn. Es war nicht aufregend, aber wir gewöhnten uns an unseren Ablauf und an unsere Gespräche.

Inzwischen konnte ich mich beruflich noch verbessern und es ging uns finanziell wieder gut.

Ich liebte meinen Mann von ganzem Herzen und ich denke er mich auch. Warum wir keinen Sex hatten, war mir nicht klar.
 Manchmal versuchte ich, abends in der Küche das Thema darauf zu lenken, aber er sagte nur, er hätte sowieso schon Probleme mit der Prostata und er wollte auch unbedingt mal zum Arzt gehen, denn das sollte man doch wirklich ändern.

Wir lebten in unserer heilen Welt und waren glücklich.

Jedenfalls dachte ich das.

Wegen der schweren, körperlichen Arbeit meines Mannes, musste er zur Kur.
 Widerwillig fuhr er. Schließlich musste sein Rücken wieder besser werden.

Und nun kam es, wie es in den Filmen immer zu sehen ist.
 Er meldete sich nicht mehr regelmäßig, sondern sporadisch und war dann auch am Telefon anders als sonst. Sofort spürte ich es. Es hatte sich etwas verändert.

Nichts Gutes. Mein Herz zog sich zusammen, wenn wir telefonierten.

Ostern kamen meine Eltern zu Besuch, damit ich nicht allein sein muss. Auch meine Tochter kam und wir hatten nette Tage.

Mein Verstand und mein Herz sagten mir nichts Gutes.
Ich spürte es täglich, dass etwas anders war als sonst.
Da mein Mann sich normalerweise täglich mehrmals per Handy über WhatsApp meldete, fiel es auch meinen Eltern auf, dass sich mein Mann fast gar nicht meldete.
Wir sprachen auch darüber. Doch ich tat so, als wenn das vollkommen normal sei.

Der Tag war gekommen, an dem mein Mann entlassen wurde und nach Hause fahren konnte.
Merkwürdig fand ich schon als Erstes, dass er nicht sofort nach Hause fuhr, sondern bei seiner Tochter vorbeigefahren war. Obwohl diese gar nicht zu Hause war mit ihrem Kind, sondern nur der Vater des Kindes.

Das machte für mich keinen Sinn.
Also war mir klar, dass mein Mann nicht gern nach Hause kam.
Warum denn nur?
Liebte er mich nicht mehr?
Hatte er sich verliebt?
Was war passiert?

Nun, er fuhr mit dem Auto auf den Hof und stieg aus dem Auto aus.

Er benutzte jedoch nicht den Tür-Code, sondern klingelte.

Ich machte die Tür auf und er stand da, mit gesenktem Kopf und einem leichten Lächeln auf den Lippen und sagte mir, dass er den Code vergessen hätte.

Er wollte mich nicht in den Arm nehmen.

Etwas verhalten kam er hinein. Da nahm ich ihn in den Arm und küsste ihn.

Er drückte mich ganz fest an sich, aber er küsste mich nicht.

Ich freute mich so sehr, ihn endlich wiederzusehen und ihn wieder in den Arm nehmen zu können. Er war jetzt endlich wieder da.

Eine Erleichterung überkam mich und eine Last fiel von meinen Schultern.

Meine Freude hatte keine Grenzen.

Ich kochte einen Kaffee für uns und wir erzählten uns Dinge, die ich erlebt hatte und die er erlebt hatte.

Danach packte er seine Sachen aus, ich kochte für uns und dann saßen wir wieder in der Küche.

Er war sehr verhalten mir gegenüber.

Ich hatte es sofort gemerkt. Irgendetwas war passiert.

Mein Herz krampfte sich zusammen.

Doch er beteuerte, dass nichts passiert wäre. Alles wäre wie immer.

„Warum verhältst du dich denn anders?

Warum erzählst du mir nicht, was wirklich passiert ist? Warum tust du mir so weh?"

Doch er beteuerte immer wieder, dass nichts passiert wäre. Alles wäre wie immer.

Dies ging über ca. vier Wochen.

Fast jeden Abend nahm ich seine Hand und beteuerte, wie sehr ich ihn liebte und wenn etwas passiert wäre, auch wenn er sich verliebt hätte, dann könnte er mir das doch sagen. Wir könnten doch über alles reden. Wir kriegen doch alles wieder hin.

Nein, es wäre nichts geschehen.

Komisch war nur, und das fiel mir von Anfang an auf, dass er sehr oft auf WhatsApp schrieb und etwas abwesend war, wenn ich mit ihm sprach.

Es konnte auch passieren, dass ich ihm meine Liebe beteuerte und er auf WhatsApp schrieb oder irgendeine Nachricht las, oder irgendetwas tippte.

Natürlich wusste ich, dass irgendetwas nicht stimmte, und gern hätte ich es von ihm gehört.

Die Wahrheit.

Wir waren über 20 Jahre verheiratet und hatten viel durchgemacht und uns immer wieder aufgerappelt. Dann konnte uns doch eine andere Frau nicht auseinanderbringen.

Immer und immer wieder habe ich ihn gefragt und immer wieder sagte er mir, dass alles in Ordnung wäre. Ich würde mir das nur einbilden.

An einem Samstag, es war nicht sehr warm draußen und auch regnerisch, teilte er mir mit, dass er zu seinem Freund an den See fahren würde.

Mit dem Motorrad.

Da klingelten bei mir schon alle Glocken. Er, der nur bei Sonnenschein und mindestens 25 Grad Motorrad fuhr, wollte bei diesem Wetter zu seinem Freund fahren.

Das hatte ich ihm nicht geglaubt.

Am späten Nachmittag, nachdem er schon sieben Stunden fort war, bekam ich ein Alibifoto, aus dem Garten seines Freundes.

Nun fühlte ich mich wirklich verarscht. Dachte er denn wirklich, dass ich ihm diese Geschichte abnehmen würde?

Etwas lächerlich fragte ich ihn abends, wo er denn wirklich gewesen wäre.

Doch wieder gab er nichts zu, sondern leugnete es.
Und dann tat ich etwas, was ich auf der eine Seite sehr bereue und worüber ich auf der anderen Seite froh bin, dass ich es getan habe.

Ich schaute am nächsten Morgen auf sein Handy.

Es hat mich so viel Überwindung gekostet, das zu tun, denn das macht man wirklich nicht.

Privatsphäre sollte auch so bleiben und von niemandem ausgenutzt werden.

Was ich da jedoch zu sehen bekommen habe, verschlug mir den Atem. Mein Herz pochte so laut, dass ich dachte, der Nachbar würde es hören.

Es war nicht nur eine Frau, es waren zwei weibliche Wesen.

In diesem Moment, wusste ich gar nicht, was ich denken oder tun sollte.
Irgendwie war ich fassungslos.
Und unendlich traurig. Enttäuscht. Einfach alles.
Die eine schrieb ihm, wie geil sie auf ihn wäre und mit der anderen tauschte er sich schon viel, viel länger aus. Mit er schrieb er über seine neue Liebe, obwohl er sie auch lieben würde. Und sie schrieb zurück, dass sie dafür Verständnis hat, und er solle das unbedingt ausleben.

Es war nicht zu fassen.
Und ich hatte nichts gemerkt?
Was mir in den wenigen Minuten durch den Kopf ging, konnte ich gar nicht sagen.

Wie magnetisch setzte ich mich mit ihm an den Frühstückstisch.
Keinen Bissen bekam ich herunter.

Mein Mann fragte mich, ob etwas passiert sei. Meine Gesichtsfarbe sei blass. Und ich würde gar nichts essen.
Mir blieb die Spucke weg.
Kein Wort hätte ich herausgebracht, sonst hätte ich losgeweint.
Es tat so weh in meinem Bauch, in meinem Herzen.
Niemals hätte ich mir das erträumt, obwohl ich es geahnt hatte.
Warum?

Was habe ich falsch gemacht, hämmerte es mir in meinem Kopf.

Noch gab ich mich nicht zu erkennen.

Am Nachmittag kam ein anderer Freund meines Mannes bei uns vorbei.
Als er kam, fuhr ich zu dessen Frau. Mit ihr war ich befreundet und mit ihr sprach ich schon seit Wochen über meinen Verdacht. Dringend musste ich loswerden, was ich gesehen und gelesen hatte.

Meine Freundin war fassungslos, aber sie hatte es sich auch schon gedacht.

So unglücklich war ich noch nie, so traurig. Es tat so weh

Sie verstand nicht, dass dieser Mann mich betrog. Ich, die alles für ihn tat und getan hatte. Die fleißig war, die Familie ernährte, die Urlaube finanzierte, immer für alles da war. Zudem auch gut aussah und ihn sehr liebte.
Ich verstand es ja selbst nicht.
Wie konnte ich auf ihn hereinfallen. Und das schon seit Jahren.

Mir wurden Hörner aufgesetzt.
Jeden Abend fragte ich, ob er mir etwas zu sagen hätte, was er ablehnte. Und dann das.

Es wäre alles gut, wie er sagte.

Das ging eine ganze Woche so.

Dann traf ich meine Freundin wieder und die erzählte mir, dass mein Mann ihren Mann bei seinem letzten Besuch ein Foto der Frau gezeigt hätte, in die er sich verliebt hatte.

Das war unfassbar.
    Seit Wochen fragte ich ihn, ob er mir etwas zu sagen hätte. Er verneinte es.
    „Dieser Feigling", dachte ich.
    Wütend und traurig und mit verheulten Augen fuhr ich nach Hause.

Ich wusste, dass er nicht zuhause sein wird.

Eigentlich wollte ich etwas von meinem PC ausdrucken, doch das funktionierte nicht.
    So schickte ich die Datei an den PC meines Mannes. Über seinen Drucker wollte ich aus versuchen.

Als ich an seinem PC saß, sah ich einen Ordner, auf dem war zu lesen „Kur-Bilder".

Ich öffnete ihn.
    Und ich fand das Bild seiner Freundin, welches auch sein Freund zu Gesicht bekommen hatte.
    Aber es gab noch andere Fotos. Nacktfotos.

Oh mein Gott.
    Jetzt krachte die Welt auf mich ein.
    Alles schien jetzt aus den Fugen zu platzen.

Ich hatte nicht nur wackelige Knie, sondern ich hatte auch einen Haufen Wut in meinem Bauch.

Das Nacktbild druckte ich aus und schrieb mit der Hand darauf, was ich von ihm hielt. Diesem Arschloch, Feigling, Schwein oder so ähnlich.

Das hängte ich ihm an den PC, damit er es sehen konnte, wenn er nach Hause kam.

Am Strand saß ich auf einer Bank und weinte.
Später saß ich im Auto und konnte nicht mehr aufhören zu weinen. Mir war so schlecht, mein Herz pochte. Mein Kopf war leer.
Dann rief ich meine Mutter an, um ihr das Entdeckte zu erzählen. Meine Freundin rief ich an und meine Tochter.
Jeder sollte wissen, wie es mir ging und was für ein Schwein ich als Mann hatte.
Doch ich liebte ihn so sehr, dass ich noch einen Funken Hoffnung hatte.

Er kam nach Hause und sah, was ich geschrieben hatte. Sofort schrieb er mir, wo ich wäre und dass ich unbedingt nach Hause kommen sollte. Er müsste mit mir reden.

Also fuhr ich nach Hause.

Als ich die Terrasse betrat, fragte ich ihn, was er mir zu sagen hätte?

Es wäre alles nicht so, wie es aussehen würde.
Meine Güte, was dachte er wie blöd ich bin?

Mehr gedemütigt und verletzt wurde ich noch nie in meinem Leben.

Ich machte ihm klar, dass ich mir das schon lange gedacht hatte und dass ich es feige von ihm fand, mir das nicht zu sagen. Nach all den Jahren und nach all dem, was ich für ihn getan hatte.

Und ich nahm ihm übel, dass ich seine Hand hielt und ihm meine Liebe beteuerte und er mit der anderen schrieb zur gleichen Zeit.

Dass sie sich sexistische Sachen schrieben und geiles Zeug erzählten.

Ich kam mir so dumm vor.

Wieso ich?

Warum musste das so sein?

Alles hatte ich für ihn getan. Und ich liebte ihn. So sehr.

Es tat so weh.

Mein Herz war gebrochen.

So fühlte ich mich.

Wir hatten eine Aussprache und wollten es noch einmal miteinander versuchen.

Er schwor mir, dass diese Frauen ihn nichts bedeuteten und er diese Geschichten beenden würde.

Selbstverständlich glaubte ich ihm.

Allerdings wusste er bislang nicht, dass ich auf sein Handy geguckt hatte.

Was ich aus Neugier nach ein paar Tagen wieder tat.

Er stand unter der Dusche und ich nahm sein Handy und guckte hinein.

Da sah ich es wieder.

Es hatte nichts aufgehört. Sie hatte ihm gerade geschrieben, wie geil sie auf ihn wäre und dass sie unter der Dusche an ihn gedacht hätte, als sie es sich selbst gemacht hatte.

Als mein Ehemann sich an den Tisch setzte, konnte ich dann nicht mehr.
 Heulend schrie in an, was für ein Schwein er wäre.
 Warum er mir das antun würde?
 Wann das Lügen endlich aufhören würde?
 Und nun gab ich zu, dass ich in sein Handy geschaut hatte.

Jetzt konnte er nicht mehr lügen.

Er sagte auch gar nichts mehr. Seine Gesichtsfarbe war Blässe. Etwas traurig schaute er vielleicht.

Ich erhob mich und nahm meine Tasche vom Regal. Ging zur Tür und dann zu meinem Auto. Ohne ein Wort fuhr ich zum Strand.
 Nachdenken musste ich erst einmal.

Und dann kam ich zu dem Entschluss, dass er ausziehen musste.
 Schnellstens.
 Als ich zurück war, redeten wir und ich sagte ihm, dass er gehen musste.
 Zuerst war er der Meinung, dass ich gehen könnte, doch ich machte ihm klar, dass er sich das Haus nicht leisten könnte. Im Gegensatz zu mir.

Damit gerechnet hat er nicht. Er dachte, es renkt sich alles wieder ein.

Auf der einen Seite bedauerte er sicherlich seinen Ausrutscher, aber ich denke, er wollte sich auch gern neu erfinden und ausleben. Dabei wollte ich ihm nicht im Weg sein.

Es war eine Entscheidung und die war nicht mehr rückgängig zu machen.

Es folgten furchtbare Wochen und Abende.

Ich trank zu viel, aß zu wenig und wurde immer dünner.

Eines Tages hatte er eine Wohnung gefunden und zog aus.

Mit ihm ging meine große Liebe, mein Traum, mein Leben.

Doch an Selbstmord habe ich nicht gedacht.

Wir haben gemeinsam und ich auch allein so viele schwere Dinge überstanden.

Ich werde es schaffen.

Die Autorin

Keira Sanders ist 1958 geboren worden und als einzige Tochter einer Arbeiterfamilie aufgewachsen. Sie war lange in einer Beziehung, die sie prägte und veranlasste, ihr Abitur nachzuholen und Betriebswirtschaft zu studieren. Sie lebte viele Jahre mit ihrem Ehemann und den zwei Kindern in ihrem Haus am Rande einer Großstadt. Sie ist stolze Mutter und erfolgreiche Projektentwicklerin. Ihren Ausgleich zu ihrem überaus zeitaufwendigen und stressigen Job findet sie beim Sport. Vor allem das Joggen und das Fahrradfahren machen ihr großen Spaß. An Ruhestand ist bei ihr noch lange nicht zu denken. Eher denkt sie daran, ein weiteres Buch zu schreiben. Die schwarzen Gedanken kehren zurück.

novum VERLAG FÜR NEUAUTOREN

Der Verlag

*Wer aufhört
besser zu werden,
hat aufgehört
gut zu sein!*

Basierend auf diesem Motto ist es dem novum Verlag ein Anliegen, neue Manuskripte aufzuspüren, zu veröffentlichen und deren Autoren langfristig zu fördern. Mittlerweile gilt der 1997 gegründete und mehrfach prämierte Verlag als Spezialist für Neuautoren in Deutschland, Österreich und der Schweiz.

Für jedes neue Manuskript wird innerhalb weniger Wochen eine kostenfreie, unverbindliche Lektorats-Prüfung erstellt.

Weitere Informationen zum Verlag und
seinen Büchern finden Sie im Internet unter:

w w w . n o v u m v e r l a g . c o m